Hanne Nehlsen

Strandräuber

atb aufbau taschenbuch

Hanne Nehlsen lebt in Nordfriesland. Nach »Tod im Watt« legt sie nun ihren zweiten Krimi um den Dorfpolizisten Frerk Thönnissen vor.

Frerk Thönnissen ist von seinem Urlaub auf Tuvalu zurückgekehrt und hat seinen Dienst als Polizist auf Pellworm wieder aufgenommen. Obwohl Hochsaison ist, rechnet er nicht mit besonderen Vorkommnissen. Dann jedoch wird die Sparkasse der Insel überfallen. Thönnissen veranlasst sofort, dass niemand mehr das Eiland verlassen kann, bis ein Großaufgebot der Festlandspolizei eintrifft. Doch die Täter bleiben verschwunden. So steht der Verdacht im Raum, dass Einheimische die Tat verübt haben.

Hauptkommissar Hundt aus Husum soll die weiteren Ermittlungen vornehmen. Alle Unterkünfte sind ausgebucht, und Hotelier und Bürgermeister Feddersen vergibt das letzte freie Zimmer an zwei undurchsichtige Russen, die schnell in Verdacht geraten, aber ein Alibi aufweisen können. Notgedrungen zieht der unbeliebte Hundt bei Thönnissen ein.

Plötzlich wird ein Toter gefunden. Die beiden Polizisten vermuten, dass es einer der beiden Bankräuber ist, der von seinem Komplizen ermordet wurde, um die Beute nicht teilen zu müssen. Aber wer ist der zweite Täter? Ein Einheimischer, der von der ungewöhnlich großen Menge Bargeld wusste?

HANNE NEHLSEN

Strandräuber

Ein Nordsee-Krimi

atb aufbau taschenbuch

FSC
www.fsc.org
MIX
Papier aus verantwortungsvollen Quellen
FSC® C083411

ISBN 978-3-7466-3016-8

Aufbau Taschenbuch ist eine Marke
der Aufbau Verlag GmbH & Co. KG

1. Auflage 2014

Umschlaggestaltung und Illustration Mediabureau Di Stefano, Berlin
unter Verwendung eines Motivs von © getty images und
mehrere Bildmotive von iStockphoto: titelio, NoDerog, malerapaso
Satz LVD GmbH, Berlin
Druck und Binden CPI Clausen & Bosse, Leck
Printed in Germany

www.aufbau-verlag.de

Eins

»Siebzehn.«

Frerk Thönnissen kam aus der Hocke in die Höhe. Die Gelenke knackten. Er drückte seine Hand ins Kreuz und stöhnte leise. Noch einmal murmelte er leise »Siebzehn« und ergänzte: »So viele hätte ich nicht für möglich gehalten.« Er war zufrieden, sah sich um, ging ein paar Schritte, bückte sich erneut und wollte gerade »Achtz…« sagen, als er innehielt. »Ach nee«, schloss er die Aktion mit einem Selbstgespräch ab, nachdem er einen Blick auf das Fahrzeug geworfen hatte. Er kannte es. Das Auto gehörte einem Insulaner. Wenn er eine Anzeige gegen ihn schriebe, würde Thönnissen Probleme mit den Einheimischen bekommen. Als Inselpolizist auf Pellworm war er in die soziale Gemeinschaft eingebunden. Hier, auf dem Vorposten der Zivilisation war man seit Jahrhunderten aufeinander angewiesen. Nur so konnte man den Naturgewalten trotzen, gemeinsam im Kampf gegen den Blanken Hans, Sturmfluten und andere Herausforderungen bestehen.

Heute, an diesem milden Sommertag, war es allerdings pure Lebensfreude, hier leben und arbeiten zu dürfen. Mitten im Weltnaturerbe Wattenmeer, das im gleichen Atemzug wie der Grand Canyon oder das Great Barrier Reef genannt werden konnte.

Frerk Thönnissen durfte beides. Er war auf Pellworm geboren. Mittlerweile übte er das Amt des Inselpolizisten aus. Auch wenn er auf dieser Ein-Mann-Dienststelle auf sich allein gestellt war, hätte er diese Aufgabe mit keiner anderen tauschen wollen. Und arbeiten?

»Siebzehn«, murmelte er verschmitzt vor sich hin. Das reichte für heute. Er hatte siebzehn Anzeigen wegen Verstoßes gegen Paragraph 35 Absatz 2 Satz vier der StVZO, der Straßenverkehrszulassungsordnung, geschrieben. Alle Adressaten waren Auswärtige, Urlaubsgäste, deren Reifenprofile die vorgeschriebene Tiefe von mindestens eins Komma sechs Millimeter im mittleren Bereich der Lauffläche unterschritt.

Das reichte für heute. Heute? Es würde wieder zu Diskussionen mit Vermietern, Hoteliers, Gastronomen und Verantwortlichen der Kurverwaltung führen, bei denen sich die erbosten Touristen beschwerten. »Wegelagerei« war ein häufig benutztes Wort.

Aber Thönnissen musste auch seiner vorgesetzten Dienststelle drüben auf dem Festland, in Husum, einen Nachweis seiner Existenzberechtigung erbringen. Und andere Vergehen gab es so gut wie nie auf dem beschaulichen Eiland. Hier war alles friedlich. Und selbst Delikte aus der Kleinkriminalität kamen äußerst selten vor. Handfeste Meinungsverschiedenheiten klärte man untereinander, ohne dass die Polizei eingeschaltet wurde. Wenn Thönnissen davon erfuhr, dann nicht als Polizeibeamter, sondern als »Mitbürger«, weil Annemieke Johannsen, die Ehefrau des Inselarztes, unter dem Siegel der Verschwiegenheit an der Käsetheke des Kaufmanns über die Behandlungen ihres Mannes berichtete, dabei nicht nur Details der erlittenen Verletzungen, sondern auch den vermeintlichen Grund der Auseinandersetzung mit erläuterte.

So lief alles seinen unspektakulären Gang.

Thönnissen schob die Dienstmütze ein wenig in den Nacken und drehte sich Richtung Südwest. Auf einer kleinen Anhöhe stand der Turm, der die Ankommenden am Tiefwasseranleger begrüßte. Um vom Niedrigwasser bei Ebbe unabhängig zu sein, hatte man einen eineinhalb Kilometer langen Damm ins Wattenmeer hinaus gebaut, an dessen Ende der Fähranleger lag. Von hier stellte die Fähre »Pellworm I« die Verbindung zum Rest der Welt her.

Thönnissen schmunzelte. Nachdem man mit dem rumpelnden Ungeheuer, das betagter aussah, als es tatsächlich war, durch das Wattenmeer – mit etwas Glück an bevölkerten Seehundbänken vorbei – getuckert war, landete man in Strucklahnungshörn auf Nordstrand an. Und von dort war es noch verdammt weit bis in die Zentren Deutschlands.

Er blinzelte in die hochstehende Sonne. Es war früher Nachmittag. Ein leichter Wind streichelte seine Haut. Am tiefblauen Himmel zogen die Kondensstreifen der Flugzeuge entlang. Warum musste man in die Ferne schweifen, wenn das Paradies direkt vor der Haustür lag? Thönnissen genoss den Blick über das Wattenmeer. Im Süden lag die von einem einzelnen Ehepaar bewirtschaftete Hallig Südfall. Links davon konnte er die Silhouette der Fähre erkennen, die Richtung Festland unterwegs war.

Er beschloss, für diesen Tag Dienstschluss zu machen. Schließlich lagen noch etliche Kilometer vor ihm, bis er sein kleines Haus direkt hinterm Deich erreichte. Darin war auch die Polizeistation untergebracht. Genau genommen bestand diese aus einem alten Rollladenschrank und einem Schreibtisch in seinem Wohnzimmer.

Thönnissen schwang sich auf sein Dienstfahrrad. Irgendwann hatte man an höherer Stelle beschlossen, für sein Revier würde dieses Fortbewegungsmittel ausreichen. Ein Streifenwagen wäre nicht erforderlich. Hatte man dort eine Vorstellung davon, was es im Ernstfall bedeutete, bei Windstärke acht und peitschendem Regen gegen den Wind zum Einsatzort zu radeln? Da konnten acht Kilometer schon eine Herausforderung sein. Heute traf das nicht zu. Thönnissen würde im Hauptort Pellworms, in Tammensiel, noch eine Rast beim Café einlegen und sich einen Cappuccino schmecken lassen.

Ja, das Leben hatte seine schönen Seiten, auch wenn er nur Polizeiobermeister war. Und das war auch das Ende seiner Karriere. Aufgrund gewisser Vorfälle in der Vergangenheit war ihm jede Hoffnung auf eine Beförderung versagt.

Gemächlich strampelte er den Teerdeich Richtung Insel entlang. Sanft schlugen die Wellen gegen die Befestigung des Damms. Schließlich folgte er dem Rechtsknick. Die Straße führte vor dem Seedeich entlang, schwenkte nach links und führte bergan, um den Deich zu überwinden. Thönnissen schnaufte leicht, als er die Steigung bis zur Deichkrone in Angriff nahm. Dann ließ er das Rad rollen und radelte auf der Binnenseite des Deichs weiter bis zum alten Hafen.

Gleich würde er sein Ziel, das Café, erreicht haben. Hoffentlich fand sich bei diesem schönen Wetter noch ein Sitzplatz auf der Terrasse. Es war Hochsaison, fast alle Quartiere waren ausgebucht, und zahlreiche Urlaubsgäste tummelten sich auf der Insel. Ein Stück weiter hatte sich eine größere Menschengruppe mitten auf der Straße versammelt. Es störte niemanden. Man hatte Muße und nahm aufeinander Rücksicht. Jemand aus der Gruppe schien Thönnissen erkannt zu haben und begann wild mit beiden Armen in der Luft zu rudern. Jetzt drehten sich auch andere um. Gleich mehrere begannen zu winken und forderten ihn auf zu kommen.

Thönnissen seufzte. Er würde seinen Cappuccino um ein paar Minuten verschieben müssen. Er stemmte sich in die Pedale und tat, als würde er sich sputen.

»Mensch, Frerk, wo bleibst du? Das kann doch nicht wahr sein?«, rief ihm aufgeregt ein stämmiger Mittvierziger entgegen. Behrens hatte die Hände in den Taschen seiner Latzhose vergraben. Er war Mitarbeiter in der Tischlerei Ipsen. »Verdammt, du bist doch die Polizei. Warum kommst du nicht?«

»Typisch Beamter«, meldete sich ein älterer Mann in rheinischer Tonlage zu Wort. »So ist das. Wenn man sie braucht, ist die Polizei nicht da.«

»Was ist los?«, fragte Thönnissen, an Behrens gewandt.

»Die Sparkasse …«, mischte sich aufgeregt eine hohe Frauenstimme aus der zweiten Reihe ein.

»Der hat wirklich keine Ahnung«, sagte der Rheinländer.

»Frerk, verdammt, die haben die Sparkasse überfallen. Hast du den Notruf nicht gehört?«

»Der hat das Telefon abgestellt. Das stört ihn beim Schlafen«, lästerte der Rheinländer und erntete heitere Zustimmung aus dem Kreis der Neugierigen.

»Du spinnst«, war Thönnissens spontane Reaktion.

»Nee. Wirklich. Die haben die Sparkasse ausgeräumt.«

Automatisch öffnete sich eine Gasse zur Tür der kleinen Filiale, die im Anbau eines älteren Einfamilienhauses untergebracht war. Über der Automatiktür prangte das rot-weiße Schild mit dem markanten »S«, an dem die Sparkassen im ganzen Land zu erkennen waren.

Thönnissen lehnte sein Dienstrad an die Glaswand neben der Automatiktür, die sich beim Nähern öffnete. Er drehte sich noch einmal um und sah in die Menschenansammlung, die ihm dicht gefolgt war. Dann betrat er den Vorraum mit dem Geldautomaten. Die Tür zum Kassenraum war verschlossen, die Vorhänge der Glasfront geschlossen.

Er klopfte gegen die Scheibe und musste es zwei Mal wiederholen, bis ein Stück Stoff zur Seite gezogen wurde und Melf Bahnsens Gesicht erschien. Der Filialleiter nickte und öffnete die Tür.

»Das wurde aber auch Zeit«, knurrte Bahnsen, dessen sonst sportlich gebräuntes Gesicht bleich wirkte. »Warum kommst du erst jetzt?« Der Bankbedienstete warf einen Blick auf seine Armbanduhr. »Das ist jetzt eine halbe Stunde her.«

»Was?«, fragte Thönnissen und sah sich um. Der Raum sah aus wie immer. Ein kleiner Tresen schirmte die beiden Schreibtische ab, die mit einigen wenigen Schränken im hinteren Teil Büroatmosphäre vermittelten. Die Filiale war eher spartanisch möbliert. Ein Tisch mit einem Stuhl ohne Armlehnen, darauf ein Ständer mit Vordrucken diesseits des Tresens, vervollständigte die Einrichtung. Neben der Nord-Ostsee-Sparkasse und der ebenfalls in Reichweite untergebrachten Volksbank war die Uthlande-Sparkasse das kleinste Geldinstitut auf Pellworm. Thönnissen wunderte sich immer wieder, wie diese Bank, die mit ihren Zweigstellen nur auf den Inseln und Halligen präsent war, im Konzert der anderen überhaupt bestehen konnte.

»Häh? Von welchem Stern kommst du? Wir sind überfallen worden. Frerk, begreifst du das nicht?« Bahnsen schlug sich mit der flachen Hand an die Stirn.

»Warum habt ihr keinen Alarm ausgelöst?«, fragte Thönnissen und sah zu Lene Kriechbaum hinüber. Die grauhaarige Mitarbeiterin saß an ihrem Schreibtisch und hatte die Hände flach auf die Tischplatte gelegt. Sie war kreideweiß im Gesicht. Thönnissen trat zu ihr und legte behutsam seine Hand auf ihre Schulter.

»Ist alles in Ordnung, Lene?«, fragte er sanft.

Sie nickte kaum wahrnehmbar.

»Und du?« Thönnissen sah den Zweigstellenleiter an.

»Natürlich bin ich erschrocken. Aber hier ist niemand verletzt. Sieh zu, dass du den Gangstern hinterher jagst«, sagte Bahnsen.

»Mit dem Fahrrad? Und wo soll ich suchen? Wer waren die Täter? Wie sahen sie aus?«

»Meinst du, die haben sich vorgestellt? Wie sahen sie aus? Na, eben so, wie Bankräuber aussehen.«

»Prima«, erwiderte Thönnissen in süffisantem Tonfall. »Das sind die besten Voraussetzungen für eine erfolgreiche Verbrecherjagd.« Er zog sein Handy hervor und betätigte eine Kurzwahl.

»Ja?«, meldete sich eine verschlafen klingende Frauenstimme.

»Frerk, Polizei Pellworm«, sagte Thönnissen in einer Mischung aus vertrautem Umgangston und amtlich klingender Anrede. »Annemieke, sag Fiete, er soll sofort zur Uthlande-Sparkasse kommen.«

Für einen Moment war es still in der Leitung.

»Das geht nicht«, antwortete die Frau des Inselarztes. »Fiete ist nicht da.«

»Erzähl keine Märchen«, sagte Thönnissen barsch. »Weck ihn. Es ist ein Notfall.«

»Was denn?« Annemieke Johannsen war plötzlich hellwach.

»Die Sparkasse ist überfallen worden.«

Ein heiseres Lachen drang aus dem Hörer des Handys.

»Hat dich die Sonne gestochen, Frerk? Ein Bankraub? Hier, bei uns auf Pellworm?«

»Mach schon. Wecke Fiete, spritz ihm eine geballte Ladung Adrenalin in die Vene, flöß ihm Kaffee ein, löse eine Klinikpackung ›Hallo wach‹ darin auf, ertränke deinen Mann in Alka Seltzer … Was auch immer, aber bring ihn dazu, dass er in fünf Minuten hier ist.«

»Puuuh. Ich will es versuchen.«

»Ein Versuch reicht nicht.« Thönnissen ahnte, dass Dr. Friedrich Johannsen, der seit über dreißig Jahren als alleiniger

Arzt zuverlässig für die Gesundheit der Insulaner einstand, wieder einmal seinem alten Leiden erlegen war.

»Hat er …?«, ließ Thönnissen seine Frage unvollendet im Raum stehen.

»Fiete kann nichts dafür«, versuchte Annemieke ihren Mann zu verteidigen. »Der alte Kruse war heute in der Sprechstunde. Fiete hat ihm neulich mit Viagra weitergeholfen. Die Therapie war offenbar erfolgreich. Als Dank hat Kruse heute zur Sprechstunde eine Flasche mitgebracht.«

»Sicher kein Himbeersirup«, warf Thönnissen ein.

»Nee. Es war noch eine Flasche von Hinrich Wessels selbstgebranntem Kartoffelschnaps.«

Hört das denn nie auf?, erinnerte sich Thönnissen an den letzten aufregenden Ermittlungsfall auf Pellworm um den alten Wessels, der mit den Produkten seiner Schwarzbrennerei offenbar die ganze Insel versorgt hatte.

»Kruse war der letzte Patient. So haben er und Fiete ganz gemütlich eine Flasche geleert«, erklärte Annemieke Johannsen.

»Fiete soll so schnell wie möglich hier antanzen. Sonst lass ich den Rettungshubschrauber einfliegen. Das sorgt für Aufregung.«

Die Drohung zeigte Wirkung.

»Ich kümmere mich darum«, versprach Annemieke.

Melf Bahnsen wedelte mit dem Zeigefinger vor Thönnissens Gesicht herum.

»Hast du sie noch alle beisammen?«, fragte er aggressiv. »Was soll der betrunkene Doktor hier? Unternimm endlich etwas, um die Bankräuber zu fassen.«

»Davon verstehst du nichts. Zunächst gilt es, für das Menschenwohl zu sorgen.«

»Ich versteh nichts?«, ereiferte sich der Zweigstellenleiter.

»Hast du sie noch alle beisammen? Aber du verstehst deinen Job, ja? Was ist nun? Läuft die Fahndung bald an? Oder geht das erst morgen los, weil dein Arbeitstag für heute vorbei ist?«

»Siehst du«, erwiderte Thönnissen in aller Ruhe. »Deshalb habe ich den Doktor informiert, damit du ein Beruhigungsmittel verabreicht bekommst.« Bevor Bahnsen antworten konnte, wählte Thönnissen die Nummer der Reederei an und ließ sich mit dem Geschäftsführer verbinden.

»Die Sparkasse wurde eben überfallen«, erklärte Thönnissen.

»Hab davon gehört. Tolles Ding. Glaubt man nicht.«

»Wir müssen eine Ringfahndung auslösen.«

»Tu das.« Ein schallendes Lachen drang aus dem Hörer. »Das will ich sehn. Du allein und eine Ringfahndung.« Erneut ertönte das Lachen.

»Wenn du fertig bist, hör mir mal zu. Bis auf Weiteres bleibt die Fähre am Anleger. Ihr fahrt nicht rüber ans Festland.«

»Was?« Das Lachen war einem tiefen Erstaunen gewichen. »Ist das dein Ernst?«

»Ja. Die Täter müssen noch auf der Insel sein. Da dürfen wir sie nicht entkommen lassen.«

»Weißt du, was das bedeutet? Damit bringst du alles durcheinander. Wir sind ausgebucht für die Rückfahrt nach Nordstrand. Und drüben ist der Platz an der Fähre voll. Die Leute kommen zum Teil von weit her. Was soll mit denen geschehen?«

»Lass dir etwas einfallen. Wir müssen zunächst die Spuren sichern und sehen, ob wir an die Täter herankommen. Solange die Fähre außer Betrieb ist, sitzen die Bankräuber hier auf Pellworm fest.«

»Frerk!« Es klang wie ein Aufschrei. »Du hast keine Ahnung,

welche Lawine du da lostrittst. Die Unterkünfte sind ausgebucht. Wer heute abreisen will, hat sich darauf eingestellt. Die Leute müssen zur Arbeit, auf die Kinder wartet die Schule.«

»Es ist eine polizeiliche Anordnung«, erklärte Thönnissen mit Bestimmtheit.

»Darfst du das überh…?«

Thönnissen hörte sich die Frage nicht bis zu Ende an. Er beendete das Gespräch und rief den Wehrführer der Freiwilligen Feuerwehr an.

»Ich hab schon gehört. Da haben welche Kasse bei Bahnsen gemacht.«

»Genau, Claas. Wir müssen verhindern, dass die Täter die Insel verlassen. Deshalb benötige ich eure Unterstützung. Kannst du jeweils am alten Hafen und an der Hooger Fähre Leute postieren, die aufpassen, dass niemand flüchtet?«

»Wir sind von der Feuerwehr. Wenn die Bankräuber bewaffnet sind, sollen wir sie nassspritzen?«

»Nein. Niemand darf gefährdet werden. Sag deinen Männern, sie sollen sich auf das Beobachten beschränken. Wenn sich jemand davonmacht, egal wer, also auch Einheimische, dann erwarte ich eine Nachricht. Ich werde veranlassen, dass das betreffende Boot draußen auf dem Wasser von der Wasserschutzpolizei gestellt wird. Auf diesem Weg kann niemand entkommen.«

»Mensch, Frerk, du bist ein richtiger Stratege«, sagte Claas. Es klang ehrlich.

Dann rief Thönnissen in Husum an und berichtete vom Überfall. Er schilderte auch die bisher eingeleiteten Maßnahmen.

»Wann hat der Raub stattgefunden?«, wollte der Beamte der vorgesetzten Dienststelle wissen.

»Vor etwa einer Dreiviertelstunde.«

»Was?« Ungläubiges Erstaunen schwang in diesem einen Wort mit. »Und dann melden Sie sich erst jetzt und lösen Alarm aus?«

Scherzkeks, dachte Thönnissen. Was bedeuteten fünfundvierzig Minuten auf einer Insel? Auf Pellworm gehen die Uhren anders. Aber welcher Festlandbewohner versteht das schon? Er wandte sich Bahnsen zu.

»Wie hat sich der Überfall abgespielt?«

Bahnsen seufzte. »Ich dachte schon, das interessiert dich überhaupt nicht.«

»Du hast doch gesehen, dass ich zunächst andere Dinge veranlassen musste.«

»Sollte die Polizei nicht vordringlich hinter den Tätern hinterher sein?«

Thönnissen winkte ab. Wie hätte er dem Zweigstellenleiter erklären sollen, dass man ihm aus Kostengründen den Dienstwagen versagt hatte. Wie lange würde man die Polizeidienststelle auf Pellworm überhaupt noch aufrechterhalten? Vielleicht war es sogar hilfreich, wenn sich hier gelegentlich Straftaten ereigneten, dachte er.

»Also«, begann Bahnsen gedehnt. »Lene und ich saßen hier und arbeiteten.«

»Wir haben uns gerade unterhalten«, mischte sich die Frau ein.

»Ist doch egal.«

»Hattet ihr Kundschaft?«, unterbrach Thönnissen.

»Wir waren gerade allein«, erklärte Bahnsen.

»Wären Kunden da gewesen, hätten wir uns nicht unterhalten können«, ergänzte Lene.

Der Zweigstellenleiter schenkte ihr einen bösen Blick.

»Plötzlich flog die Tür auf.«

»Verstehe ich nicht.« Jetzt unterbrach Thönnissen den Bericht. »Das ist doch eine Automatiktür. Wie kann die auffliegen?«

»Ich meine das doch nur symbolisch.« Bahnsen wirkte gereizt.

»Beschränke dich bitte auf die Fakten. Fantasievoll angereicherte Darstellungen führen uns nicht weiter«, ermahnte Thönnissen den Mitarbeiter des Geldinstituts.

»Verdammt noch mal. Müsst ihr mich ständig unterbrechen?«, schimpfte Bahnsen. »Also! Wir sahen beide auf und bemerkten zwei Leute, die eine Maske trugen.«

»Was für eine Maske?«, wollte Thönnissen wissen.

»So eine schwarze, wie man sie aus dem Fernsehen kennt. Da waren Löcher für die Augen und die Nase hineingeschnitten.«

»Und die Kleidung?«

»Lederjacke. Jeans.«

»Nur der Größere«, sagte Lene Kriechbaum und sah Thönnissen an. »Der Kleinere hatte einen dunkelgrünen Blouson an. Und Jeans. Da hat Melf Bahnsen recht. An den Füßen trug er Turnschuhe.«

»Sportschuhe?«, hakte Thönnissen nach.

»Nein«, beharrte Lene Kriechbaum auf ihrer Aussage. »Turnschuhe. Das kann ich schon unterscheiden.«

Thönnissen deutete auf die Kamera.

»Da wird doch alles aufgezeichnet. Das können wir später rekonstruieren.«

Bahnsen räusperte sich verlegen, dann wechselte er mit seiner Kollegin einen langen Blick. »Also, da gibt es ein kleines Problem. Die Anlage ist defekt. Schon seit mehreren Wochen. Auf Pellworm gibt es niemanden, der das reparieren kann. Das macht eine Fachfirma vom Festland. Du weißt selbst,

Frerk, wie schwierig es manchmal ist, bis die Spezialisten zu uns auf die Insel kommen.«

»Wer wusste davon, dass die Kamera derzeit nur eine Attrappe ist?«, fragte Thönnissen.

»Eigentlich keiner«, versuchte Bahnsen abzuwiegeln.

»Das stimmt nicht ganz«, belehrte ihn Lene Kriechbaum. »Jesper Ipsen, der Bestatter, hat es bemerkt, weil das rote Licht nicht funktionierte.«

»Dem ist das aufgefallen?«, fragte Thönnissen erstaunt.

»Jaaa«, gestand Bahnsen ein. »Ipsen hat es bemerkt. Er hat mir auch nicht geglaubt, als ich ihm widersprochen habe.«

»Waren die Täter bewaffnet?«

Lene Kriechbaum stieß einen spitzen Schrei aus und hielt sich die Hand vor den Mund.

»Mit einem MG«, sagte sie und begann bei der Erinnerung daran zu zittern.

Thönnissen sah sie erstaunt an.

»Das war eine Maschinenpistole«, korrigierte Bahnsen, und es gelang ihm, ein wenig zu lächeln.

»Sag ich doch«, beharrte seine Kollegin auf ihrer Aussage.

»Es gibt einen Unterschied zwischen einem Maschinengewehr und einer Maschinenpistole«, erklärte Thönnissen.

»Woher soll ich das wissen?« Lene Kriechbaum klang eine Spur pikiert.

»Wie war der andere Täter bewaffnet?«, fragte Thönnissen.

»Reicht die Maschinenpistole nicht? Das war so ein Ding.« Bahnsen breitete die Arme aus und übertrieb dabei wie ein Angler, der bei der Schilderung seines Fanges maßlos ins Schwärmen geriet.

»Der zweite Täter war also unbewaffnet?« Thönnissen sah Lene Kriechbaum an.

»Ja«, hauchte die Frau.

»Der Große war ohnehin der Brutalere«, fuhr Bahnsen fort und zeigte auf die Decke des Raumes. In einer Ecke war eine Geschossgarbe erkennbar. Bahnsen ahmte nach, wie man aus der Hüfte heraus schoss. Dabei blies er die Wangen auf und machte eine halbe Körperdrehung. »Um ein Haar hätte er uns ermordet. Wir sind haarscharf dem Tod entronnen.«

»Genau«, pflichtete seine Kollegin bei.

Thönnissen verzichtete darauf, dieser – seiner Meinung nach – übertriebenen Behauptung zu widersprechen. Die Täter hatten nur zur Einschüchterung eine Garbe abgefeuert. Immerhin handelte es sich um scharfe Waffen und keine Attrappen. Das machte die Räuber gefährlich.

»Dann habt ihr ihm das Geld ausgehändigt?«

»Ja, sofort ohne …«

»Lene, *ich* bin der Chef«, fuhr Bahnsen dazwischen. »Darum werde ich auch vom Überfall berichten.« Er musterte seine Kollegin eine Weile. Seine Augen sprühten vor Zorn.

»Wie du meinst.« Beleidigt begann die Angestellte, Büroklammern zu verbiegen.

»Natürlich habe ich die beiden erst einmal angebrüllt.« Bahnsen warf sich in die Brust. »›Verschwindet, sonst geht es euch dreckig‹, habe ich gerufen. Aber, sie hatten die Waffe in der Hand.« Der Zweigstellenleiter legte seinen rechten Zeigefinger auf eine Stelle über der Nasenwurzel. »Hierhin haben die gezielt. Da habe ich mir gedacht, dass es ganz schön blöd wäre, sein eigenes Leben zu riskieren, nur damit die Versicherung am Ende des Jahres ein bisschen mehr Dividende auszahlen kann, weil sie für diesen Raubüberfall nicht aufkommen muss.«

»Und dann?«

»Lene«, dabei zeigte er auf seine Kollegin, »musste das Geld in einen Leinenbeutel stopfen.«

»Nicht nur das«, schimpfte seine Kollegin. »Sie wollten auch das Geld, das wir hinten im Panzerschrank hatten. Ich frage mich, woher die wussten, dass da auch noch etwas lag?«

»Du bist nach hinten gegangen und hast das Geld geholt«, überlegte Thönnissen laut. »Warum hast du dabei keinen Alarm ausgelöst?«

Lene Kriechbaum zeigte mit der Spitze der aufgebogenen Büroklammer auf Bahnsen.

»›Lene, mach keinen Scheiß‹, hat Melf gesagt. Du hättest sehen sollen, wie der gebibbert hat vor Angst.«

»Das stimmt nicht«, verteidigte sich Bahnsen, aber Thönnissen schnitt ihm mit einer Handbewegung das Wort ab.

»Wie hoch ist die Beute?«, wollte der Polizist wissen. Ihm fiel auf, dass die beiden Angestellten einen schnellen Blick wechselten.

»Ungefähr dreißigtausend Euro«, sagte der Zweigstellenleiter.

»Das ist nicht viel«, überlegte Thönnissen laut.

»Bitte? Nicht viel?«

»Es gab schon Banküberfälle, bei denen die Täter mehr erbeuteten.«

»Aber nicht auf Pellworm«, erklärte Lene Kriechbaum. Das traf zu. Hier gab es noch nie einen Bankraub.

»Wie sah der Leinenbeutel aus?«, fragte Thönnissen.

Die beiden Bankangestellten grinsten.

»Es war ein Einkaufsbeutel. ›Entspannt den Urlaub genießen im Ferienparadies Pellworm‹«, erklärte Bahnsen.

Thönnissen fiel in das Lachen ein. Als sie sich wieder beruhigt hatten, setzte er die Befragung fort.

»Sprach einer der Täter Dialekt?«

»Von hier war er nicht – der Große«, schob Bahnsen hinterher. »Der Kleine hat überhaupt keinen Ton von sich gegeben.

Mir schien, als hätte er ohnehin nur eine Statistenrolle gespielt.«

»Bei solchen Verbrechen gibt es keine Statisten. Die Gangster wissen, worauf sie sich einlassen«, widersprach Lene Kriechbaum.

»Habt ihr einen der beiden erkannt?«, wollte Thönnissen wissen.

»So dumm sind die auch nicht«, erklärte Bahnsen. »Aber du hast immer noch nicht gesagt, warum du erst eine Stunde nach dem Überfall hier eingetroffen bist.«

»Vorhin waren es noch fünfundvierzig Minuten«, entgegnete Thönnissen, ohne eine Begründung für die Zeitspanne anzugeben. Er war froh, dass sein Handy klingelte.

»Das Festland meldet sich und fragt, wann die Fähre rüberkommt. Auf Nordstrand warten die Polizeieinsatzkräfte und wollen nach Pellworm übergesetzt werden«, erklärte der Geschäftsführer der Fährgesellschaft.

»Warum holt ihr sie nicht?«, fragte Thönnissen.

»Du hast uns untersagt, die Fähre in Betrieb zu setzen«, antwortete der Fährmann. »Was soll nun geschehen? Gilt dein Verbot noch, oder haben die vom Festland recht?«

Thönnissen seufzte. »Sieh zu, dass ihr die Kollegen auf die Insel holt. Aber achtet darauf, dass niemand von hier wegkommt.«

Dann wandte er sich an die beiden Sparkassenmitarbeiter.

»Wir müssen noch ein Protokoll machen und aufnehmen, was ihr mir berichtet habt.«

»So war das doch, oder?« Bahnsens hilfesuchender Bick erreichte seine Kollegin. Lene Kriechbaum kniff die Lippen zusammen.

»Na ja«, relativierte der Zweigstellenleiter seine Darstellung. »Das ging alles so schnell. Außerdem ist das eine nicht alltägliche Situation. Ich will nicht ausschließen, dass es in manchen Punkten ein wenig anders abgelaufen ist. Aber grundsätzlich«, bekräftigte er, »hat es sich so abgespielt.«

»Ich werde mich draußen umhören«, sagte Thönnissen und verließ die Schalterhalle.

Vor der Tür hatten sich in der Zwischenzeit noch mehr Schaulustige angesammelt.

»Was ist da drinnen los?«, fragte ein Tourist und richtete seine Kamera auf Thönnissen. Sofort folgten andere dem Beispiel, und der Inselpolizist sah sich einer Armada von Objektiven gegenüber.

»Hat jemand von Ihnen etwas beobachtet?«, fragte er über die Köpfe der Leute hinweg.

»Erzähl doch erst mal, was die für ein Ding gedreht haben«, forderte ihn ein Einheimischer auf.

»Da bist du bei unserem Bullen fehl am Platz«, fiel aus dem Hintergrund ein weiterer ein. »Was meint ihr, weshalb der hier Dienst schiebt? Den wollten die auf dem Festland nicht haben.«

»Wollen Sie mich beleidigen?« Thönnissen hatte seine Stimme erhoben.

»Geht das?« Der Mann hatte die Blicke auf sich gezogen. Auch ohne seine kritischen Worte war er eine auffällige Erscheinung. Das unrasierte schmale Gesicht, die hohen Wangenknochen und die tief zurückliegenden Augen gaben ihm etwas Unheimliches. Die gelben Zähen waren schief. Das graue Haar hing, zu einem Zopf gebunden, über dem Kragen des offenen Hemdes. Vor der Brust baumelte ein polierter Haifischzahn. Die Hände hatte er tief in den Taschen der Bermudashorts vergraben, die strumpflosen Füße steckten in Flip-Flops. Erhardt Thödter war vor einigen Jahren auf die Insel gezogen. Er hauste in einem der niedrigen Häuser am

Nordermitteldeich. Thönnissen wusste nicht, womit der Mann seinen Lebensunterhalt bestritt. Thödter galt als Sonderling und hatte sich auch nie um Kontakt zu den Einheimischen bemüht. Auffällig war er noch nicht geworden. Thönnissen verstand nicht, weshalb Thödter ihn jetzt angriff.

»Haben Sie etwas gesehen? Können Sie eine Aussage machen?«, rief der Inselpolizist.

Thödter hob den Arm und zeigte in nördliche Richtung. »Dorthin sind sie geflüchtet. Gibt es eigentlich eine Belohnung?«

»Kommen Sie nachher zur Polizeidienststellte, damit wir Ihre Aussage protokollieren können.«

»Das sehe ich nicht ein. Mehr kann ich nicht sagen. Ein Motorrad, zwei Männer. Ich habe mich gewundert, dass die Maschine mit laufendem Motor vor der Sparkasse stand.«

»Das fanden Sie nicht verdächtig?«

»Nein. Warum? Hier auf der Insel gelten andere Gesetzmäßigkeiten. Da werden die Autos nicht abgeschlossen.«

»Aber der Motor?«

»Das ist Umweltverschmutzung«, mischte sich ein Mann mit Halbglatze ein. »Richtig«, stimmte eine Frau zu. »Wir sind hierhergekommen, weil die Luft so gut ist. Und dann so etwas. Unerhört.«

»Genau. Da sollte die Polizei mehr drauf achten«, sagte der Mann in ihrer Begleitung.

»Herrschaften. Hier ist eine Straftat verübt worden. Ich fordere Sie auf, mir mit sachlichen Hinweisen behilflich zu sein.«

»Ist ja gut«, erwiderte die Halbglatze. »Das mag ja aufregend sein. Aber schon Kurt Tucholsky hat gesagt, dass *kleine* Gangster eine Bank überfallen. *Große* gründen eine. Das kann doch nicht so schwer sein, auf dieser kleinen Insel ein paar

Bankräuber zu fangen.« Er schwenkte den Zeigefinger. »Vergessen Sie aber nicht, dass wir eine saubere Umwelt haben wollen. Also: Achten Sie auf solche Leute, die den Motor nicht abstellen.«

Es war aussichtslos. Die Nebensächlichkeit schien die Menschen plötzlich mehr zu beschäftigen als der Banküberfall. Dieser war unspektakulär abgelaufen. Alles andere würde im Laufe der nächsten Zeit beim Kaufmann, am Stammtisch oder mit einem wohligen Schauder, der über den Rücken lief, im Strandkorb besprochen werden.

Ich werde eure Bitte erfüllen, dachte Thönnissen grimmig. Vielleicht sollte er nicht nur auf die Reifenprofiltiefe, sondern auch auf den TÜV-Stempel und die Abgasuntersuchung der Touristenautos achten. Siebzehn Anzeigen an einem Tag … Das ließ sich steigern.

Er hielt Ausschau nach Thödter. Aber der Mann war verschwunden, wie vom Erdboden verschluckt.

Thönnissen kehrte in die Schalterhalle zurück. Die beiden Angestellten waren damit beschäftigt, die genaue Höhe des geraubten Geldes zu ermitteln. Es schien fast, als würden sie erschrocken in die Höhe fahren, als er eintrat.

»Wir prüfen«, sagte Bahnsen hastig. »Mit Sicherheit wird jemand von der Hauptstelle kommen. Und die Revision«, fügte er an.

Sie wurden durch die sich öffnende Automatiktür in Thönnissens Rücken abgelenkt.

Die »Halbglatze« erschien in Begleitung seiner Frau.

»Ist die Bank wieder geöffnet? Ich hätte da mal eine Bitte.«

»Nein!«, sagte Thönnissen scharf, und schob den Mann zur Tür hinaus. »Heute bleibt die Sparkasse geschlossen.«

»Das ist ja wie in Zypern«, maulte die Halbglatze. »Da waren die Banken auch geschlossen, als wir auf Zypern Urlaub machten. Und ich dachte, das wäre hier anders.«

»Hier liegt ein anderer Grund vor«, erklärte Thönnissen.

»Ist doch egal, welche Art von Gangstern eine Bank ausnimmt«, stellte der Mann fest und trottete missgelaunt davon.

Bahnsen schloss die Eingangstür ab. Dann führten die beiden Angestellten ihre Arbeit fort.

Es dauerte noch eineinhalb Stunden, bis das Aufgebot der Polizei vom Festland eintraf. Drei Kriminalbeamte und sechs uniformierte Polizisten hielten in ihren Fahrzeugen vor der Bank. Thönnissen blinzelte vorsichtig durch einen Gardinenspalt.

»Scheiße«, fluchte er und drehte sich zu Bahnsen um. »Mach mal auf.«

Kurz darauf betraten zwei der Kriminalpolizisten die Sparkasse.

»Herr Hundt«, schob Thönnissen durch die fast geschlossenen Zähne hindurch. »Sie hier?«

Hauptkommissar Hundt machte keine Anstalten, Thönnissen die Hand zu reichen. »Das ist Obermeister Thönnissen. Er verkörpert die Polizei auf Pellworm. Als Solist. Weil es für einen Chorsänger nicht gereicht hat«, fügte Hundt leise an und unterließ es, den zweiten Beamten vorzustellen.

Thönnissen trug vor, was er bisher ermittelt hatte.

»Ist das alles?« Hundt schüttelte den Kopf. »Haben Sie noch nie davon gehört, dass der erste Angriff immer der wichtigste ist?«

»Doch. Aber haben Sie davon gehört, dass Sitting Bull bei der Schlacht am Little Big Horn allein geritten ist? Da Sie der Häuptling sind, stehe ich zu Ihrer Verfügung.« Thönnissen knallte demonstrativ die Hacken zusammen.

»Ich verspreche Ihnen, dass dieses Ihr letzter Auftritt in Uniform sein wird«, sagte Hundt drohend und erteilte dann Anweisungen an die Polizisten.

»Warum hat man ausgerechnet Hundt hier hergeschickt?«, raunte Thönnissen dem zweiten Kriminalbeamten zu, der sich als Kommissar Lehmritter vorstellte. »Das ist doch die größte Flachpfeife, die die Husumer Dienststelle aufzubieten hat.«

Lehmritter schmunzelte in sich hinein.

»Ähnliches hat mein Schwiegervater von Ihnen behauptet.«

»Ihr … Schwiegervater?«, stammelte Thönnissen.

Der junge Kommissar nickte. »Richtig. Ich bin mit Hauptkommissar Hundts Tochter verheiratet.«

»Ohhh«, war alles, was Thönnissen hervorbrachte.

Der Hauptkommissar hatte die Aufgaben verteilt. Der dritte Kriminalbeamte begann, den Tatort zu fotografieren und zu filmen, bevor er die Spuren sicherte.

Lehmritter verhörte die beiden Bankangestellten, während die uniformierten Polizisten ausschwärmten, um Zeugen zu suchen.

»Ist meine Anwesenheit noch erforderlich?«, fragte Thönnissen.

»Es wäre der Sache dienlich, wenn Sie sich vorerst auf Ihre Dienststelle zurückziehen würden«, sagte Hundt herablassend. »Hier ist Fachwissen gefragt.«

Thönnissen verzichtete auf eine Erwiderung. Hätte er den Hauptkommissar fragen sollen, weshalb man unter diesen Umständen ausgerechnet ihn nach Pellworm geschickt hatte? Er setzte sich auf das Dienstfahrrad und fuhr in Richtung seines Hauses.

Unterwegs hielt er an, wenn ihm ein Insulaner begegnete.

»Moin, Ella«, rief er einer älteren Frau zu, die von ihrem

Äußeren her den Werbetexter für die Schokoladenwerbung »Quadratisch. Praktisch. Gut« inspiriert haben mochte. »Hast du heute Nachmittag ein Motorrad gesehen?«

»Nee«, antwortete die Frau, während sie die Wäsche von der Leine nahm. »Wir haben hinten im Garten gesessen. Lisa, Erika, Telse und …«

»Danke, Ella«, unterbrach Thönnissen und winkte ab, bevor er weiterfuhr. Als Nächstes steuerte er die Tankstelle an, die ein Stück weiter am Weg lag.

»Moin, Lutz«, begrüßte er den Mechaniker, der aus der angeschlossenen Werkstatt auftauchte. »Ist hier ein Motorrad vorbeigekommen?«

»Eins?«, grinste Lutz und wischte sich seine ölverschmierten Hände an einem schmutzigen Tuch ab.

»Heute Nachmittag.«

Lutz nickte. »Ja.«

»Hast du es erkannt?«

»Ja.«

»Sei nicht so sparsam mit deinen Worten. Wer war das?«

Lutz zuckte die Schultern. »Weiß nicht. Hat einen Helm getragen.«

»Willst du mich veräppeln? Eben hast du gesagt, du hättest das Motorrad erkannt.«

»Habe ich auch. Aber nicht den Fahrer.«

»Hast du das Kennzeichen?«

Lutz hielt sich die Hand wie ein spähender Indianer über die Augen und blinzelte in die Sonne. »Müsste ich nachgucken.«

»Also. Nun in ganzen Sätzen und als Klartext.«

»Ich kenne die Fahrzeuge, habe aber nicht alle Kennzeichen im Kopf.« Er wies mit dem Daumen über die Schulter. »Steht in den Unterlagen im Büro.«

»Wessen Motorrad willst du erkannt haben?«

»Das war Tores Maschine. Bestimmt. Woran ich einmal geschraubt habe … Das erkenne ich wieder.«

»Tore Ipsen, der Spediteur?«, fragte Thönnissen.

Lutz nickte bedächtig. »Sein Motorrad.«

Der Inselpolizist war enttäuscht. »Das meine ich nicht. Ich suche ein Motorrad mit zwei Personen.«

»Jaaa«, sagte Lutz gedehnt. »Da saßen zwei drauf.«

»Also«, stöhnte Thönnissen. »Du hast Tore Ipsens Motorrad gesehen, auf dem zwei Männer in diese Richtung fuhren.« Mit einer weit ausladenden Bewegung schwenkte der Inselpolizist den Arm und wies Richtung Norden. Dann zeigte er zur entgegengesetzten Seite. »Und sie kamen aus Tammensiel.«

Lutz nickte.

»Und fuhren sehr schnell.«

Erneutes Nicken.

»Mensch, warum sagt du das nicht gleich?«, herrschte Thönnissen den Mechaniker an.

»Habe ich doch. Sag mal, hörst du mir nicht zu?«

Thönnissen öffnete den Mund, unterließ es aber zu antworten. Stattdessen sagte er knapp: »Danke.«

»Immer wieder gern.«

Was soll ich jetzt unternehmen?, überlegte Thönnissen. Wenn er Hundt benachrichtigte, würde der Hauptkommissar seine kleine Armee in Bewegung setzen und Tore Ipsen mit viel Brimborium verhaften. Der Spediteur würde mit aufs Festland genommen und dort verhört werden. Über eine solche Aktion sprach man noch nach Jahren. Wenn Ipsen unschuldig war, würde ihm dieser Makel stets anhaften. Ipsen, der Bankräuber, würde man hinter seinem Rücken lästern. Das Leben auf einer kleinen Insel war anders. Man konnte nicht ausweichen und war auf die Mitbürger angewiesen. Bei jeder Gelegenheit begegnete man einander. Sicher, die Insulaner waren tolerant. Jeder wusste um die kleinen Geheimnisse. Niemand zeigte mit dem Finger auf den Nachbarn, wenn der den Inselkoller mit zu viel Alkohol bekämpfte. Und es war ein offenes Geheimnis, wer bei Dunkelheit über den Gartenzaun stieg, um die Nachbarin zu trösten, weil deren Ehemann anderweitig »unterwegs war«.

Andererseits würde man es Thönnissen nicht nachsehen, wenn er schwieg. Es war nicht auszuschließen, dass Hundt und seine Leute auf Lutz stießen und der Mechaniker den Festlandspolizisten das Gleiche erzählte, das Thönnissen aus ihm herausgequetscht hatte. War das schon Strafvereitelung im Amt? Er war sich nicht sicher. Außerdem trug er eine Hypothek aus den Anfängen seiner Polizeilaufbahn mit sich herum. Ein weiteres Mal würde man keine Nachsicht üben und ihn aus dem Dienst entfernen.

»Willst du Ipsen jetzt verhaften?«, unterbrach Lutz seine Gedanken.

»Warum? Außerdem hast du mir erzählt, es wäre nicht Ipsen gewesen, der auf dem Motorrad saß.«

»So habe ich das …«

»Gut. Dann werde ich zu Ipsen fahren und ihn festnehmen. Es reicht mir als Begründung, dass du ihn beschuldigt hast«, erklärte Thönnissen und war ein wenig dichter an den Mechaniker herangetreten.

»So habe ich das nicht gesagt«, behauptete Lutz und nahm eine Abwehrhaltung ein.

»Also doch nicht Ipsen?«

»Ach, lass mich zufrieden.« Der Mechaniker drehte sich um und verschwand in seiner Werkstatt.

Thönnissen war zufrieden. Es war ihm gelungen, Zweifel zu säen. Außerdem hatte Bahnsen erklärt, der große Täter wäre der Aussprache nach kein Einheimischer. Und die beiden Ipsen-Brüder … Der Polizist schmunzelte. Deren Aussprache war unverkennbar hiesigen Ursprungs. Ohne sich anzustrengen, radelte er nach Hause.

Der Inselpolizist hatte sich soeben die zweite Tasse Kaffee eingeschenkt, als sein Telefon klingelte.

»Holen Sie mich an der Sparkasse ab«, brüllte Hundt ins Telefon.

»Gern«, entgegnete Thönnissen süffisant. »Kommen Sie mir ein Stück entgegen?«

»Sind Sie närrisch?«

»Nein. Ich setze mich jetzt auf mein Dienstfahrrad und fahre in Ihre Richtung, Herr Hauptkommissar. Zurück müssen wir allerdings laufen. Sie wissen, dass das Mitführen von Personen auf dem Gepäckträger untersagt ist. Wenn die Polizei das sieht …«, ließ Thönnissen den Satz unvollendet.

»Sind Sie völlig übergeschnappt? Kommen Sie gefälligst mit dem Streifenwagen hierher. Aber ein bisschen plötzlich.«

Thönnissen legte eine Kunstpause ein, bevor er Hundt erklärte, dass man ihm nur noch ein Dienstfahrrad zugestanden hatte.

»Dann lass ich mich bringen«, sagte der Hauptkommissar mit schnarrender Stimme.

Fünf Minuten später fuhr ein Streifenwagen vor.

Durch die Butzenscheiben seines Hauses beobachtete der Inselpolizist, wie Hundt ausstieg, mit Schwung die Tür zuschlug und stehenblieb, während das Fahrzeug davonfuhr. Sein Blick wanderte zum grün-weißen Golf, der neben dem Haus abgestellt war. Kurz darauf betrat der Hauptkommissar die Diele. Thönnissen empfing ihn im Türrahmen des Wohnzimmers.

»Was soll das bedeuten?«, schnauzte Hundt. »Da steht doch der Streifenwagen.«

»Der ehemalige«, korrigierte Thönnissen. »Ist Ihnen nicht aufgefallen, dass das Blaulicht demontiert ist und die Schriftzüge ›Polizei‹ überlackiert sind?« Mit Genugtuung registrierte er, dass Hundt dies entgangen war. »Ich habe das ausgemusterte Fahrzeug privat erstanden.« Dann zog er die Augenbraue in die Höhe und sah den Hauptkommissar fragend an.

»Müssen wir das im Stehen erledigen?«

Thönnissen trat beiseite und ließ den Kriminalbeamten eintreten. Er bot ihm Platz und einen Kaffee an.

»Haben Sie Milch? Und Zucker?«, meckerte Hundt und verzog das Gesicht, als er einen Schluck des schwarzen Gebräus zu sich nahm.

»Ich bevorzuge den Kaffee auf diese Art und habe beides nicht im Hause. Sie können ein wenig Kandis bekommen. Den brauche ich für den Tee.«

»Was ist das für ein Haushalt, der keinen Zucker hat?«, murrte Hundt.

Zumindest nicht für dich, dachte Thönnissen. Laut sagte er: »Haben Sie den Fall abgeschlossen und die Täter gefunden?«

Hundt warf ihm einen bösen Blick zu. »Das haben Sie verbockt. Bahnsen sagte, Sie wären erst zwei Stunden nach dem Überfall dort aufgekreuzt.«

Die Zeitspanne wurde immer länger, registrierte Thönnissen.

»Das ist unzutreffend«, erklärte er. »Ich war zwanzig Minuten nach dem Alarm in der Sparkasse«, verkürzte er seinerseits den Zeitraum. »Die habe ich mit dem Fahrrad vom Tiefwasseranleger bis nach Tammensiel benötigt. Ich war dienstlich an der Fähre. Es ging um die Kontrolle von Fahrzeugen.«

Hundt blies die Wangen auf und prustete los. »Das ist unfassbar. Da wird eine Bank überfallen, und der Kollege verteilt Knöllchen.«

»Hätten Sie mir zuvor einen Hinweis zukommen lassen, hätte ich mich natürlich beim Geldinstitut postiert und die Täter dort abgefangen«, antwortete Thönnissen und ergänzte schnell, bevor Hundt darauf eingehen konnte: »Wie ist der Sachstand?«

Der Hauptkommissar nippte am Kaffee und zog die Mundwinkel in die Höhe.

»Wir haben alles vor Ort aufgenommen. Die Spuren sind sichergestellt, die Zeugen verhört.« Plötzlich schien ihm etwas einzufallen. »Es ist ein Unding, dass die Überwachungskamera außer Betrieb war. Und überhaupt … Wie rückständig ist man hier! Es gab kein Alarmpäckchen und keine Markierung des gestohlenen Geldes.«

»Die Wahrscheinlichkeit, dass sich hier so etwas ereignet, ist ja auch gering.«

»Vergessen Sie Ihre Mathematik, Thönnissen. Sie sehen selbst, dass nichts unmöglich ist.«

Thönnissen flüsterte den Namen einer japanischen Automarke, die diese Werbeaussage früher verwandt hatte.

»Bitte?«, fragte Hundt nach.

»Ach. Nichts.«

»Die Täter sind nach dem bisherigen Erkenntnisstand mit einem Motorrad in nördlicher Richtung geflüchtet. Es gab eine Handvoll Zeugen, aber deren Aussagen sind widersprüchlich. Die Beschreibung reicht von groß bis klein, dick und dünn, alt und jung. Es könnte jeder gewesen sein. Ich. Sie.«

Thönnissen zuckte zusammen. »Ich?«

»Das ist nur so dahergesagt«, erwiderte Hundt. »Inzwischen

sind Mitarbeiter von der Zentrale der Uthlande-Sparkasse auf dem Weg hierher. Es wird noch eine Weile dauern, bis die eintreffen. Die müssen erst von ihrer Insel aufs Festland, dann an der Küste entlangfahren und schließlich ab Nordstrand mit der nächsten Fähre herüberkommen. Wenn Sie diese Umstände jemanden erklären, der nicht von hier ist … Das nimmt Ihnen niemand ab.«

Auch nicht, dass die Polizei vom Festland ewig braucht, bis sie vor Ort ist, dachte Thönnissen, vermied es aber, Hundt weiter zu reizen.

»Die Angestellten der Sparkasse haben festgestellt, dass den Tätern etwas mehr als vierunddreißigtausend Euro in die Hände gefallen sind.«

Welch wundersame Geldvermehrung!, schoss Thönnissen der nächste Gedanke durch den Kopf. Vorhin waren es ein paar tausend Euro weniger.

»Die anderen Kollegen fahren über die Insel und halten Ausschau nach dem Motorrad. Mein Mitarbeiter …«

»Kommissar Lehmritter«, unterbrach Thönnissen.

»Ist der Name von Bewandtnis? Also. Der hat eine Abfrage gestartet, welche Motorräder auf Pellworm zugelassen sind. Der andere Mitarbeiter ist an der Fähre und versucht herauszufinden, ob es dort Aufzeichnungen über die von drüben transportierten Motorräder gibt.«

»Und Sie?«

»Ich leite die gesamte Aktion und habe die örtliche Polizeidienststelle zu meinem Stützpunkt vor Ort erklärt.«

»Na, prima«, stöhnte Thönnissen. Dann wandte er sich der Nachbearbeitung der an diesem Tag geschriebenen Anzeigen zu, während der Hauptkommissar fortwährend telefonierte.

Nach einer guten halben Stunde nutzte Hundt eine kurze Pause.

»Statt sich mit Lappalien zu beschäftigen, erwarte ich von Ihnen umgehend einen schriftlichen Bericht über die heutigen Vorkommnisse. Vergessen Sie keine Details, mögen sie Ihnen noch so unbedeutend erscheinen. Außerdem sollten Sie begründen, weshalb Sie dem Notruf der Sparkasse nicht nachgekommen sind.«

»Das habe ich schon erklärt«, erwiderte Thönnissen, dem unbehaglich wurde, als er an das Gespräch mit Lutz, dem Mechaniker, dachte.

Hundt beugte sich ein wenig vor. »Das war ein gutgemeinter Rat. Es geht um nicht weniger als Ihren Kopf.«

Thönnissen musterte den Hauptkommissar. »Pharisäer«, formten seine Lippen lautlos. Hoffentlich hatte der Kriminalbeamte das nicht verstanden. Laut sagte er: »Jawohl.« Dann setzte er sich an den Rechner und begann, einen Text zu formulieren. Zwischendurch prüfte er das Geschriebene und änderte einiges. Der Bericht durfte nicht zu geschliffen formuliert sein, sollte sogar an einigen Stellen Fehler aufweisen. Niemand, schon gar nicht Hundt, sollte glauben, Thönnissen wäre ein mit reichhaltigen geistigen Gaben ausgestatteter Beamter. Es reichte, wenn man der Überzeugung war, seine Fähigkeiten würden gerade eben den Anforderungen für die Aufgabe auf diesem abgeschiedenen Dienstposten entsprechen.

Abgeschiedenheit! Seine Gedanken schweiften ab zu einem anderen abgelegenen Ort. Tuvalu, die Insel auf der anderen Seite der Welt. Im letzten Jahr hatte Thönnissen dank des Vermächtnisses Hinrich Wessels' seinen Lebenstraum verwirklichen können. Auf abenteuerlichen Wegen war er um die Welt bis zu den Fidschi-Inseln gereist. Von dort waren es noch einmal tausend Kilometer in die Einsamkeit des Pazifiks, bis die kleine Turbo-Prop-Maschine auf dem internationalen Flughafen in Funafuti aufsetzte. Der viertkleinste Staat der

Welt hatte eine Größe, die etwa achtzig Prozent der Fläche Pellworms entsprach. Darauf lebten halb so viele Menschen wie Husum Einwohner hatte. Es gab eine einzige Straße, die mit ihren acht asphaltierten Kilometern das kleinste Straßennetz der Welt darstellte, und der Flughafen nahm einen Großteil der Hauptstadt ein. Abgesehen von der exotischen Abgeschiedenheit und den traumhaft schönen Stränden auf den kleinen Inseln mit ihren Palmenwäldern gab es nichts, was Touristen reizen könnte. Ihm fiel Königin Elisabeth II. ein. Die britische Monarchin war offiziell Staatsoberhaupt von Tuvalu. Ihr zu Ehren hatte das Ehepaar Tinilau ihre Tochter Elisabeth genannt. Während seines Aufenthalts auf Funafuti war die Südseeschönheit Thönnissens Herzenskönigin geworden. »Du bist für mich ›Elisabeth die Große‹«, hatte er zum Abschied gesagt und versprochen wiederzukommen. Ein gewagtes Unterfangen bei den Bezügen eines Inselpolizisten. Und einen Hinrich Wessels gab es nur einmal auf Pellworm.

»Kommen Sie voran?«, unterbrach Hundt seine Träumereien. »Ich sehe Sie seit zehn Minuten nur dösen. Oder müssen Sie so lange überlegen, bis Ihnen der nächste Satz einfällt?«

»Ich habe alles im Griff«, versicherte Thönnissen und ließ seine beiden Zeigefinger wieder über der Tastatur kreisen.

»Würden Sie diese Behauptung unter Eid aussagen, wäre das als Falschaussage strafbar«, knurrte Hundt und führte das nächste Telefonat.

Thönnissen bekam mit, dass der Hauptkommissar immer ungehaltener wurde. Freundliche Worte waren nie sein Ding gewesen. Jetzt beschimpfte er seine Beamten, schalt sie unfähig, forderte sie auf, gründlich und systematisch vorzugehen. Damit weckte er Thönnissens Zufriedenheit. Offenbar war es Hundts Art, so mit anderen Menschen umzugehen. Es mochte also nicht speziell gegen Thönnissen gerichtet sein.

Nach zwei weiteren Gesprächen knallte Hundt wütend das Telefon auf die Tischplatte.

»Warum hat man mir nur die unfähigsten Beamten des Landes zugeteilt?«, brüllte er. Als Thönnissen ihn staunend ansah, schob der Hauptkommissar zornig nach: »Da können Sie sich getrost einreihen.« Dann stützte er seinen Kopf in beide Hände, nachdem er die Ellenbogen auf die Tischplatte gestellt hatte. »Wie groß ist diese verdammte Insel? Wie viele Straßen gibt es hier? Straßen? Pahhh.« Hundt schüttelte heftig den Kopf. »Dieses verflixte Motorrad kann doch nicht verschwunden sein.« Er sah Thönnissen an. »Kann man es irgendwo ins Wasser werfen?«

»Höchstens im Hafen. Aber nur bei Flut. Die Ebbe würde es wieder ans Tageslicht befördern.«

»Und in diesen Gräben, wie heißen die noch gleich?«

»Sielzüge«, half Thönnissen aus.

»Kann man da ein Motorrad verschwinden lassen?«

»Sie sind sehr auf das Wasser fixiert.« Der Inselpolizist grinste. »Sollten wir die Wasserschutzpolizei um Mithilfe bei der Suche bitten? Vielleicht sind die kompetenter als wir anderen.«

»Thönnissen!«, brüllte Hundt. So lautstark hatte noch nie jemand den Inselpolizisten zurechtgewiesen.

Der Gemaßregelte beugte sich wieder über seinen Rechner und setzte seinen Bericht fort. Thönnissen sah nicht auf, er vernahm nur das Schnauben des Hauptkommissars, bis erneut dessen Mobiltelefon schrillte. Dieses Mal begnügte sich Hundt mit einer Aneinanderreihung von Zisch- und Knurrlauten.

»Wir brechen die Suche ab«, beschied er schließlich. Als er Thönnissens spöttischen Blick gewahrte, ergänzte er: »Es ist mir ein Rätsel, wie die Täter untertauchen konnten. Niemand kann etwas über ihren Verbleib sagen. Das Motorrad ist verschwunden. Was schließen Sie daraus?«

Der Inselpolizist zuckte ratlos mit den Schultern. *Er* wollte es nicht aussprechen. Das übernahm Hundt.

»Die Bankräuber müssen Einheimische sein. Auswärtige hätten sehr aufwendig die Sparkasse, Fluchtwege und Unterschlupfmöglichkeiten auskundschaften und organisieren müssen. Das bleibt auf Pellworm sicher nicht verborgen. Also?« Er sah Thönnissen herausfordernd an.

Thönnissen fuhr sich automatisch mit dem Zeigefinger unter dem Hemdkragen entlang. Das Gespräch mit Lutz. Die Schlinge um seinen Hals hatte sich wieder ein wenig zugezogen.

Hundt missdeutete die Geste. »Habe ich mir gedacht. Von Ihnen kommt kein konstruktiver Beitrag. Sprechen Sie mit Ihrem Kontaktmann auf der Fähre. Man soll uns sofort benachrichtigen, wenn ein Motorrad aufs Festland übersetzen will. Und das Schiff soll erst ablegen, nachdem wir die Maschine und ihren Fahrer kontrolliert haben. Ist das klar?«

Thönnissen nickte.

»Meine Leute werden mit der letzten Fähre aufs Festland zurückkehren. Ich kann einen weiteren Aufenthalt auf Pellworm nicht verantworten. Sie sind darauf nicht eingestellt, und die Höhe der Beute war nicht so spektakulär, dass wir die Vor-Ort-Suche ausdehnen müssten.«

Es klang wie eine Entschuldigung.

»Werden Sie abgeholt? Oder soll ich Sie irgendwo hinbringen. Zur Fähre?«, fragte Thönnissen.

Hundt schüttelte den Kopf. »Ich bleibe hier. Nicht immer ist Masse erfolgreich. Oft reicht es, entsprechende Qualität einzusetzen.«

Der Inselpolizist hustete und hielt sich die Hand vor den

Mund. Er versuchte damit, seinen Lachanfall zu verbergen. Ob der Hauptkommissar wirklich so von sich überzeugt war?

»Dann wird Sie jemand abholen und zum Hotel bringen«, sagte Thönnissen vorsichtig.

»Ich denke, das werden Sie machen.«

Thönnissen nickte und bemühte sich, einen Seufzer zu unterdrücken.

Die Fahrt zum Hotel verlief schweigend. Thönnissen mochte nicht daran denken, dass der Hauptkommissar im vergangenen Jahr ebenfalls neben ihm gesessen und sich über den muffigen Geruch im Fahrzeug beklagt hatte. Der Inselpolizist hatte Blut und Wasser geschwitzt. Aber es war gutgegangen. Hundt hatte die Leiche von Wessels nicht bemerkt, die im Kofferraum des Streifenwagens gelegen hatte.

Der Parkplatz vor dem Hotel war fast vollständig belegt. Zwei Fahrzeuge erkannte Thönnissen wieder. Er hatte sie heute überprüft und die Profiltiefe für zu gering befunden.

Am Tresen wurden sie von einer attraktiven blonden Frau empfangen. Thönnissen kannte ihren Namen nicht. Er wusste nur, dass sie erst zu Beginn dieser Saison auf die Insel gekommen war. Boy Feddersen, der Hotelier und Bürgermeister, hatte sicher ein paar unfreundliche Worte von seiner Frau Liesschen zu dieser Neueinstellung zu hören bekommen.

»Guten Tag«, wurden sie begrüßt.

»Moin! Ist der Chef im Hause?«

»Kann ich Ihnen weiterhelfen?«, antwortete sie freundlich.

»Sagen Sie ihm bitte, die Polizei wäre hier«, erwiderte Thönnissen und bemerkte ein Aufblitzen in den strahlend blauen Augen der Blonden.

»Warten Sie einen Moment«, sagte sie und verschwand.

Kurz darauf tauchte Feddersen auf.

»Das verheißt nichts Gutes, wenn ihr erscheint«, brummte der Hotelier anstelle einer Begrüßung.

»Ich benötige ein Einzelzimmer«, mischte sich Hundt ein. Freundlich klang es nicht.

Feddersen grinste. »Gern, aber nicht bei uns.«

»Bitte?«

»Boy, es ist nur für eine Nacht. Der Hauptkommissar ermittelt in Sachen Überfall auf die Sparkasse.«

»Wen kümmert das? Ich habe nicht vergessen, was ihr letztes Jahr angestellt habt. Meinen ganzen Betrieb habt ihr durcheinandergebracht.« Feddersen schüttelte heftig den Kopf. »Und wenn ich neunzig Prozent leere Zimmer hätte … Bei mir nicht.«

»Denk an deinen guten Ruf. Was soll …«, setzte Thönnissen an. Aber der Hotelier unterbrach ihn.

»Genau daran denke ich. Mir steht es noch bis hier.« Feddersen legte die flache Hand an die Unterlippe. »Kommt nicht in Frage.«

»Sie haben eine Pflicht …«, versuchte es jetzt der Hauptkommissar.

»Nix habe ich. Außerdem! Rede ich chinesisch? Ich sagte, wir sind ausgebucht.«

»Ich weiß, dass du immer noch …«

Feddersen hob beide Hände bis in Schulterhöhe und bewegte sie überkreuzend hin und her.

»Du weißt gar nichts. Bei mir nicht.«

Sie wurden durch zwei Männer unterbrochen, die die Empfangshalle betraten.

»Moment«, sagte der Hotelier, griff hinter sich und holte einen Zimmerschlüssel vom Haken. »Bitte!« Er reichte ihn über den Tresen.

Der Größere nahm den Schlüssel entgegen. Wortlos verschwanden die beiden in Richtung des Flügels, in dem die Hotelzimmer untergebracht waren.

»Wer war das?«, fragte Thönnissen und sah den Männern hinterher.

»Gäste. Und mehr geht euch nichts an«, antwortete Feddersen unwirsch.

»Die haben ein Zimmer gebucht? Zwei Männer?« Thönnissen konnte seine Verblüffung immer noch nicht verbergen.

»Seid ihr von der Sittenpolizei? Und selbst dann hätte es euch nicht zu interessieren.«

»Was machen die hier auf Pellworm?«

»Nun reicht es aber. Vielleicht sind das Tiermaler. Sie wollen die schwarzen Flecken auf unseren Milchkühen ausbessern.« Feddersen nickte Hundt zu. »Die bleichen nämlich in der Sonne aus«, wisperte er scheinbar vertraulich.

Thönnissen ließ sich nicht beirren.

»Ich möchte die Anmeldung der beiden sehen«, forderte er.

»Dann komm morgen wieder. Heute habe ich dazu noch keine Zeit gefunden.«

»Wie lange sind die beiden denn schon hier?«, fragte der Polizist.

»Sie sind heute früh mit der ersten Fähre eingetroffen.«

Dann waren sie am frühen Nachmittag schon auf der Insel, dachte Thönnissen, bevor er mit Hundt das Hotel verließ.

Die Kurverwaltung hatte zu dieser Zeit schon geschlossen. Sie fuhren zu Thönnissens Haus zurück. Dort versuchte der Inselpolizist, eine Unterkunft für den Hauptkommissar zu organisieren. Alle Bemühungen waren vergeblich. Sicher war es erfreulich, dass Pellworm trotz der ungünstigen Witterungsbedingungen in den letzten Jahren ausgebucht war. Auch ein Privatquartier ließ sich nicht finden. Jetzt, zur Hochsaison, setzten die Vermieter einen Mindestaufenthalt von mehreren Tagen voraus.

Hundt hatte die ganze Aktion schweigend verfolgt.

»Dann werde ich auf der Polizeistation übernachten«, sagte er mit Entschiedenheit.

»Polizeistation?«, wiederholte Thönnissen. »Das ist mein Privathaus.«

»So?« Der Hauptkommissar spitzte die Lippen. »Für mich ist es eine Dienststelle. Und im Rahmen der Amtshilfe werde ich hier einziehen.«

Thönnissen atmete tief aus und ließ die Schultern nach vorn fallen. Er antwortete nicht. Ihm fehlten die Worte. Doch Hundt wusste sich noch zu steigern. »Was bieten Sie zum Abendessen?«

Der Inselpolizist schluckte heftig. Dann zeigte er auf die Tür.

»Draußen steht das Dienstfahrrad. Zu dieser Jahreszeit sind alle gastronomischen Betriebe der Insel geöffnet. Sie haben die große Auswahl.«

Der Hauptkommissar sah ihn erstaunt an. »Sie erwarten nicht, dass ich mit dem Zweirad zum Essen strampele.«

»Doch!«

Hundt hatte sich auf den Weg gemacht. Als er das Haus verließ, hatte er unentwegt Verwünschungen gemurmelt. Thönnissen hätte gern eingestimmt. Man musste nur die Namen in den Flüchen austauschen. Unwillig bereitete er sich das Abendessen. Anschließend sicherte er alle Getränkevorräte in seinem Schlafzimmer, zog das Antennenkabel des Fernsehapparats im Wohnzimmer heraus und trug es ebenfalls in seine Kammer. Er bezog die Betten mit neuer Bettwäsche und richtete dem Hauptkommissar eine Schlafstatt auf dem Sofa her. Ein ausgewachsener Mann würde auf dem schmalen Möbel keine erholsame Nachtruhe finden. Natürlich hätte Thönnissen das Sofa ausziehen und in eine Schlafcouch verwandeln können. Es war ein Hauch Genugtuung für ihn, dass er diese Verwandlung unterließ. Dann zog er sich in sein Schlafzimmer zurück und hoffte, für die letzten Stunden des Tages ungestört zu bleiben.

Zwei

Eine unruhige Nacht war vorüber. Thönnissen fühlte sich wie gerädert. Gern hätte er sich noch einmal umgedreht und zwei weitere Stunden geschlafen. Er wusste, dass Hundt dies als Dienstverfehlung auffassen würde. Thönnissen sah auf die Uhr. Halb acht. Schwerfällig tapste er ins Bad und warf einen kritischen Blick in den Spiegel. Die Augen lagen tief in den Höhlen und hatten dunkle Ringe. Er fuhr sich mit dem Handrücken über die Wange und vernahm ein kratzendes Geräusch.

Seine Hoffnung, die Morgentoilette und die heiße Dusche würden seine Lebensgeister wecken, wurde nur zum Teil erfüllt. Während er in der Küche hantierte und Kaffeepulver in den Filter einfüllte, hörte er, wie Hundt aus dem Wohnzimmer kam. Der Hauptkommissar sah in seinem Oberhemd und den nackten Beinen lächerlich aus.

»Gibt es Frühstück?«, fragte er. »Ich gehe mich frisch machen.« Eine halbe Minute später erschien er erneut und bemängelte, dass kein Handtuch für ihn bereitliegen würde.

Thönnissen besorgte eins und gab es Hundt. »Meinen Rasierapparat benutzen Sie aber nicht«, sagte er bestimmt.

»Keine Sorge. Auch Ihre Zahnbürste rühre ich nicht an.« Dann schloss sich die Tür hinter dem Kriminalbeamten.

Obwohl Thönnissen morgens den Kaffee stark liebte, füllte er noch zwei Messlöffel zusätzlich in die Filtertüte. Hundt sollte selbst entscheiden, ob sein Herzklopfen vom Getränk oder von der Jagd auf die Bankräuber herrührte.

Thönnissen suchte in seinem Kühlschrank und bedauerte,

dass er keine Margarine im Haus hatte. So stellte er Butter auf den Tisch, ein Glas Erdbeermarmelade und die Nussnougatcreme, die er vor langer Zeit einmal eingekauft hatte, als seine Cousine mit ihrem dreijährigen Sohn zu Gast gewesen war. Im Tiefkühlschrank fand er auch noch eingefrorenes Toastbrot. Hoffentlich war Hundt nicht so dreist und öffnete den Kühlschrank. Dort würde er Schinken, Käse, Eier und eine Schale mit Krabben entdecken. Die frischen Brötchen gab es beim Bäcker.

Während Thönnissen noch damit beschäftigt war, den Tisch zu decken, meldete sich sein Diensthandy.

»Thönnissen?«, hörte er eine abgehackt klingende Stimme.

»Polizei Pellworm«, sagte er amtlich.

»Ist ja gut, Frerk. Hier ist …« Dann gab es eine Störung im Telefonnetz.

»Wer ist da?«

»Sagte ich bereits. Hansen.«

Thönnissen konnte die Stimme nicht identifizieren. »Welcher Hansen? Die halbe Insel heißt so.«

»Der Parlaments-Hansen«.

»Aha. Jost Hansen.« Der Mann wohnte auf einem Bauernhof in der Straße mit dem ungewöhnlichen Namen »Parlament«. »Was ist los?«

»Ich bin noch … Das ist nicht zu glaub… Thönnissen, gibt es so etw…«

»Hansen«, unterbrach Thönnissen das Gestammel. Er hatte das Handy zwischen Ohr und Schulter eingeklemmt und angelte Toastbrotscheiben aus der Verpackung. »Hast du eine Wortfindungsstörung, und ich soll dir helfen, nach den Vokalen zu suchen?«

»Das ist nicht lustig, Thönnissen«, beschwerte sich der Anrufer. »Schließlich findet man nicht jeden Tag einen Toten.«

»Spinnst du?«, fragte Thönnissen ungläubig.

»Ich würde mir wünschen, es wäre so.«

»Eine richtige Leiche? Woher willst du das wissen?«

»Ich sehe mir jeden Sonntag den Tatort an. Da lernt man das.«

»Bildungsfernsehen nennt man das«, brummte Thönnissen. »Wo hast du den Toten gefunden?«

»Tüterland. Aber beeil dich ein bisschen. Auf dem angrenzenden Feld hat Spreckelsen gerade begonnen, Gülle auszubringen.«

»Dann halt ihn auf, bis wir da sind.«

»Bin ich verrückt? Du glaubst doch nicht, dass ich über die Wiese laufe und mich beregnen lasse?«

»Gut, wir kommen«, stöhnte Thönnissen und warf einen letzten Blick auf den halb gedeckten Frühstückstisch. Er stellte die Kaffeemaschine ab und klopfte kräftig gegen die Badezimmertür, hinter der er die Dusche rauschen hörte. Es dauerte eine Ewigkeit, bis Hundt es hörte.

»Was wollen Sie?«, fragte er ungehalten.

»Wir sind alarmiert worden. Man hat einen Toten entdeckt.«

»Dann soll der Doktor einen Totenschein ausstellen, wenn er nüchtern genug ist.«

»Der Tote liegt in einem Graben. Erschossen«, ergänzte Thönnissen.

Die Tür öffnete sich einen Spalt, und der Hauptkommissar steckte den Kopf heraus.

»Wirklich?«

»Mit solchen Meldungen scherze ich nicht.«

»Warten Sie einen Moment – ich komme«, sagte Hundt und zog sich wieder ins Bad zurück.

»Und lass die Dusche nicht so lange laufen«, grummelte

Thönnissen Hundt hinterher. »Die Kosten ersetzt mir keiner. Ich will Geld auf die Seite legen und Elisabeth auf Tuvalu besuchen, aber davon nicht überhöhte Energiekosten zahlen.«

Hundt machte keinen Respekt erheischenden Eindruck, als er wenig später erschien. Das Hemd war zerknittert, die Haare waren nass, das Gesicht war unrasiert.

»Worauf warten Sie«, schnauzte er Thönnissen an. »Oder wollen Sie wieder mit mehreren Stunden Verspätung am Tatort erscheinen?«

»Am Fundort der Leiche«, korrigierte ihn Thönnissen. Ob es bei der nächsten Erwähnung der Zeitdifferenz am gestrigen Banküberfall schon Tage sind?, überlegte der Inselpolizist sarkastisch.

Als beide im ehemaligen Streifenwagen saßen, musterte Hundt ihn von der Seite. Während sich Thönnissen vergeblich bemühte, ein Gähnen zu unterdrücken, fragte der Hauptkommissar: »Waren Sie heute Nacht noch einmal unterwegs? Auf dem Sofa habe ich keinen richtigen Schlaf gefunden und mitbekommen, dass Sie noch einmal aus dem Haus gegangen waren. Haben Sie eine heimliche Geliebte? Ich wundere mich die ganze Zeit, weshalb Sie fortwährend gähnen.«

Sie hatten die Stelle erreicht, zu der Jost Hansen sie bestellt hatte. Schon von weitem winkte der Mann. Thönnissen atmete auf. Es ersparte ihm eine Diskussion mit dem Hauptkommissar, ob der Inselpolizist tatsächlich das Haus in der Nacht verlassen hatte.

Tüterland war ein besserer Feldweg im Herzen der Insel, an dem drei Gehöfte lagen. Pellworm ist eine Marscheninsel und flach wie eine Scheibe. Baumgruppen oder Knicks gab es nicht, so dass der Blick weit über die Marsch reichte. Im Hintergrund standen ein paar Holzmasten mit einer Freilandleitung, die abrupt im Nirgendwo endete. Die Straße Tüterland machte einen scharfen Knick. Unweit davon wartete Jost Hansen auf sie. Sein Fahrrad hatte er achtlos ins Grün neben dem Weg geworfen.

Der Tote lag im Graben, der neben dem Feldweg entlangführte. Männlich. Thönnissen schätzte ihn auf Ende vierzig. Graue Strähnen durchzogen die welligen dunklen Haare. Die Augen waren starr auf einen imaginären Punkt gerichtet. Um den Mund herum zierte ein gepflegter Bart das kantige Gesicht. Die dunkle Wildlederjacke, das Sporthemd und die Leinenhose wiesen Schmutzspuren auf.

Hundt kroch in den Graben hinein, rutschte ab und landete bis zur Wade im Morast.

»So ein Schweinkram«, fluchte er, bevor er den Toten flüchtig untersuchte.

Thönnissen unterdrückte ein Grinsen und sagte: »Das sehe ich auf Distanz, dass er die Lebensgeister ausgehaucht hat.«

Der Hauptkommissar blickte nicht auf. »Sparen Sie sich Ihre Kommentare.«

Thönnissen musste anerkennen, dass Hundts Handgriffe routiniert waren. Hier konnte er seine Erfahrung als Sachbearbeiter für ungeklärte Todesfälle anwenden. In dieser Funktion war er bei der vorgesetzten Dienststelle in Husum tätig. Besondere Aufmerksamkeit schenkte der Hauptkommissar der großen klaffenden Wunde am Hinterkopf, die blutverkrustet war und von der sich ein getrocknetes Rinnsal über den Haaransatz bis zum Kragen zog. Es hatte sich ein fast schwarzer Fleck an den Stellen gebildet, an denen die Fasern das Blut aufgesogen hatten.

Thönnissen war sich nicht sicher, ob … Aber sein Verdacht wurde von Hundt bestätigt.

»Er ist erschossen worden. Das war eine Hinrichtung. Es

sieht aus wie ein aufgesetzter Schuss.« Der Hauptkommissar richtete sich auf. »Fordern Sie die Spurensicherung an.«

»Auch die Mordkommission?«, fragte Thönnissen.

»Sind meine Anweisungen so unpräzise? Sie sollten sich erinnern, dass ich bereits den letzten Mordfall auf Pellworm im Alleingang aufgeklärt habe, auch wenn Sie alles unternommen haben, um die Ermittlungen zu erschweren. Hoffentlich stellen Sie sich nicht wieder so unbeholfen an.«

Die beiden Polizisten und der gebannt auf das Geschehen starrende Jost Hansen sahen auf, als sich ein tiefes Brummen näherte.

»Was will der hier?«, fragte Hundt und sah dem Trecker entgegen, der auf dem Feld unterwegs war und sich ihnen näherte.

»Das ist Spreckelsen. Hier ist sein Land. Er düngt.«

»Das soll er unterlassen.«

Thönnissen zuckte wie unbeteiligt mit den Schultern. »Auf mich hört er nicht. Das ist ein sturer Friese.« Um seine Behauptung zu beweisen, schwenkte der Inselpolizist die Arme über den Kopf hin und her. Dabei schrie er aus Leibeskräften: »Stopp. Halte sofort an«

Der Traktor hatte eine geschlossene Fahrerkabine. Durch die mit Dreckspritzern übersäte Scheibe konnte man den Bauern erkennen, der Ohrschützer trug. Spreckelsen winkte zurück und fuhr unbeirrt weiter.

»Habe ich doch gesagt«, stellte Thönnissen mit Genugtuung fest.

»Dilettant«, beschimpfte ihn Hundt, kroch aus dem Graben und lief über die Wiese dem Fahrzeug entgegen. Zunächst schien es, als würde der Trecker mit unverminderter Geschwindigkeit auf den Hauptkommissar zurollen, doch dann bremste Spreckelsen und öffnete das seitliche Schiebfenster. Hundt legte die Hände zu einem Trichter an den Mund und rief etwas. Durch das Motorengeräusch war es auf diese Distanz nicht zu verstehen. Spreckelsen hatte die Ohrschützer abgelegt. Er lachte und schüttelte dabei den Kopf. Es entspann sich ein heftiger Dialog, bei dem der Hauptkommissar immer erregter wurde. Schließlich hob Hundt die Hand und bewegte den Zeigefinger hin und her; eine unmissverständliche Drohgebärde. Der Bauer winkte ab, stülpte sich die Ohrenschützer über, schlug das Lenkrad scharf ein und fuhr in einer engen Kurve davon. Hundt machte einen Satz vorwärts, als ihn dabei eine Ladung der Flüssigkeit, die aus dem weit ausladenden Sprüher herausregnete, von hinten an der Wade erwischte.

Aufgebracht kehrte er zum Fundort der Leiche zurück.

»Das wird der Mann teuer bezahlen«, fluchte der Hauptkommissar.

»Sie meinen Ihre Hose?«, fragte Thönnissen scheinheilig.

»Das auch. Zunächst meine ich aber seine massive Behinderung der Ermittlungsarbeit.« Hundt drehte sich in der Hüfte um und zog am Oberschenkel seine Hose ein wenig in die Höhe, um die Durchfeuchtung in Augenschein zu nehmen. »Und das hier ist Sachbeschädigung und Körperverletzung. Ich habe eine geballte Ladung Chemie abbekommen.«

»Sie können ohne Sorge sein«, tröstete Thönnissen den Hauptkommissar. »Da ist kein schädlicher Stoff drin. Das ist Naturdünger.«

»Hören Sie mit einem solchen Geschwätz auf. Wenn in der Deklaration für Nahrungsmittel ›naturidentische Stoffe‹ steht, kommen die auch aus dem Labor.«

»In diesem Fall kommt es aus dem Stall.«

»Stall?«

»Ja.« Thönnissen nickte. »Spreckelsen fährt Gülle.«

»Gülle?« Es klang wie ein Aufschrei. Noch einmal sah

Hundt auf sein Hosenbein. Dabei rümpfte er die Nase, als würde er eine Schnupperprobe machen.

Das kommt später, überlegte der Inselpolizist schadenfroh. Dann durchfuhr ihn der Schreck. Hundt hatte keine Ersatzkleidung dabei. Und wenn der Hauptkommissar noch einmal auf die »Dienststelle« zurückkehren würde ... Thönnissen wollte den Gedanken nicht zu Ende führen.

»Haben Sie die Spurensicherung angefordert?« Hundts Frage klang wie ein Bellen.

»Selbstverständlich, Herr Hauptkommissar.« Dabei verschwieg Thönnissen, dass er auf die erstaunte Frage des Beamten in der vorgesetzten Dienststelle, ob nicht auch die Mordkommission erforderlich sei, geantwortet hatte, dass der Einsatzleiter Hauptkommissar Hundt ausdrücklich gesagt habe, dass dies nicht erforderlich sei, da die Lage vor Ort klar sei und kurz vor der Aufklärung stehe.

»Tüchtig, der alte Hundt«, hatte der Husumer Kollege geantwortet, und Thönnissen hatte unverkennbar den ironischen Unterton vernommen.

»Fordern Sie den Arzt auf, unverzüglich hierherzukommen«, lautete die nächste Anweisung.

Zu widersprechen hätte keinen Sinn gemacht, auch wenn Thönnissen wusste, dass Dr. Johannsen jetzt Sprechstunde hatte und diese aus dem vorliegenden Anlass sicher nicht unterbrechen würde.

Pflichtgemäß wählte der Inselpolizist die Praxis an. Wie erwartet weigerte sich Annemieke, das Gespräch zu ihrem Mann durchzustellen. Thönnissen schimpfte, drohte und versuchte, die Arztfrau zu überzeugen. Es diente mehr der Präsentation gegenüber Hundt, dass der Inselpolizist keine Anstrengung unversucht ließ, die Anweisungen auszuführen.

»Komm mal vorbei, Frerk«, schloss Annemieke das Gespräch. »Ich drücke dir eine Packung Baldrian in die Hand. Dann bist du wieder ein wenig ruhiger.« Dann legte sie auf.

Pflichtschuldig zuckte Thönnissen mit den Schultern und hielt sein Handy demonstrativ in Richtung des Hauptkommissars.

»Das kenne ich schon«, antwortete Hundt. »Auf dieser Insel sind alle Leute stur und renitent.« Er wies mit dem Zeigefinger auf den Inselpolizisten. »Sie eingeschlossen. Kennen Sie ihn?« Er zeigte auf den Toten.

»Nie gesehen. Das muss ein Auswärtiger sein.«

»Entschuldigung«, mischte sich Jost Hansen ein. »Wie soll das jetzt weitergehen? Ich habe schließlich nicht den ganzen Tag Zeit.«

»Du kannst gehen«, sagte Thönnissen. »Aber komm noch mal zu mir, damit wir das Protokoll aufnehmen können.«

»Jaaa.« Hansen setzte einen unzufriedenen Gesichtsausdruck auf und zeigte auf den Toten. »Und was ist mit ihm da?«

»Darum kümmern wir uns«, erwiderte Thönnissen, ohne zu wissen, wie der Hauptkommissar weiter vorgehen würde. Mit Sicherheit würden sie ein anderes Verfahren wählen als beim Auffinden des toten Hinrich Wessels. Hundt würde nie zustimmen, dass die neue Leiche mithilfe des Treckers von Boy Feddersen quer über die Insel zu Dr. Johannsen gebracht würde.

»Sie werden hier warten, bis die Spurensicherung eintrifft«, entschied Hundt und streckte die Hand aus. »Schlüssel.« Als Thönnissen ihn fragend ansah, ergänzte er: »Auto.«

»Kommt nicht in Frage«, protestierte der Inselpolizist. »Ich werde mich nicht stundenlang an die Straße stellen. Mein *Privat*wagen bleibt hier.«

»Und ich?«

»Das ist Ihre Sache.«

Hundt schien einzusehen, dass er so nicht weiterkam. »Dann halten Sie mir einen Wagen an«, befahl er. »Wenigstens tragen Sie dieses Mal Uniform. Bei unserer letzten Begegnung hatten Sie nicht einmal das für nötig erachtet.«

Thönnissen stellte sich mitten auf die Fahrbahn und hielt das nächste Auto an. Ein älteres Paar saß im Wagen mit einem auswärtigen Kennzeichen.

»Was ist los, Herr Wachtmeister?«, fragte der Fahrer, nachdem er die Scheibe herabgesenkt hatte.

»Können Sie den Herrn ein Stück mitnehmen?«, bat Thönnissen und zeigte auf den Hauptkommissar.

»Klar. Sicher.« Der Tourist nickte freundlich und zeigte auf die hintere Tür auf der Beifahrerseite. »Steigen Sie ein, junger Mann«, forderte er Hundt freundlich auf.

Dann sah Thönnissen dem davonfahrenden Fahrzeug nach. Wie lang mochte es wohl dauern, bis die Hilfsbereitschaft in Ärger umschlug?, überlegte er. Das hing davon ab, wie schnell sich der Güllegeruch im Wageninneren ausbreitete.

»Ich verschwinde dann auch«, sagte Jost Hansen, richtete sein ins Gras geworfenes Fahrrad auf und strampelte in die andere Richtung.

»Niemand nimmt mir ab, wie aufregend dieser Polizeiposten ist«, sagte Thönnissen zu sich selbst, zog sich in den Golf zurück, verstellte den Sitz auf eine bequeme Liegeposition, verschränkte die Arme hinterm Kopf und schloss die Augen.

Er wusste nicht, wie lange er geschlafen hatte, als energisch an die Seitenscheibe geklopft wurde. Thönnissen erschrak und benötigte ein paar Herzschläge, bis er sich orientiert hatte. Hauptkommissar Ahlbeck, der Leiter der Spurensicherung, grinste ihn an.

»Wenn Sie irgendwann diesen Dienstposten freigeben … sagen Sie Bescheid. Ich bewerbe mich sofort. Im Dienst schlafen, bei unserer letzten Begegnung trugen Sie keine Uniform, und jetzt das hier.« Er ließ seinen Blick über den grün-weißen Golf schweifen. »So ein Einsatzfahrzeug habe ich noch nie gesehen. Sind Sie jetzt bei der Geheimpolizei? Ich meine, weil alle Insignien der Schutzpolizei fehlen: die Blaulichtleiste auf dem Dach, die Aufschrift und so weiter.«

Thönnissen stieg aus. Hinter Ahlbeck standen seine beiden Mitarbeiter. Und, was noch schlimmer war, Hauptkommissar Hundt. Ahlbecks Grinsen hatte Ähnlichkeit mit dem Zähnefletschen einer Dogge.

»Glückwunsch«, sagte er. »Wie viele Beamte gibt es, denen gleich zwei Mal eine Leiche gestohlen wurde?«

Dem Inselpolizisten fuhr der Schreck in die Glieder. Er stand vor dem Golf und reckte seinen Hals. Aber … zum Glück lag der Tote noch im Graben.

»Wenigstens haben Sie ein schlechtes Gewissen«, lästerte Ahlbeck und erteilte seinen Mitarbeitern Anweisungen.

Das Team der Spurensicherung begann mit Film- und Fotoaufnahmen. Dann untersuchte Ahlbeck den Toten, während ein anderer Beamter die Umgebung nach Spuren durchforstete.

»Sie sind nicht nur zu dumm zum Milchholen, sondern auch noch stinkfaul«, fuhr Hundt ihn wütend an. »So etwas ist mir in meiner ganzen Laufbahn noch nicht begegnet. Das wird Folgen haben!«

Hundt hatte recht. So etwas durfte nicht passieren. Nun musste er mit den zu erwartenden Konsequenzen leben.

»Möglicherweise handelt es sich um einen der Täter«, überlegte der Hauptkommissar laut. »Warum sonst sollte jemand hier, am Ende der Welt, erschossen werden? Vielleicht kam es zum Streit zwischen den Bankräubern, und der eine hat seinen Komplizen ermordet.«

Thönnissen schwieg.

Hundt kratzte sich am Hinterkopf. »Während Sie sich eine Auszeit genommen haben, sind die Ermittlungen weitergelaufen. Es gibt nicht viele Motorräder, die auf Insulaner zugelassen sind.« Er zog sein Smartphone hervor und besah sich die dort gespeicherte Liste. »Gleich der Erste ist ein alter Bekannter.«

Thönnissen ahnte es. Aber er zog es vor, nichts zu sagen.

»Haben Sie eine Idee?«

Jetzt schüttelte er stumm den Kopf.

»Lassen Sie uns hinfahren.« Hundt nannte weder einen Namen noch eine Anschrift. Erst als sie vor dem Lagerschuppen hielten, bemerkte Thönnissen seinen Fehler.

»Ist das nicht merkwürdig, dass Sie die richtige Adresse angesteuert haben?«

»Das war instinktiv«, versuchte Thönnissen sich zu verteidigen. »Ich glaube allmählich, Ihre Denk- und Vorgehensweise verstanden zu haben. Sie konzentrieren sich auf Menschen, die Ihnen nicht sympathisch sind.«

Hundt blieb abrupt stehen. »Das ist ungeheuerlich, was Sie da von sich geben. Sie unterstellen mir, dass ich korrupt bin?«

»Nein, Herr Hauptkommissar«, stammelte Thönnissen. »Sie haben mich missverstanden. Ich habe gesagt, dass Sie über hervorragende Menschenkenntnis verfügen, die eine Symbiose mit Ihrem von Erfahrungen geprägten Bauchgefühl eingeht. Daraus entwickelt sich das Fingerspitzengefühl, das ein guter Ermittler für eine erfolgreiche Arbeit benötigt.«

Hundt spitzte die Lippen. »Das war ein bisschen viel Honig, Thönnissen.« Dann sah er sich um. »Der Vogel ist ausgeflogen.

Kein Wunder. Nach dem Mord an seinem Komplizen ist er geflüchtet.«

»Der Lkw ist nicht da.« Thönnissen sah auf die Uhr. »Ich vermute, dass Tore Ipsen unterwegs ist und Ware ausfährt.«

Hundt stieß mehrfach seinen Zeigefinger vor. »Rufen Sie den Blockwart von der Fähre an, ob Ipsen sich davongemacht hat.«

»Das ist ungehörig, Peter-Jakob so zu bezeichnen. Wir können dankbar sein, dass er seine Arbeit mit offenen Augen verrichtet.« Thönnissen zog sein Handy heraus und rief den Decksmann an.

»Hier ist Frerk. Hast du Tore Ipsen gesehen?«

»Ja. Täglich.«

»Heute! Ist er mit seinem Motorrad aufs Festland?«

»Nein.«

Thönnissen war erleichtert. »Ipsen ist also noch auf der Insel.«

»Das habe ich nicht gesagt.«

»Mensch, Peter-Jakob. Sprich Klartext.«

»Also …«, sagte der Fährmann, »Tore Ipsen ist heute früh rüber aufs Festland. Mit seinem Laster. Normalerweise stellen die Lieferanten die Güter in Strucklahnungshörn in Containern ab. Die übernehmen wir auf die Fähre, und Ipsen lädt sie am Tiefwasseranleger auf seinen Lkw um. Anschließend verteilt er die Ware auf der Insel. Heute ist er aber schon früh mit dem Laster rüber.«

»Weißt du, ob er sein Motorrad auf der Ladefläche hatte?«

»Hör mal«, empörte sich Peter-Jakob. »Ich sehe den Leuten weder in Taschen und Koffer, noch kontrolliere ich die Ladung von Lieferwagen. So! Wir legen gleich an. Ich muss mich jetzt um die Fähre kümmern.«

Hundt zeigte sich zufrieden, als Thönnissen ihm dies berichtete. »Das macht den Mann verdächtig«, sagte er. »Am liebsten würde ich ihn zur Fahndung ausschreiben.«

»Wir sollten zuvor mit seinem Bruder sprechen«, schlug Thönnissen vor.

»Gut.«

Sie gingen noch einmal um das Haus Ipsens und warfen auch einen Blick in die offene Garage, die als Lagerraum für Gartengeräte, Rasenmäher und Ähnliches genutzt wurde. Ein Ölfleck auf dem Betonboden ließ vermuten, dass dort üblicherweise das Motorrad abgestellt wird. Hundt deutete darauf. »Ein Pkw kann das nicht sein. Dafür ist der Fleck zu weit von der Mitte entfernt.«

»Tore Ipsen hat kein Auto«, pflichtete Thönnissen bei. »Auf Pellworm fährt er mit seinem Laster herum.«

»Und wenn er private Fahrten unternimmt?«

»Dann benutzt er den Lkw«, erklärte der Inselpolizist. »Oder das Motorrad. Aber alle Ziele, die er gewöhnlich ansteuert, sind fußläufig erreichbar.«

»Der Mann wird uns einiges zu erklären haben«, meinte Hundt zufrieden.

Sie fuhren zu Jesper Ipsen. Dem Tischler gehörte zugleich das örtliche Bestattungsunternehmen. Liesschen Ipsen, seine Ehefrau, kam ihnen entgegen, als der melodische Gong beim Eintreten erklang, und schwang einen Staubwedel.

»Ach, ihr seid das.« Es klang enttäuscht. »Geht es um die neue Leiche?«

»Woher wissen Sie das?«, fragte Hundt.

»Solche Neuigkeiten werden schnell verbreitet. Schließlich gibt es hier nicht jeden Tag einen Mord. Ich habe gehört, dass es ein Fremder ist. Wisst ihr schon Näheres?«

»Die Ermittlungen stehen erst am Anfang«, erklärte Thönnissen. »In solchen Fällen wird die Rechtsmedizin eingeschaltet. Schließlich müssen zuerst der Tathergang und die genaue Todesursache geklärt werden.«

»Steht das nicht schon fest? Der ist doch erschossen worden.«

Bevor Thönnissen antworten konnte, hatte sich Hundt eingemischt. »Das hat niemand gesagt.«

»Darüber wird aber geredet. Hansen hat den Toten doch entdeckt. Er hat zugehört, wie ihr beide gesprochen habt. Dann ist er nach Hause gefahren und hat es dort erzählt. Seine Frau hat daraufhin Bea angerufen, die es Gitta ...«

»Genug«, unterbrach der Hauptkommissar. »Kein Wunder, dass die Zeitungen ständig Leser verlieren. So schnell wie der Tratsch hier verbreitet wird, kann kein Medium sein.«

»Ich möchte wetten, dass Sie die Neuigkeit auch schon im Internet finden«, sagte Liesschen Ipsen ungerührt. »Schließlich leben wir hier nicht hinter dem Mond.«

Der Hauptkommissar öffnete den Mund, als würde er etwas erwidern wollen. Dann überlegte er es sich doch und schwieg.

»Wir wollen mit deinem Mann sprechen«, ergriff Thönnissen das Wort.

»Jesper? Warum denn?«

»Das werden wir ihm selbst sagen.« Hundt klang unfreundlich. »Sonst weiß es die ganze Insel bei der Geschwindigkeit, mit der hier Ungereimtheiten verbreitet werden.«

»Wieso Ungereimtheiten? Das ist die pure Wahrheit. Jesper ist bei Lund.«

»Das ist doch die Baustelle, auf der Ihr Mann schon im vergangenen Jahr tätig war?« Der Hauptkommissar war erstaunt.

»Lund ist ein Querkopf. Ständig meckert er. Mal ist dieses nicht in Ordnung, dann hat er an jenem etwas auszusetzen.

Glauben Sie ja nicht, dass unsere Firma keine vernünftige Arbeit abliefert. Aber Lund findet immer etwas. Jesper ist viel zu gutmütig, um endlich einmal mit der Faust auf den Tisch zu hauen. Niemand mag mehr für Lund arbeiten. Der ist sogar schon Thema am Stammtisch. Hier bleibt nichts verborgen. Jeder kennt jeden.« Sie lachte. »Selbst das Treffen der Anonymen Alkoholiker ist ein Witz. Was heißt hier anonym?«

»Kommen Sie!« Hundt zupfte Thönnissen am Ärmel.

Aus der Baustelle des Vorjahres war ein schmuckes Haus im Friesenstil geworden, auch wenn die Außenanlagen noch nicht fertig waren. Vor der Tür stand Jesper Ipsens Firmenwagen. Die Hecktüren waren weit geöffnet.

»Das Haus scheint noch nicht bewohnt zu sein«, stellte Hundt fest.

»Lund sieht es als Kapitalanlage an«, erklärte Thönnissen. »Er will es als Ferienhaus mit gehobenem Standard teuer vermieten. Deshalb ist er auch so penibel.«

Aus dem Haus drangen Bohrgeräusche. Dann wurde gehämmert, bevor eine Säge aufjaulte.

Jesper Ipsen war ohne Unterstützung eines Gehilfen damit beschäftigt, eine ausgehängte Doppel-Flügeltür zu bearbeiten. Er sah auf, als die beiden Polizisten eintraten.

Thönnissen tippte lässig an seine Stirn.

»Moin. Wir suchen deinen Bruder.«

Der Tischler wischte sich mit dem Handrücken über die Stirn. »Keine Ahnung, wo der steckt.«

»Jesper«, sagte Thönnissen eindringlich und trat dichter an Ipsen heran. »Natürlich weißt du das. Ihr hockt ständig zusammen. Also! Wo ist Tore?«

Ipsen verzog das Gesicht, als wäre es ihm plötzlich wieder eingefallen. »Er ist drüben auf dem Festland.«

»Was macht er da?«

»Da bin ich überfragt. Ich hole bei meinem Bruder schließlich auch keinen Rat ein, welche Schraube ich wo hineindrehen soll.«

»Hat Ihr Bruder das Motorrad mitgenommen?«, fragte Hundt.

»Warum sollte er? Vermutlich holt er drüben etwas ab. Oder bringt etwas weg.«

»Wo waren Sie gestern Nachmittag?«

»Ich habe gearbeitet. Hier.« Er zeigte auf die Tür. »Das Scheißding passt nicht. Es klemmt, behauptet Lund.«

»Gibt es einen Zeugen?«

»Ich arbeite nicht unter Aufsicht.«

»Ist es nicht ungewöhnlich, dass ein Fachmann wie Sie sich so lange mit einer solchen Aufgabe beschäftigt?«

»Verstehen Sie etwas davon?«, antwortete Jesper Ipsen mit einer Gegenfrage. »Und wenn Sie mich weiter behelligen, bin ich auch morgen noch hier.«

Es war sinnlos, weitere Fragen zu stellen, zumal Ipsen wieder zum Hobel griff und die untere Türkante bearbeitete. Dazu setzte er sich rittlings auf die Tür, die der Länge nach auf dem Fliesenboden lag.

»Es wäre gut, wenn Sie jemanden benennen könnten, der uns Ihre Anwesenheit in diesem Haus bestätigt«, sagte der Hauptkommissar.

Ipsen sah auf und spreizte die Beine. In diesem Moment rutschte die Tür weg und fiel mit Gepolter auf den Fliesenboden. Die drei Männer sahen, wie ein Stück Furnier abplatzte.

»Scheiße«, rief der Tischler.

»Wenn der immer so arbeitet, wird er nie fertig«, merkte Hundt an, bevor er das Haus verließ. Im Auto befahl er Thönnissen, zur Fundstelle des Toten zurückzukehren.

Hauptkommissar Ahlbeck erwartete sie bereits.

»Ist das kollegial, ausgiebig zu frühstücken, während wir hier arbeiten?«, fragte er bissig.

Als Antwort knurrte Thönnissens Magen vernehmlich.

Ahlbeck lachte. »Den Trick müssen Sie mir mal verraten. Aufs Stichwort ... Das habe ich noch nie erlebt.« Dann wurde er ernst. »Wir haben nichts gefunden. Die Taschen waren leergeräumt, es gab keine Papiere, keine Schlüssel, kein Handy, einfach nichts. Nicht einmal das Streichholzbriefchen einer verwunschenen Hafenkneipe, wie es bei Edgar Wallace immer üblich war.«

»Die Kleidungsetiketten?«

»Nichtssagend. Hilft es Ihnen weiter, dass er starker Raucher war? Es gibt Nikotinspuren an der rechten Hand, genaugenommen zwischen Zeige- und Mittelfinger. Und bevor Sie fragen: Keine Anzeichen von Abwehrverletzungen, soweit es hier ersichtlich ist«, schränkte er ein. »Das zu bestätigen bleibt der Rechtsmedizin vorbehalten. Im Umfeld haben wir auch nichts entdeckt. Vor allem nicht die Geschosshülse.«

»Wie viele Schüsse vermuten Sie?«, fragte Hundt.

»Ich konnte nur ein einziges Einschussloch feststellen. Für mich sieht es wie eine Hinrichtung aus.«

»Wie ist er hierhergekommen?«, wollte Hundt wissen.

Ahlbeck fuhr sich mit dem Zeigefinger über die Mundwinkel. »Sicher bin ich mir nicht. Es könnte die U-Bahn gewesen sein.«

Thönnissen bemühte sich, ein Lachen zu unterdrücken, als er Hundts dümmlichen Gesichtsausdruck bemerkte. Es waren zwei Herzschläge zu viel, die der Hauptkommissar benötigte, um die Antwort zu verstehen.

»Autospuren?«, schnauzte Hundt.

»Nein«, fiel die Antwort knapp aus. »Keine weiteren Spuren. Lediglich einen eingewickelten Zuckerwürfel, wie er häufiger in der Gastronomie verwendet wird.«

Hundt ließ ihn sich zeigen. Dann notierte er den Werbeaufdruck des Lieferanten.

»Wenn wir den Rechtsmediziner kommen lassen, führt uns das nicht weiter«, überlegte er laut. »Dr. … äh?« Er sah Thönnissen an.

»Johannsen.«

»Der Arzt soll herkommen und sich den Toten ansehen. Dann kann der nach Kiel gebracht werden.«

»Kümmern Sie sich um den Arzt«, sagte Hauptkommissar Ahlbeck. »Wir regeln den Abtransport der Leiche. Sonst verschwindet die wieder«, fügte er grinsend hinzu.

Hundt nickte Thönnissen zu. »Kommen Sie«, sollte es bedeuten.

Als sie im Auto saßen, starrte der Hauptkommissar durch die Windschutzscheibe.

»Für mich ist die Sache klar. Ich gehe davon aus, dass Pellworm nicht das Pflaster ist, wo rivalisierende Banden ihre Machtkämpfe austragen. Der Schuss sieht wie eine kaltblütige Hinrichtung aus. Ich vermute einen Zusammenhang zum gestrigen Banküberfall. Sie kennen den Mann nicht. Richtig?« Er sah Thönnissen an und ließ sich die Aussage durch ein Nicken bestätigen. »Der Fremde ist hierhergekommen, um die ungesicherte Sparkasse zu berauben. Die Täter sind mit einem Motorrad geflüchtet. Dann gab es Streit mit dem Komplizen. Deshalb wurde der Unbekannte erschossen.«

»Wie kommen Sie zu dieser Schlussfolgerung?«, fragte Thönnissen.

»Deshalb bin ich Hauptkommissar und Sie nicht«, sagte Hundt, obwohl es keine Antwort auf die Frage des Inselpolizisten war.

Thönnissen rief in der Arztpraxis an. Doch Annemieke Johannsen weigerte sich, ihn zum Doktor durchzustellen. »Wir sind mitten in der Sprechstunde.«

»Dieses ist ein Notfall«, erklärte Thönnissen.

Die Frau lachte. »Das Wartezimmer ist voll von Notfällen. Nichts zu machen, Frerk.«

»Wann kommt der Arzt?«, fragte Hundt, nachdem der Inselpolizist das Handy wieder in der Tasche hatte verschwinden lassen.

»Gar nicht. Er ist unabkömmlich.«

»Kommen Sie«, sagte der Hauptkommissar. »Dem werden wir Beine machen. Diese Renitenz, die ständig unsere Ermittlungen behindert, geht mir langsam auf den Geist. Mit dem Herrn muss einmal ein vernünftiges Wort gesprochen werden.«

Thönnissen zuckte mit den Schultern und stapfte zu seinem Golf. Hundt setzte eine grimmige Miene auf und folgte ihm.

Der Parkplatz vor dem Arzthaus war leer. Lediglich ein altes Fahrrad lehnte gegen die Hauswand.

»Wo sind hier die Massen kranker Menschen, häh?« Zorn schwang in Hundts Worten mit.

Annemieke, die hinter dem Empfangstresen hockte, sah ihnen über den Rand ihrer Lesebrille entgegen. »Ach, du Elend«, entfuhr es ihr.

Thönnissen zeigte auf die Tür des Behandlungszimmers.

»Ist Fiete allein?«

»Nein. Er hat einen Patienten.«

»Herrn Jägermeister?«

»Frerk!« Annemieke war laut geworden, aber der Inselpolizist hatte schon kräftig an die Tür geklopft und öffnete sie, bevor von innen eine Antwort erschallte.

Dr. Johannsen saß hinter seinem Schreibtisch. Er hatte seinen weißen Kittel aufgeknöpft und sich in seinem Stuhl zurückgelehnt. Der Patient, der ihm gegenüber mit dem Rücken zur Tür Platz genommen hatte, versuchte sich umzudrehen. Dabei musste er den gesamten Oberkörper bewegen. Thönnissen war nicht überrascht. In dem Alter ließ die Beweglichkeit nach. Der alte Beerboom war schon über neunzig. Er blinzelte den Besuchern entgegen. Dann grinste er und zeigte dabei sein lückenhaftes Gebiss, bevor er auf vier Minifläschchen Magenbitter wies, die zwischen ihm und dem Arzt auf dem Schreibtisch aufgebaut waren.

»Meine Verdauung tut es nicht mehr«, erklärte er mit seiner dünnen Greisenstimme. »Da hat Fiete mir eine Arznei verordnet.«

»Sie trinken mit Ihren Patienten Alkohol und behaupten, das wäre die Therapie?« Hundt ließ seinen Blick vom Arzt über die Fläschchen zu Beerboom und wieder zurück gleiten.

»Erstens ist es eine Frechheit, hier hereinzuplatzen«, fuhr Dr. Johannsen die beiden Polizisten an. »Zweitens geht es Sie überhaupt nichts an. Und falls in Ihrem engstirnigen Hirn noch ein wenig Platz für Logik ist, werden Sie begreifen, dass man einen alten Mann im Herbst des Lebens nicht mit Chemie vollpumpt, sondern ihm in homöopathischen Dosen ein bewährtes Hausmittel verabreicht, mit dem er bis an die Schwelle des hundertsten Geburtstags kommen kann. Und nun … raus!«

»Fiete«, begann Thönnissen und ließ sich auch nicht durch Dr. Johannsens ausgestreckten Arm irritieren, der Richtung Tür zeigte. »Wir haben einen Unglücksfall«, umschrieb er den Mord, »bei dem wir auf deine fachliche Expertise angewiesen sind.«

»Ich bin kein Zauberer und kann keine Toten wiederbeleben«, zeigte sich der Arzt gut informiert. Er schien den Grund des Besuchs der Polizei zu ahnen.

»Wir bitten dich, mit zum Tüterland rauszukommen und den Totenschein auszustellen. Du hast das Monopol auf Pellworm. Pröpsting kann das nicht.«

Dr. Johannsen lächelte. Das Argument schien ihn überzeugt zu haben.

»Wer ist Pröpsting?«, raunte Hundt dem Inselpolizisten ins Ohr.

»Unser Tierarzt.«

Dr. Johannsen stand auf. »Willem«, sagte er zu Beerboom. »Tu das, was ich dir gesagt habe.«

Der alte Mann stützte sich auf der Schreibtischplatte ab und stemmte sich mühevoll in die Höhe.

»Klar, doch, Fiete. Und wann soll ich wiederkommen?«

»Übermorgen.«

»Ist gut. Und dann …?« Er zögerte und sah die beiden Polizisten an.

»Das nächste Mal bist du dran, die Medizin mitzubringen«, sagte der Arzt zu seinem Patienten. »So!« Das galt Thönnissen. »Auf geht's.« Er griff die neben dem Schreibtisch stehende Arzttasche, über die sich jeder Requisiteur eines Heimatfilmes aus den zwanziger Jahren des letzten Jahrhunderts gefreut hätte, und folgte Thönnissen zum Auto.

Der Inselpolizist beobachtete mit einer Spur Häme, wie sich Hundt abmühte, um auf dem Rücksitz des Golfs Platz zu nehmen. Dann fuhren sie zum Fundort der Leiche.

Als Dr. Johannsen ausstieg, rümpfte er die Nase.

»Das ist aber kein Verwesungsgeruch«, konstatierte er.

Spreckelsen hatte mit seinem Güllewagen auf dem angrenzenden Feld in der Zwischenzeit ganze Arbeit geleistet.

Dr. Johannsen, der seinen Arztkittel gegen eine derbe Cordjacke getauscht hatte, sah vom Rand des Sielzugs auf den Toten herab.

»Kenn ich nicht. Da ist auch nichts mehr zu machen.«

»Der ist auch nicht an deiner Magenbittertherapie gestorben«, sagte Thönnissen.

Der Arzt bückte sich und zog eine Klemmmappe mit Formularen hervor. Er suchte das passende heraus und wollte mit dem Schreiben beginnen, als Hundt ihn anschnauzte.

»Wollen Sie den Toten nicht einer näheren Betrachtung unterziehen?«

Dr. Johannsen hielt inne. »Sieh da, ein Experte. Dann werden Sie festgestellt haben, dass er da unten im Graben tot ist.«

»Und wenn nicht?«

»Dann haben wir uns alle geirrt«, erwiderte der Arzt lakonisch. »Wollen Sie die Todesursache wissen? Herzversagen.«

Hundt stöhnte auf. Kein Kriminalbeamter mochte »Herzversagen« hören. Sicher, irgendwann hörte das Herz auf zu schlagen. Bedeutsam war jedoch der Grund, warum.

»Ich bin kein Rechtsmediziner«, fuhr Dr. Johannsen fort, »aber ich halte es für unwahrscheinlich, dass er von einer Dampfwalze überrollt wurde. Für mich sieht es wie ein Schuss aus. Blattschuss.«

»Sparen Sie sich solch unqualifizierte Kommentare«, schnauzte der Hauptkommissar und wedelte mit der Hand. »Sehen Sie zu, dass Sie den Wisch ausgefüllt bekommen.«

»Soll ich ›unklare Todesursache‹ ankreuzen?«, fragte der Arzt mit einem breiten Grinsen.

»Die spinnen hier alle.« Hundt wandte sich wütend ab, während Dr. Johannsen schweigend den Vordruck ausfüllte.

»Wir haben den örtlichen Bestatter beauftragt, sich zunächst einmal um die Sicherstellung der Leiche zu kümmern«, sagte Ahlbeck zum Abschied. »Oder will jemand von Ihnen hier Wache schieben, bis die Leute aus Kiel eintreffen?«

»Ausgerechnet Ipsen!« Hundt schien am Ende seiner Kräfte angelangt zu sein. »Diese Insel, ihre Bewohner und die Vorkommnisse hier rauben mir noch den Verstand.«

Hauptkommissar Ahlbeck klopfte seinem Kollegen jovial auf die Schulter. »Das wären dann aber Wiederholungstäter.«

Hundts Gesicht wurde von einem dunklen Rot überzogen. Bevor er antworten konnte, hatte sich der Leiter der Spurensicherung entfernt.

Thönnissen nutzte die Situation.

»Mir ist gleich, was Sie jetzt vorhaben. Ich fahre nach Hause und hole mein Frühstück nach.«

Wortlos setzte sich Hundt in den Golf und legte den Sicherheitsgurt an. So hatte Thönnissen es sich nicht vorgestellt. Er wollte sein Essen allein genießen. Der nächste Schlag traf ihn, als er sein Haus betrat. Während der Hauptkommissar ihn genötigt hatte, am Fundort der Leiche auf die Spurensicherung zu warten, hatte er selbst sich zu Thönnissens Haus bringen lassen und dort dem leiblichen Wohl gefrönt.

Hundt musste alles durchsucht haben. Er hatte den Schinken im Kühlschrank gefunden und damit nicht nur die Brötchen belegt, sondern den Rest auch noch mit den Eiern in der Pfanne gebraten. Alles, was Thönnissen am Morgen zu verbergen versucht hatte, war vom Hauptkommissar geplündert worden. Dabei hatte Hundt sich nicht der Mühe unterzogen, aufzuräumen. Butter, Aufschnitt, Käse … alles lag seit Stunden offen auf dem Tisch.

»Das kann nicht wahr sein!« Thönnissen funkelte den Hauptkommissar böse an. »Das ist eine Schweinerei, die Sie hier veranstaltet haben.« Thönnissen warf einen Blick auf die Pfanne, in der noch die Reste des Rühreis klebten. »Wer soll das saubermachen?«

»Der Frühstücksservice.«

»Und wer kommt für die Kosten auf?«

Hundt strich sich mit beiden Händen über den Bauch. »Niemand. Das nenne ich Gastfreundschaft.«

Na warte, dachte Thönnissen, dafür werde ich dir eine Rechnung präsentieren. Wutentbrannt machte er sich an die Arbeit und räumte auf, während Hundt sich ins Wohnzimmer setzte und mit seinem Smartphone hantierte.

Wenigstens unterließ der Hauptkommissar es, eine spöttische Bemerkung zu machen, als Thönnissen sich wieder einsatzbereit meldete.

»Wir werden uns jetzt den Spediteur vornehmen«, beschloss Hundt.

Stillschweigend fuhren sie zu Ipsens Lagerhalle. Dort trafen sie niemanden an.

»Ich hätte einen anderen Vorschlag«, sagte Thönnissen, und als Hundt ihn durch eine hochgezogene Augenbraue zum Sprechen aufforderte, erklärte er: »In der Tasche des Toten hat die Spurensicherung den Zuckerwürfel gefunden, der vermutlich aus einem gastronomischen Betrieb stammt. Mir ist aufgefallen, dass in Feddersens Hotel, aber auch im Café in Tammensiel Würfel mit einer anderen Verpackung verwendet werden. Mit ein wenig Glück finden wir heraus, woher der Tote den Würfel hat.«

»So ein Blödsinn«, verwarf Hundt die Idee, ließ sich aber doch überreden, mitzufahren.

Bereits bei der dritten Adresse wurden sie fündig.

»Ja, das sind unsere«, bestätigte Heiner Schnack, der eine gutbürgerliche Gaststätte in Westertilli betrieb und wie viele

Insulaner auch Zimmer vermietete. »Die haben wir von unserem Kaffeelieferanten.« Er nannte den Namen.

»Weißt du«, fragte Thönnissen, »wer außer dir noch von ihm beliefert wird?«

»Hier auf Pellworm?«

Der Inselpolizist nickte.

»Die Kollegen beziehen ihre Ware woanders. Kaffee und Tee von diesem Lieferanten bekommst du exklusiv nur bei mir.« Auf Nachfrage bestätigte Schnack, dass er sich in diesem Punkt sicher sei.

Hundt zog sein Smartphone hervor, und im zweiten Versuch gelang es ihm, ein Bild des Toten auf das Display zu bringen, das ihm die Spurensicherer überspielt hatten. »Kennen Sie den Mann?«

Schnack suchte seine Brille, setzte sie auf und betrachtete das Foto. »Könnte er sein«, meinte der Gastwirt schließlich.

»Können Sie nicht präziser antworten?« Hundt war ungeduldig.

»Nee«, erwiderte Schnack einsilbig, nahm dem Hauptkommissar das Handy aus der Hand und hielt es in unterschiedlichen Entfernungen vor sein Gesicht.

»Fünf«, sagte er schließlich entschieden. »Das ist der aus Nummer fünf.«

»Der wohnt hier?« Thönnissen unternahm keinen Versuch, sein Erstaunen zu verbergen.

»Klar. Ist das verboten?«

»Nur die Art und Weise, wie er sich verabschiedet hat«, erklärte Hundt.

»Ein Zechpreller? Warum trifft es immer die kleinen ehrlichen Betriebe? Wir strampeln uns ab, lassen uns nichts zuschulden kommen und dann so was.«

»Beruhige dich, Heiner«, versuchte Thönnissen, ihn zu besänftigen. »Er ist erschossen worden. Und das sicher nicht freiwillig.«

»Ersch…?« Schnack war bleich geworden. »Hier? Bei uns?«

Thönnissen nickte stumm.

»Wie heißt der Mann?«, mischte sich Hundt ein.

»Kopitzki.«

»Hat er auch einen Vornamen?«, fragte der Hauptkommissar.

»Glauben Sie, ich duze mich mit allen Gästen?«, antwortete der Gastwirt.

»Das scheint hier üblich zu sein«, ließ sich Hundt nicht beirren. »Der uniformierte Kollege«, dabei zeigte er auf Thönnissen, »duzt auch jeden.«

»Das ist etwas anderes«, erklärte der Inselpolizist. »Das gilt nur für uns Insulaner. Außerdem kennt man sich seit Kindheitstagen.«

Schnack hatte eine Kladde unter dem Tresen hervorgezogen und wanderte mit dem Finger an der Seite abwärts. Dabei bewegten sich seine Lippen unentwegt und gaben lautlos »Kopitzki« von sich, bis er fündig wurde.

»Fritz Kopitzki. Kommt aus Leipzig.«

»Wann ist er angereist?« Thönnissen hatte die weitere Befragung Hundt überlassen.

»Gestern Morgen. Er ist mit der zweiten Fähre gekommen.«

»Die ist um … wann hier?«

»Kurz nach neun Uhr«, half Thönnissen aus.

»Aus Leipzig. Und dann nimmt er die Fähre zu dieser frühen Stunde. Ist das nicht merkwürdig? Man sollte meinen, dass jemand in den frühen Morgenstunden Leipzig verlässt. Dann wäre er aber noch nicht so früh drüben an der Fähre.« Hundt wandte sich an Schnack. »Wo steht sein Auto?«

»Auf dem Parkplatz.«

»Wie hat sich Kopitzki angemeldet?«

»Er hat angerufen. Anfang der Woche«, nahm der Gastwirt die nächste Frage vorweg.

»Hat er mit jemandem Kontakt gehabt? Haben Sie etwas beobachtet?«

»Ein guter Gastgeber schaut immer weg.« Es klang belehrend. »Aber mir ist trotzdem nichts aufgefallen. Er war gestern allein unterwegs. Ist angekommen, hat das Zimmer bezogen und ist dann kurz darauf weg.«

»Und ist nicht wiedergekommen?«

»Doch. Am Nachmittag. Er hat sich auf sein Zimmer zurückgezogen, nachdem er ein Kännchen Kaffee getrunken hatte. Wann er wieder weg ist, kann ich nicht sagen. Das habe ich nicht mitbekommen.«

»Für wie lange hat Kopitzki reserviert?«

»Vier Tage.«

»Nicht dumm«, murmelte Hundt, ohne es weiter zu erklären.

Thönnissen verstand es auch so. Eine Übernachtung wäre aufgefallen und hätte den Mann verdächtig gemacht, dass er nur für den Banküberfall auf die Insel gekommen war.

Der Hauptkommissar streckte die Hand aus. »Schlüssel.«

Schnack machte keinen glücklichen Eindruck, als er sie Hundt aushändigte. Er zeigte auf eine Tür. »Da geht's zu den Zimmern.«

Thönnissen folgte dem Hauptkommissar die steile Treppe hinauf. Vom Flur mit dem zerschlissenen Läufer gingen die Räume ab.

Der muffige Geruch setzte sich im Zimmer fort. Spontan hätte der Inselpolizist die Kategorie dieser Unterkunft als »einfach« eingestuft.

Fritz Kopitzki schien sich nur kurzfristig hier aufgehalten

zu haben. Seine Reisetasche aus billigem Kunststoff war geöffnet. Er hatte ein Paar Socken sowie eine Garnitur Unterwäsche herausgeholt und achtlos auf das Bett geworfen. Mehr war noch nicht ausgepackt. Außerdem musste er sich auf dem nicht aufgeschlagenen Bett ausgeruht haben. Davon zeugte eine Kuhle im Oberbett, die die Konturen eines Menschen nachzeichnete.

Seine Kulturtasche hatte er noch nicht ausgeräumt. Das Bad war aber bereits genutzt worden.

Ein Mann!, dachte Thönnissen, als er den geöffneten Toilettendeckel bemerkte.

Hundt hatte begonnen, in der Reisetasche zu wühlen, während Thönnissen die Schubladen und den Schrank öffnete, die Nachttischlampe verrückte und in alle Behältnisse hineinsah.

»Sind Sie komplett wahnsinnig?«, schrie ihn der Hauptkommissar plötzlich an.

Thönnissen fuhr zusammen und erstarrte. Ratlos sah er Hundt an.

»Sie verdammter Trottel! Sie können doch hier nicht mit Ihren schmutzigen Wurstfingern alles betatschen. Verdammt und zugenäht.« Hundt schlug sich klatschend mit der flachen Hand an die Stirn. »Wir wollen nicht Ihre Fingerabdrücke hier feststellen, sondern die des potenziellen Mörders.« Der Hauptkommissar war vor Wut dunkelrot angelaufen. Er riss seinen Arm in die Höhe. »Raus!«

Thönnissen war sich sicher, dass man dieses Gebrüll bis zum Festland hören müsste. Na ja – fast. Mit eingezogenem Kopf schlich er die Treppe hinunter und wurde unten von Schnack mit fragendem Blick empfangen.

»Mach mir einen Kaffee, Heiner«, forderte er den Wirt auf. »Und stell keine Fragen.« Das Getränk war schnell serviert, und Thönnissen ließ seine Gedanken schweifen. Sie wanderten um den halben Erdball und landeten bei Elisabeth auf Tuvalu. Er atmete automatisch tief aus und fing sich einen weiteren fragenden Blick ein.

Nach einer halben Stunde erschien Hundt. Er beschränkte sich darauf, Thönnissen mit einer Kopfbewegung aufzufordern, ihm zu folgen.

»Das ist merkwürdig«, erklärte der Hauptkommissar im Auto. »Warum sind Kopitzkis persönliche Dinge verschwunden? Wer unterzieht sich der Mühe und beseitigt Ausweispapiere und alle anderen Hinweise auf die Identität des Mannes? Niemand glaubt, dass wir dadurch vor unlösbare Probleme gestellt werden. Ich habe über die Husumer Dienststelle eine Anfrage in Leipzig veranlasst. Ich würde gern einen Blick in das Auto werfen, aber der Schlüssel dazu fehlt auch.«

Thönnissen trat auf die Bremse. »Wenn Sie möchten, könnte ich den Wagen öffnen.«

»Was können Sie?« Hundt musterte ihn entgeistert.

»Es kommt öfter vor, dass jemandem eine Haus- oder Autotür zufällt oder beim Besuch am Strand der Schlüssel verloren geht. An wen wenden sich die Menschen in der Not? Die Polizei – dein Freund und Helfer.«

»Sie haben eine merkwürdige Dienstauffassung. Also gut. Öffnen Sie den Wagen.«

Thönnissen drehte um, und kurz darauf hielten sie erneut auf dem Parkplatz des Gasthauses. Sie sahen sich um und entdeckten einen älteren Opel Vectra mit Leipziger Kennzeichen. Der Inselpolizist kramte aus dem Kofferraum seines Golfs einen stabilen gebogenen Draht hervor, drückte das Gummi der Scheibeneinfassung auf, führte den Draht ein und öffnete die Tür. Das Ganze hatte nur wenige Sekunden gedauert.

»He! Was machen Sie da?« Die aufgeregte Stimme mit unverkennbar sächsischem Dialekt kam aus Richtung des Hauses. Ein älterer Mann mit einer Schiebermütze auf dem Kopf kam ihnen entgegengelaufen. Er japste nach Luft, als er sie erreicht hatte. Sein Versuch, zu sprechen, scheiterte zunächst. Erst als sich die korpulente Frau in seiner Begleitung ebenfalls eingefunden hatte, sagte der Senior, immer noch nach Luft ringend: »Das ist mein Auto.«

»Jawohl. Unser Auto«, schimpfte die Frau.

»Wir dachten, es würde Fritz Kopitzki gehören«, versuchte der Hauptkommissar zu erklären.

»Von wegen Kopitzki. Ich gebe Ihnen gleich etwas Kopitzki.« Die Frau schwang dabei drohend ihren Regenschirm.

»Nix da, Kopitzki. Der gehört mir.«

»Uns!«, erklärte die Frau.

Thönnissen trat einen Schritt vor.

»Vielleicht liegt ein Irrtum vor«, versuchte er zu erklären. »Darf ich Ihre Fahrzeugpapiere sehen?

»Was ist das für ein Polizeistaat«, fluchte der Mann. »Das ist schlimmer als damals bei uns.«

»Jawohl«, stimmte seine Frau zu, während ihr Mann umständlich eine abgegriffene Brieftasche hervorzog.

»Das sind ganz üble Polizeimethoden«, erklärte der Senior, während er Thönnissen die Dokumente reichte. »Wir sind ganz harmlose Rentner und werden nun von der Polizei verfolgt. Nichtsahnend haben wir unser Auto am Fähranleger geparkt. Und? Als wir zurückkamen, hatte uns irgend so ein Idiot eine Anzeige unter den Scheibenwischer geklemmt, weil wir angeblich abgefahrene Reifen haben.«

»Genau.« Die Frau hob dabei ihren Regenschirm wieder in Gesichtshöhe.

Thönnissen warf einen Blick auf die Dokumente und gab

dem Mann die Papiere zurück. »Entschuldigung, aber hier liegt ein Missverständnis vor.«

»Schönes Missverständnis«, schimpfte der Mann auf Sächsisch und stieg in seinen Opel.

Thönnissen lächelte. Dieser Dialekt! Und dann hieß der alte Herr auch noch Erich mit Vornamen.

»Ihre Idee war, wie alle anderen, erneut ein Misserfolg.« Hundt sah Thönnissen tadelnd an, als wäre es einzig die Schuld des Inselpolizisten.

Ein wenig abseits fanden sie einen ungepflegten japanischen Kleinwagen, der ebenfalls ein Leipziger Kennzeichen führte.

Nach einem Blick durch die Scheibe erklärte Thönnissen: »Das ist der Richtige. Der Aschenbecher quillt über.« Die Spurensicherung hatte ihnen bestätigt, dass der Tote ein starker Raucher war.

Auch für dieses Auto benötigte Thönnissen nur wenige Sekunden zum Öffnen der Tür. Kalter Zigarettenrauch schlug ihnen entgegen. Insgesamt machte das Fahrzeuginnere einen ungepflegten Eindruck. Leere »Coffee-to-go«-Becher lagen im Fußraum vor dem Beifahrersitz, auf dem Rücksitz fanden sie einen ebenfalls leeren Pizzakarton, eine zerknautschte Zigarettenpackung klemmte im Ablagefach, das Kabel des GPS-Geräts hing quer über das Armaturenbrett.

Außer Schmutz und Unrat barg das Auto keine Überraschungen.

»Nichts«, sagte Hundt enttäuscht. »Keine Papiere. Keine persönlichen Gegenstände. Einfach nichts. Nur Dreck und Abfall. Das ist ein Fall für die Spurensicherung.« Angewidert schlug er die Tür zu.

Sie stiegen in den Golf ein. Unschlüssig starrte Thönnissen den Hauptkommissar an.

»Muss man Ihnen alles vorbeten? Los! Wir suchen jetzt Ipsen und sein Motorrad.«

»Ich rufe zuvor Peter-Jakob an«, schlug der Inselpolizist vor, wartete Hundts Einverständnis nicht ab und erkundigte sich beim Decksmann der Fähre, ob der Spediteur wieder aufgetaucht sei.

»Klar. Der ist gestern wieder zurück. Hat was auf dem Festland erledigt«, erklärte Peter-Jakob.

»Dann fahren Sie endlich«, sagte Hundt ungeduldig, als Thönnissen die Nachricht weitergegeben hatte.

Sie fuhren zunächst einmal den Ring ab, das waren die Hauptstraßen, die einmal im Kreise führten. Von Ipsens Lkw war nichts zu sehen. Sie suchten in Tammen- und Ostersiel auch die Nebenstraßen ab, steuerten das Lagerhaus an und befragten unterwegs Einheimische. Zumindest erhielten sie die Gewissheit, dass der Spediteur auf Pellworm unterwegs war.

»Der hat Nerven«, knurrte Hundt. »Überfällt die Bank, ermordet seinen Kumpel und geht dann seelenruhig seinem Alltagsjob nach.«

»Das könnte aber auch bedeuten, dass Tore Ipsen unschuldig ist und nichts mit dem Bankraub und dem Mord zu tun hat.«

»Hmh« war alles, was der Hauptkommissar dazu anmerkte. »Dieser Flecken Erde am Rande der Welt ist doch nicht so groß. Der Mann kann sich nicht mit seinem Lkw verkrochen haben.« Er wurde in den Sicherheitsgurt gepresst, als Thönnissen unvermittelt bremste, den Rückwärtsgang einlegte, zurücksetzte und in die kleine Seitenstraße einbog, die sie soeben passiert hatten. Am dritten Haus der Siedlung stand ein Lastwagen mit Plane. Die hydraulisch absenkbare Bordwand an der Rückfront war unten. Thönnissen hielt an.

»Ipsen hat einen anderen Lkw«, stellte der Hauptkommissar fest.

»Hier gibt es nur einen, der Waren verteilt«, erwiderte der Inselpolizist, stieg aus und ging in Richtung der offenen Haustür. Er hatte die halbe Strecke durch den Vorgarten zurückgelegt, als Tore Ipsen erschien und stutzte.

»Habe ich falsch geparkt?«

»Wessen Auto ist das?«, wollte Thönnissen wissen und zeigte auf das Fahrzeug, das wesentlich neuer aussah als Ipsens Lkw.

»Meins. Seit gestern.«

»Du hast dir gestern einen neuen Laster gekauft?«

»Ganz neu ist er nicht, aber gut erhalten. Man muss in das Geschäft investieren.« Ipsens Erklärung klang altklug.

»Du bist gestern Nachmittag aufs Festland?«

»Ja.«

»Wann hast du dich dazu entschieden?«

»Hör mal. Warum interessiert dich das?«

»Es wäre besser für Sie«, mischte sich Hundt ein, der zu den beiden hinzugetreten war, »wenn Sie es uns erzählen würden.«

Ipsen schüttelte ungläubig den Kopf. »Ich habe lange mit dem Wagen geliebäugelt. Gestern habe ich den Verkäufer angerufen und gefragt, ob er noch zu haben ist. Nach nordfriesischer Sitte haben wir den Kauf telefonisch getätigt, und ich bin gleich am frühen Nachmittag rüber und habe den Wagen abgeholt.«

»Und dein alter Laster?«

»Den habe ich in Zahlung gegeben.«

Thönnissen schlich um den Wagen herum, dann fuhr er mit der Hand über die Bordwand. »Schönes Stück. War sicher nicht billig.«

»Och, was bekommt man schon geschenkt? Habe trotzdem noch ein wenig herausgeholt.«

»Was kostet so ein Fahrzeug?«, wollte Hundt wissen.

»Ich verstehe nicht, warum Sie das interessiert. Habe ich etwas Ungesetzliches getan?«

»Das versuchen wir gerade herauszufinden.«

»Ihr spinnt doch«, empörte sich Ipsen. Er sah Thönnissen an. »Bist du ballaballa? Seit wann ist es ein Vergehen, sich ein neues Auto anzuschaffen? Soll ich dir die Papiere zeigen, hä?«

»Ist schon gut, Tore«, versuchte Thönnissen, ihn zu beruhigen, aber Hundt fuhr dazwischen.

»Die Sache ist erledigt, wenn *ich* es sage. Wo waren Sie gestern?«

Ipsen sah den Hauptkommissar ungläubig an. Dann wandte er sich an Thönnissen.

»Sag mal, wo ist der denn entlaufen? Ich habe eben erklärt, was ich gestern gemacht habe.«

»Wollen Sie auch noch wegen Beleidigung belangt werden?«, fragte Hundt mit einem drohenden Unterton in der Stimme. »Reicht nicht schon das andere?«

»Ich habe die Schnauze voll. Meine Zeit ist zu kostbar, als dass ich sie mit Verrückten verplempere.« Ipsen ließ die Laderampe hochfahren und wollte in seinen Lkw einsteigen, aber Thönnissen hielt ihn fest.

»So funktioniert das nicht. Wir sind nicht zum Spaß hier. Lass es nicht eskalieren! Also, wo warst du gestern, bevor du mit der Fähre rübergefahren bist? Für die Schiffspassage haben wir Zeugen.«

Tore Ipsen war immer noch irritiert. Irgendetwas hatte ihn aber aufhorchen lassen. So hatte er den Inselpolizisten noch nie erlebt.

»Ich habe vormittags eine kleine Tour gefahren. Das kann ich anhand der Abrechnungen belegen. Außerdem könnt ihr die Kunden fragen, die ich angefahren habe.«

»Und dann?«

»Bin ich ins Büro zurück. So gegen elf Uhr muss das gewesen sein. Ich habe mit dem Händler gesprochen, zwei Mails geschrieben und mir das Essen aufgewärmt, das meine Frau mir hingestellt hat.«

»Moment mal«, unterbrach ihn Hundt. »Sie waren allein zu Hause?«

»Ja. Meine Frau ist morgens zu Gunhild Oetjen. Sie wollte erst nicht, aber ich habe ihr gesagt, sie soll ruhig zu Gunhild fahren. Nach dem Stress der letzten Wochen hat sie sich einen ruhigen Tag verdient.«

»Ist es nicht seltsam, dass Sie Ihre Frau ausgerechnet gestern weggeschickt haben?«, fragte der Hauptkommissar.

»Was heißt: ausgerechnet gestern? War das ein besonderer Tag?«

»Interessant«, stellte Hundt fest. »Ein Banküberfall und ein Mord sind für Sie nichts Besonderes?«

»Damit habe ich doch nichts zu tun. Hallo? Wenn Sie mir morgens erzählen, dass an dem oder dem Tag etwas Schlimmes passiert, dann bleibe ich im Bett. Aber mir hat keiner von dem Banküberfall berichtet.«

»Weil Sie selbst daran beteiligt waren?«

»Ich?« Ipsen bekam einen Lachanfall. »Das ist gut. Ein toller Witz.«

»Tore, das ist nicht lustig«, mahnte Thönnissen. »Wo ist dein Motorrad?«

»In der Garage.«

»Da steht es nicht.«

»Doch. Natürlich. Ich habe es nicht … Sag mal«, fiel ihm

plötzlich ein. »Woher willst du das wissen? Schnüffelt ihr hinter mir her?«

»Wir schnüffeln nicht, sondern die Polizei ermittelt in zwei schweren Straftaten, die sich gestern bei uns ereignet haben.«

»Und … Nun glaubt ihr, dass ich damit etwas zu tun habe?« Tore Ipsen wirkte betroffen.

»Unsere Untersuchungen gehen in alle Richtungen«, sagte Thönnissen mit ruhiger Stimme. »Es hilft uns weiter, wenn wir jetzt zu dir fahren und nachsehen, wo dein Motorrad ist. Einverstanden?«

Ipsen nickte und stieg in den Lkw.

»Sie können den Verdächtigen doch nicht allein fahren lassen?«, begehrte Hundt auf. »Wenn er flüchtet?«

»Wohin sollte er flüchten?«

Der Hauptkommissar blieb die Antwort darauf schuldig.

Es waren nur wenige Minuten bis zu Ipsens Lagerhaus. Thönnissen folgte dem Lkw.

Der Spediteur sprang aus seinem Fahrzeug und ging direkt zur Garage, deren Tür nur angelehnt war. Er öffnete sie und blieb erstarrt stehen.

»Da steht es immer«, sagte er fassungslos und zeigte auf den leeren Platz mit dem Ölfleck.

»Wer hat das Motorrad entwendet?« Hundt hatte die Fäuste in die Hüften gestemmt und musterte den Spediteur mit einem hämischen Blick.

Ipsen öffnete mehrfach den Mund, bevor er sagte: »Hier klaut doch keiner. Nicht bei uns. Hier leben nur anständige Leute.«

»Die Banken überfallen und morden«, ergänzte der Hauptkommissar.

»Wo ist der Schlüssel für das Motorrad?«, fragte Thönnissen.

»Am Brett, gleich hinter der Eingangstür. Dort hängen alle Schlüssel.«

»Und die Eingangstür ist offen, auch wenn niemand im Hause ist?«, fragte Hundt.

Ipsen nickte. »Klar. So machen das alle hier.«

»Das ist eine merkwürdige Insel«, stellte der Hauptkommissar fest und wollte Ipsen am Ärmel packen. »Ihre Geschichte klingt unglaubwürdig.«

Der Spediteur entzog sich durch einen rückwärts gewandten Schritt dem Festhalten. »Ich weiß auch nicht weiter«, gestand er. »Ich blicke da nicht mehr durch.«

»Herr Hauptkommissar.« Thönnissen nickte in Richtung Hofplatz. Als sie allein waren, erinnerte der Inselpolizist an den Rasenmäher, der in ihrem ersten Fall eine Rolle gespielt hatte. »Die Brüder Ipsen leihen sich ihre Sachen untereinander aus. Ich schlage vor, wir sollten zuvor noch einmal den Bruder befragen.«

»Den Bestatter?«

Thönnissen nickte.

»Schön«, stöhnte Hundt resigniert.

Bevor sie in den Golf stiegen, ermahnte der Inselpolizist noch einmal: »Du bleibst hier, Tore. Verstanden?«

»Nein«, widersetzte sich der Spediteur dickköpfig. »Ich fahre jetzt meine Ware aus. Das habe ich immer so gemacht. Auch heute lasse ich mich durch euch nicht davon abbringen.«

»Er kann doch nicht einf...«, wollte Hundt anweisen, aber Thönnissen unterbrach ihn.

»Lassen Sie ihn, Herr Hauptkommissar. Es ist besser, wenn wir nicht noch mehr Unruhe auf die Insel bringen.«

Kopfschüttelnd verfolgte Hundt, wie Tore Ipsen ins Führerhaus kletterte, den Motor startete und mit viel Gas davonfuhr.

»Vielleicht hat sein Bruder eine Erklärung«, sagte Thönnissen und fuhr zur Tischlerei.

Liesschen Ipsen stand bereits in der offenen Haustür, als sie vorfuhren.

Thönnissen stieg aus dem Wagen aus und legte seine Unterarme auf das Autodach.

»Jesper?«

»Lund.«

»Der Bestatter scheint da zu wohnen«, knurrte Hundt aus dem Fahrzeuginneren.

Bevor der Inselpolizist eingestiegen war, rief ihm Liesschen Ipsen etwas zu.

»Frerk?«

»Ja?«

»Der Tote, den ihr gefunden habt … Wird das ein Auftrag für uns?«

»Du bist aber geschäftstüchtig. Nein. Der kommt zur Rechtsmedizin. Und da er kein Einheimischer ist, werden ihn seine Angehörigen an anderer Stelle beisetzen.«

»Ist vielleicht auch ganz gut so«, meinte Frau Ipsen. »Beim letzten Mord hat man euch ja die Leiche geklaut. Wir hätten dieses Mal einen Stuhl in die Halle gestellt.«

»Wie wäre es mit abschließen?«

»Das geht nicht«, sagte die Frau bedauernd. »Der Schlüssel ist verschwunden.«

»Dein Mann ist Tischler. Der müsste doch einen neuen beschaffen können.«

»Wann denn? Der ist doch ständig unterwegs.«

»Bei Lund«, lästerte Thönnissen.

»Die Wache, die in der Leichenhalle aufpasst, bekommt auch eine Kanne heißen Tee mit Schuss und, wenn es sein muss, den Gameboy von unserem Sohn.«

»Das sind keine intelligenten Dialoge, die Sie hier führen«, stellte Hundt fest, als der Inselpolizist eingestiegen war und zu Lunds Haus fuhr.

Ipsen hatte sich auf die Eingangsstufen gesetzt und erwartete sie. Er schwenkte sein Handy. »Liesschen hat mich schon informiert.« Er blinzelte die beiden Beamten gegen die Sonne an. »Und Tore auch.«

»Prima, dann können wir uns kurzfassen.« Thönnissen wurde grob vom Hauptkommissar zur Seite geschoben.

»Sparen wir uns lange Reden. Haben Sie das Motorrad Ihres Bruders aus dessen Garage geholt?«

»Ja.«

»Ohne ihn zu fragen?«

»Das ist mein Bruder.«

»Ist das hier so üblich?« Es sollte höhnisch klingen, doch Ipsen bemerkte die Spitze nicht.

»Klar. Die Maschine steht in der Garage. Wenn ich Sie brauche, hole ich sie mir. Der Schlüssel hängt im Flur gleich hinter der Tür.«

»Sie leugnen nicht, das Motorrad gefahren zu haben?«

»Warum sollte ich?«

»Auch gestern?«

»Sicher. Gestern früh habe ich es aus der Garage geholt.«

»Warum?«

Ipsen zog eine Grimasse. »Ich habe damit Kartoffeln geerntet.«

Jetzt machte der Hauptkommissar ein dümmliches Gesicht.

»Jesper Ipsen meint, dass man ein Motorrad zum Fahren benutzt.«

»Sparen Sie sich Ihre Kommentare, Obermeister. Will mich hier jeder für dumm verkaufen?«

Gern hätte Thönnissen mit »ja« geantwortet. Aber das wäre zu viel des Guten gewesen.

»Ich will wissen, wohin Sie mit dem Motorrad gefahren sind«, brüllte der Hauptkommissar. »Sie sind doch ständig bei Lund, wie mir scheint.«

Jesper Ipsen grinste Hundt an.

»Da war ich auch gestern.«

»Sie sind doch immer mit Ihrem Firmenwagen unterwegs.«

»Gestern nicht. Da war einer meiner Mitarbeiter auf Montage. Wir haben nämlich noch mehr Kunden, nicht nur Lund.« Das Grinsen stand immer noch in Ipsens Gesicht.

»Hat Sie jemand gesehen, der das bezeugen kann?«

»Keine Ahnung.«

»Wo ist das Motorrad jetzt?«

»Ach, Herr Kommissar. Das ist eine ältere Maschine. Die ist schon so oft über die Insel gefahren, die kennt sich hier bestens aus. Es würde mich nicht wundern, wenn sie allein unterwegs ist.«

»Sie kommen sofort mit. Auf der Stelle«, forderte Hundt den Tischler auf.

»Ich muss hier fertigwerden. Ich kann doch nicht ständig ...«

Der Hauptkommissar hatte den verblüfften Ipsen am Oberarm gepackt und zerrte ihn mit sich. Widerstandslos ließ sich der Tischler zum Golf führen.

Noch größer war Ipsens Erstaunen, als sie seine Garage leer vorfanden.

»Das verstehe ich nicht«, stammelte er ratlos und zeigte auf eine Ecke. »Da habe ich sie hingestellt. Ehrlich.«

»Wann war das?«

»Gestern Vormittag. So gegen halb elf.«

»Und das wollen Sie uns weismachen?«

»Doch. Bestimmt. Warum sollte ich Ihnen etwas vorlügen?«

»Um Ihre Beteiligung am Banküberfall zu verbergen.«

Ipsen zeigte auf sich selbst. »Ich soll gestern die Sparkasse überfallen haben? Ich? Das würde mir nie in den Sinn kommen.«

»Sie haben doch ein gutes Verhältnis zu Ihrem Bruder.«

»Ja.« Ipsen schluckte heftig. »Wir waren nie getrennt, sind hier aufgewachsen und haben Pellworm nicht verlassen. Das ist doch selbstverständlich, dass man zusammenhält.«

»Auch in Notsituationen? Oder wenn es einem nicht gutgeht?«

»Dann erst recht.«

»Welche Bedingungen würden Sie an eine solche Unterstützung knüpfen.«

»Keine.« Ipsen war ein wenig atemlos geworden.

»Da haben wir es. Sie geben zu, für Ihren Bruder bedingungslos alles zu machen.«

»Das haben sich schon Blutsbrüder wie Winnetou und Old Shatterhand geschworen. Aber wir sind echte Brüder, nicht nur Blutsbrüder. Wir gehen gemeinsam durch dick und dünn.«

»Und überschreiten dabei auch Grenzen?«

Thönnissen registrierte, dass Ipsen dem Hauptkommissar nicht mehr folgen konnte.

»Nein«, sagte der Tischler. »Im Ausland waren wir noch nie zusammen.«

Offenbar, dachte Thönnissen, bin ich der Einzige, der diesen Dialog noch versteht. Hundt fühlte sich provoziert, und Ipsen redete sich um Kopf und Kragen.

»Herr Hauptkommissar«, schritt der Inselpolizist ein. »Ich kann mir denken, worauf Sie hinauswollen und welche

Schlussfolgerungen Sie aus dieser Befragung ziehen. Aber ich habe ein Verständnisproblem.«

Die Blicke der beiden anderen Männer waren auf Thönnissen gerichtet.

»Wir haben den Toten. Und die Brüder Ipsen.« Der Inselpolizist streckte drei Finger in die Luft. »Das ist einer zu viel. Alle Augenzeugen haben bestätigt, dass am Überfall nur zwei Täter beteiligt waren. Wenn Sie Ihren Verdacht auf die Ipsens lenken … Wer von den beiden war der Komplize des toten Kopitzki?«

Hundt wollte etwas erwidern. Es schien, als würde er nach den richtigen Worten suchen. Er winke aber nur ab und stapfte zum Golf.

»Und nun?« Ipsen sah jetzt auch niedergeschlagen aus.

»Jesper. Wo ist das Motorrad?«

»Ich weiß es nicht.« Die Schultern des Tischlers sanken herab. Die Arme baumelten kraftlos neben dem Körper. Dann blickte er Thönnissen fest in die Augen und packte dabei die Schultern des Polizisten.

»Frerk, ich weiß es nicht. Es ist weg. Einfach weg. Aber hier wird doch nichts geklaut auf Pellworm. Oder?«

»Vielleicht, Jesper, ist dieses ›oder‹ die Frage, die wir klären müssen.«

»Das verstehe ich nicht.«

»Macht nichts, Jesper. Steig ein. Ich fahre dich zu Lund zurück.«

Auf der Fahrt meldete sich Hundts Mobiltelefon. Der Hauptkommissar murmelte nur: »Ja – ja, hmh, verstehe, interessant.« Dann beendete er das Gespräch. Nachdem sie Ipsen abgesetzt hatten, sagte Hundt: »Das waren die Kollegen vom Festland. Ich hatte gebeten, Tore Ipsens Angaben zu überprüfen. Der

Autohändler hat bestätigt, dass er schon länger in Verhandlungen mit dem Spediteur über einen neuen Lastwagen stand. Ipsen hat es immer wieder hinausgezögert, auch als ihm ein guter Gebrauchter angeboten wurde. Sein Argument war stets, dass es doch eine größere Investition sei, die wohlüberlegt sein müsse. Der Händler war umso erstaunter, als Ipsen ihn gestern anrief, fragte, ob der angebotene Wagen noch verfügbar sei, und darauf bestand, noch am selben Tag den Fahrzeugaustausch durchzuführen.«

»Das könnte Zufall sein«, gab Thönnissen zu bedenken.

Hundt schüttelte heftig den Kopf. »So viele Zufälle gibt es nicht. Ipsen hat das alte Fahrzeug in Zahlung gegeben und die Differenz bezahlt.«

»Und?«, fragte Thönnissen.

»In bar. Genau zweiundzwanzigtausend Euro. Ist das nicht merkwürdig, dass er zunächst lange mit dem Kauf zögert, und plötzlich muss alles sehr schnell gehen?«

»Ich weiß nicht.«

»Also.« Hundt fuchtelte mit den Armen in der Luft herum. »Die Sparkasse hat angegeben, dass dreiunddreißigtausend Euro erbeutet wurden. Wenn es zwei Täter waren und sie sich die Beute teilen wollten, würden auf jeden sechzehntausendfünfhundert Euro entfallen. Das reicht aber nicht für die Zuzahlung zum Lkw. Und da Kopitzki nicht freiwillig auf seinen Anteil am Überfall verzichten wollte, ermordete ihn Tore Ipsen, der auf die ganze Beute angewiesen ist. Ist das nicht schlüssig?«

Thönnissen vermied es zu antworten. Er hatte den Eindruck, der Hauptkommissar zauberte jede Stunde einen neuen Verdächtigen aus dem Hut, den er für überführt hielt. War Kopitzki überhaupt an dem Überfall beteiligt gewesen? Auch das war noch nicht bewiesen.

»Wir suchen noch einmal Ipsen auf«, entschied Hundt. »Ich habe noch ein paar Fragen an ihn.«

»Also zu Lund.«

»Nein!« Der Hauptkommissar betrachtete Thönnissen, als würde er es mit einem Volltrottel zu tun haben. »Zu dem anderen Bruder.«

»Auch gut. Suchen wir also die Insel nach dem Lkw ab.«

Der Inselpolizist hatte eine ungefähre Vorstellung, wo der Spediteur auf seiner Tour jetzt sein müsste. Er hatte recht. Ipsen lud gerade zwei Weinkartons auf seine Sackkarre, als er den ehemaligen Streifenwagen heranrollen sah. Er stellte das Gefährt ab und stützte sich auf die Griffe.

»Da ist noch etwas unklar«, sagte Hundt schon von weitem, kaum dass er den Golf verlassen hatte.

Ipsen schien nichts mehr zu erschüttern. Er grinste die beiden Polizisten an.

»Bei euch ist anscheinend alles unklar. Und? Was habe ich jetzt verbrochen? Bin ich der Bigamie verdächtigt, weil ich einen Walfisch geheiratet habe? Ach nee. Wir haben Halbmond gehabt. Und nun soll ich das fehlende Stück geklaut haben?«

»Sie sind für einen Verdächtigen sehr kess.«

»So, so, verdächtigt!« Ipsen sah Thönnissen an und zeigte auf den Hauptkommissar. »Wie viele scheinbare Täter hat er schon im Visier? Macht es euch doch einfacher. Zieht einen Zaun um Pellworm. Dann habt ihr eure Täter.«

»Sie … Sie.«

Wenn ihn jetzt der Schlag trifft, dachte Thönnissen und sah mit Besorgnis auf den roten Kopf des Hauptkommissars, haben wir ein Problem. Oder wir sind eines los.

Nach dreimaligem Luftholen hatte sich Hundt wieder gefasst.

»Sie haben Ihren alten Lkw in Zahlung gegeben und die Differenz in bar bezahlt. Das waren über zehntausend Euro.«

»Das ist nicht ungewöhnlich in Nordfriesland.«

»Doch. Das ist ein Verstoß gegen das Geldwäschegesetz.«

Ipsen lachte gekünstelt auf. »Das wird immer schöner. Gehöre ich jetzt zur Mafia? Bankraub. Geldwäsche. Mord.« Er fasste sich in den Schritt. »Wie wär es mit Vergewaltigung? Habe ich zwar noch nie getan, aber ich habe die Vorrichtung dafür.«

»Wo haben Sie das Geld her?«

Der Spediteur zeigte erst auf den Lkw, dann auf die Sackkarre. »Verdient, Herr Kommissar. Auf mühsame und schweißtreibende Art. Und von dem kargen Einkommen habe ich immer ein bisschen zur Seite gelegt.«

»Dann müssten Sie einen Auszahlungsbeleg Ihrer Bank haben.«

Ipsen schüttelte heftig den Kopf. »Nix da. Warum soll ich es zur Bank bringen? Zinsen gibt es dort ohnehin nicht mehr. Kann man den Banken noch trauen? Die Großen gehen in die Pleite. Wie hießen die noch gleich? Gebrüder Lehmann? Und die Kleinen werden überfallen. Die haben heute geschlossen. Da lege ich mein Geld lieber unters Kopfkissen. Ist das verboten? Und was heißt hier Geldwäsche? Wenn die Bettwäsche in die Maschine kommt, dann achte ich darauf, dass da kein Geldschein zwischen ist.« Er zog das rechte Augenlid ein Stück herab. »Auch wenn mein Erspartes nicht mitgewaschen wird, ist es sauberes Geld. Und es stammt von Pellworm, nicht aus der Schweiz. Einem wie Ihnen kann man es nicht recht machen. Das Konto in Liechtenstein ist verboten, der Sparstrumpf in Nordfriesland auch.«

»Das ist nicht zutreffend«, erklärte Hundt in belehrendem Tonfall. »Es geht nur darum, dass das Geld versteuert wird.«

»Ist es. Aber wie soll ich das beweisen? Soll ich mit meinen Einnahmen zum Finanzamt fahren? Die nehmen sich ihren Teil, und den Rest stempeln die ab. ›Versteuertes Einkommen‹. Wollen Sie das? Sie und Ihr Verfolgungswahn … Für Sie besteht die ganze Welt offenbar nur aus Verbrechern.«

»Wir suchen einen Mörder.«

»Dann suchen Sie. Aber an den richtigen Stellen. So! Und nun muss ich Lodders den Wein bringen.«

»Kennen Sie Fritz Kopitzki?«, fragte der Hauptkommissar.

»Nee. Kennt er mich?« Ipsen kippte die Sackkarre und schob die beiden Weinkartons ungehindert ins Haus.

»Was sagen Sie dazu?«, fragte Hundt aufgebracht.

»Sie haben mir erzählt, ich soll mich zurückhalten. Meine Kommentare wären nicht erwünscht.«

Hundt befahl, zur überfallenen Sparkasse zu fahren. Vor der Tür drückten sich immer noch ein paar Neugierige herum. Touristen, die beim Bummeln ihre Schritte ein wenig verzögerten, Väter, die sich zu ihrem Nachwuchs herabbeugten, in die Knie gingen und mit ausgestrecktem Arm zum Geldinstitut zeigten, ein älteres Ehepaar, bei dem die Frau sich vor wohligem Entsetzen die Hand vor den offenen Mund hielt.

»Gibt es noch etwas, das Ihnen eingefallen ist?«, fragte Hundt beim Betreten der Zweigstelle anstelle einer Begrüßung.

»Moin.« Melf Bahnsen, der Zweigstellenleiter, schüttelte den Kopf. »Nein. Wir haben gestern alles gesagt, nicht wahr, Lene?«

Seine Mitarbeiterin nickte.

»Wie hoch war die Beute?«, wollte Thönnissen wissen.

Bahnsen sah auf einen Zettel. »Dreiunddreißigtausendfünfhundertundzwanzig Euro.«

»Zunächst hieß es doch, den Tätern wären nur fünfundzwanzigtausend in die Hände gefallen?«, warf Hundt ein.

»Ja«, druckste Bahnsen herum. »Aber dann bemerkten wir, dass die Gangster noch einen Stapel Scheine mitgenommen haben, der außerhalb der Kasse lag.«

»Sie bewahren Geld an einem anderen Ort auf? Machen Sie das öfter?«

Bahnsen sah Lene Kriechbaum an. »Nein.« Die Antwort kam zögerlich. »Das war eine Ausnahme.«

»Weshalb?«

»Nun ja …« Bahnsen nagte an seiner Unterlippe. »Das Geld sollte noch bearbeitet werden.«

»Das verstehe ich nicht.«

Erneut blickte Bahnsen zu Lene Kriechbaum. Plötzlich hellte sich seine Miene auf. »Lene hat sich darum gekümmert.«

Die Frau sah ihn mit großen Augen an. »Ich?«

»Ja, Lene. Du!«

»Das stimmt«, wich sie aus und senkte den Blick. Dann sah sie Bahnsen fest in die Augen. »Du hast es mir aufgetragen. Aber bevor du mir sagen konntest, was ich damit machen soll, sind wir überfallen worden.« Jetzt schien Lene Kriechbaum erleichtert.

Bahnsen kratzte sich den Hinterkopf. »Das ist so«, begann er. »Ich wollte Lene bitten, die Geldscheine auf Echtheit zu prüfen. Gerade in jüngster Zeit wird immer wieder versucht, Falschgeld in Umlauf zu bringen.«

Thönnissen schüttelte unmerklich den Kopf. Die mit Kassenvorgängen betrauten Mitarbeiter eines Geldinstituts waren so versiert, dass sie mit Sicherheit Falschgeld eher als andere erkennen würden. Und Kriminelle, die Falschgeld unter die Leute bringen wollten, würden sich dazu keine Bankfiliale aussuchen. Auch Hundt schien skeptisch zu sein.

»Das möchte ich von Ihnen gern schriftlich«, sagte er.

Bahnsen nickte verlegen. »Natürlich. Aber zunächst müssen wir die Geschäfte wieder zum Laufen bringen.«

»Ist Ihnen inzwischen eingefallen, ob Sie einen der Täter erkannt haben?«, fragte Hundt.

Der Zweigstellenleiter schien erleichtert. »Nein. Das waren Unbekannte. Oder, Lene?«

»Ich habe keinen erkannt. Und die Pellwormer … Da könnte sich keiner verstellen. Hier begegnet man sich ständig.«

»Sie wollen nicht behaupten, alle Mitbürger zu kennen?«, fragte der Hauptkommissar ungläubig.

»Doch«, versicherte Lene Kriechbaum. »Sie sehen immer dieselben Leute. Beim Kaufmann, beim Arzt, beim Bäcker, an der Tankstelle, auf der Straße, bei den Festen …«

»Es reicht«, unterbrach Hundt den Redefluss der Frau.

»Und Weihnachten in der Kirche«, fügte sie noch hinzu.

»Die Täter waren maskiert. Wie wollen Sie da so sicher sein?«

»Das kann man nicht erklären. Das weiß man eben. Nicht wahr?« Dabei sah sie Melf Bahnsen an.

Der Zweigstellenleiter nickte. »Lene hat recht. Hier bleibt nichts verborgen. Auch die Leute nicht.«

»Das steht im Widerspruch zu dem, was Sie mir weismachen möchten.« Der Anwurf galt Thönnissen. »Dann müsste das Motorrad doch zu finden sein.«

Der Inselpolizist hob hilflos die Schultern und breitete die Hände aus. »Wir suchen auch noch die Papiere und persönlichen Gegenstände, die Kopitzki bei sich hatte.«

»Wer ist Kopitzki?«, wollte Bahnsen wissen.

»Das ist …«

»Thönnissen!« Der scharfe Ordnungsruf Hundts stoppte

Thönnissen mitten im Satz. Zum Glück meldete sich das Handy des Hauptkommissars. Er nahm das Gespräch an, lauschte mit versteinerter Miene und schloss mit »Ende«. Dann kommandierte er Thönnissen. »Los!«

»Ist etwas passiert?«, wollte der Inselpolizist auf dem Weg zum Auto wissen.

»Hier geschieht immer etwas.« Hundt tippte auf seine Jackentasche. »Wir wissen jetzt, wer Fritz Kopitzki ist. Die Information aus Leipzig hat Husum eben weitergegeben. Das ist ein größeres Kaliber. Er ist mehrfach vorbestraft wegen schweren Diebstahls, Raub und Körperverletzung. Der Typ war erst seit vier Monaten wieder auf freiem Fuß. Zuvor hat er eine vierjährige Haftstrafe abgesessen, nachdem er eine Spielhalle überfallen hatte. Das Mal zuvor war er gefasst worden, als er die Kassiererin eines Supermarktes mit Waffengewalt gezwungen hatte, die Einnahmen herauszurücken. Kopitzki schreckte vor nichts zurück. Auch eine Postfiliale geht auf sein Konto. Bemerkenswert ist, dass alle Objekte seiner kriminellen Handlungen auf dem Lande angesiedelt waren. Und die hiesige Sparkasse passt in dieses Schema. Ich habe keinen Zweifel daran, dass er einer der Täter ist. Damit dürfte auch das Motiv für den Mord klar sein.«

»Dann müssen wir nur noch den zweiten Täter suchen und ihm den Mord nachweisen«, sagte Thönnissen. »Das ist nicht weiter schwierig.« Der süffisante Unterton entging Hundt. Der Inselpolizist sah auf die Uhr. »Mir würde jetzt ein Kaffee guttun. Wenn wir den im Hotel einnehmen, könnten wir gleichzeitig ein paar Erkundigungen einholen.« Er wertete Hundts Grunzen als Zustimmung.

Drei

In Feddersens Hotel herrschte Hochbetrieb. Die Tische vor dem Haus waren alle belegt, und auch im Inneren saßen viele Gäste, tranken Kaffee und ließen sich dazu die leckeren hausgemachten Torten schmecken. Thönnissen führte den Hauptkommissar zu einem runden Tisch in der Nähe des Tresens, auf dem ein Schild »Reserviert« prangte. Die Bedienungen huschten hin und her und versuchten, den Ansturm zu meistern. Der Inselpolizist amüsierte sich über die kleine Sünje Mohrdieck, die ein wenig ihr Taschengeld aufbesserte. Sie war erst vierzehn, hatte eine dralle Figur und ein frisches Gesicht. Die blonden Haare hatte sie zu einem dicken Zopf geflochten. Sünje trug zwei Teller mit Sahnetorte und hatte ihre Augen starr auf den Kuchen gerichtet, während zwischen den Lippen ihre Zungenspitze hervorlugte, mit der sie die Balance zu halten versuchte.

Feddersens Stimme war von fern aus der Küche zu hören. Irgendwann kam er durch die Schwingtür in den Gastraum und stutzte, als er die beiden Polizisten wahrnahm.

»Der Tisch ist reserviert.«

»Vielen Dank, Boy, dass du ihn uns freigehalten hast«, feixte Thönnissen.

»Blödmann. Das ist für Stammgäste.«

»Nun beklag dich nicht. So oft, wie wir bei dir sind, gehören wir mit Sicherheit dazu.« Thönnissen zwinkerte ihm mit einem Auge zu. »Und wenn du möchtest, kommen wir noch öfter.«

»Wollt ihr mir das Geschäft ganz verderben?«

»Irrtum, Boy. In vielen Städten sind Imbissbetreiber und Bäckereien froh, wenn die örtliche Polizei bei ihnen Kunde ist. Man weiß, dass die Polizei über gute Ortskenntnis verfügt und sich nur bei den Besten versorgt.«

»Scheinheiliger Schleimer.« Dies klang allerdings schon ein wenig versöhnlicher. Dann nahm Feddersen die Bestellung auf. Thönnissen begnügte sich mit einem Kännchen Kaffee, während Hundt einen Cappuccino und ein Stück Friesentorte orderte.

Während sie warteten, zeigte Thönnissen unauffällig auf die beiden Männer, denen sie schon einmal begegnet waren.

»Herr Hauptkommissar«, sagte er leise. »Die beiden russischen Gäste … Die sind mir nicht ganz geheuer. Solche Urlauber sind hier selten. Und wie Touristen sehen die auch nicht aus.«

»Thönnissen.« Hundt hob den Zeigefinger und schwenkte ihn hin und her. »Ich bin überrascht. Seit wann laufen Sie mit offenen Augen durch die Welt?«

»Das sind zwei unbekannte Männer. Zwei! Und genau so viele waren an dem Überfall beteiligt.«

»Richtig. Wir sollten die beiden überprüfen. Keine Spur darf unbeachtet bleiben.«

»Tja.« Thönnissen richtete sich auf. »Allmählich haben wir ein Problem.«

»Das wäre?«, fragte Hundt lauernd.

»Es gibt mittlerweile zu viele Verdächtige.«

»Das vereinfacht unsere Arbeit. Wir müssen die Leute, die uns seltsam erscheinen, nur durchleuchten und nach ihren Alibis befragen. Wenn die stichhaltig sind, können wir sie von der Liste streichen.«

»So einfach ist Kriminalistik?« Thönnissen tat erstaunt.

In einem Anflug von Jovialität tätschelte der Hauptkommissar den Unterarm des Inselpolizisten. »Bewahren Sie sich Ihre Naivität, die offenbar nur Insulanern eigen ist. Manchmal erinnert mich diese innere Einstellung ein wenig an kindliche Einfältigkeit.«

Thönnissen widersprach nicht. Mochte Hundt glauben, was er wollte. In die Seele der Pellwormer würde der Hauptkommissar nie blicken können. Zum Schluss stand die Frage im Raum, wer der wirklich Naive war.

Zum Glück tauchte Sünje mit der Friesentorte auf, kurz darauf brachte Feddersen die Getränke. Hundt widmete sich voller Hingabe dem Verzehr des opulenten Gebäckstückes und fand keine Zeit mehr, das Gespräch fortzusetzen. Thönnissen nutzte die Gelegenheit, um nicht nur sein Gegenüber, sondern auch die anderen Gäste zu beobachten. Immer wieder blieb sein Blick bei den beiden Männern hängen. Sie hatten einen dunklen Teint, schwarze Haare, buschige Augenbrauen und unergründlich düster wirkende Augen. Auch ihre Kleidung war in gedeckten Tönen gehalten. Alles an ihnen wirkte dunkel. Thönnissen hatte von »den Russen« gesprochen. Das war nur so dahergesagt, denn sie wussten nichts über die Männer, schon gar nichts über ihre Herkunft.

Die beiden waren offensichtlich in ein intensives Gespräch vertieft. Gestik und Mimik unterstrichen diese Annahme. Aus der Ferne wirkte es wie ein Dialog und nicht, als würde einer dem anderen etwas vortragen. Sie achteten auch nicht auf andere Gäste, die in ihrer unmittelbaren Nachbarschaft saßen. Daraus schloss Thönnissen, dass sich die Männer in einer Sprache unterhielten, die niemand verstand.

»Bin gleich wieder da«, entschuldigte er sich bei Hundt, stand auf und zwängte sich durch die Reihen zu einem Tisch in der Nähe der Männer. Dort saß ein älteres Ehepaar, vermutlich Urlauber. Thönnissen steuerte auf den Tisch zu, ging in die Hocke und stützte sich mit den Ellenbogen auf die Tischplatte.

»Entschuldigung«, sagte er. »Ich bin der örtliche Polizeibeamte. Uns ist daran gelegen, dass unsere Gäste sich hier auf Pellworm wohlfühlen. Daran arbeiten Kurverwaltung, Gastronomie, Vermieter und alle anderen Einheimischen. Wir als Polizei möchten Ihnen das Gefühl vermitteln, dass Sie hier sicher sind. Deshalb würde mich interessieren, ob Sie in dieser Hinsicht mit unserer Arbeit zufrieden sind.«

»O ja«, babbelte der Mann munter los. Dass Thönnissen nur die Hälfte seiner Ansprache verstand, lag nicht nur an seinem mit Kuchen gefüllten Mund, sondern auch am hessischen Dialekt. Diese Kombination kam in Thönnissens Ohr nur als Geräuschkulisse an. Das störte ihn aber nicht. Seine Aufmerksamkeit galt dem Gespräch der beiden Männer nebenan. Durch die Klangfärbung und die harte Aussprache schloss Thönnissen auf eine Sprache aus dem osteuropäischen Raum. Er vermochte nicht zu sagen, in welcher Sprache sich die beiden unterhielten. Für ihn klang es wie Russisch. Er ließ den Gast ausreden, bedankte sich für dessen »Mitwirkung« und kehrte an seinen Platz zurück. Beim Fortgehen bekam er noch mit, wie der Hesse zu seiner Frau sagte, dass die hiesige Polizei wesentlich freundlicher und bürgernäher sei als die im heimischen Frankfurt. Schade, dachte Thönnissen, dass Hundt das nicht hören konnte.

»Was haben Sie gemacht?«, wollte der Hauptkommissar wissen.

Thönnissen betrachtete fasziniert den Klecks Schlagsahne, der Hundts Nasenspitze zierte. Er machte ihn jedoch nicht darauf aufmerksam. Sollten andere auch ihren Spaß daran haben. Er berichtete von seinem Eindruck, dass es sich bei den

Männern tatsächlich um Russen handeln könnte. Der Hauptkommissar hielt es nicht für erforderlich, auch nur ein anerkennenswertes Wort darüber zu verlieren. Als der Hotelier ihren Tisch passierte, rief er stattdessen nur: »He, Sie da! Kommen Sie mal her!«

Feddersen sah den Hauptkommissar an und tippte sich diskret an die Nasenspitze, um auf den Sahneklecks aufmerksam zu machen.

»Sie sollten sich an die eigene Nase fassen«, grummelte Hundt.

»Dann eben nicht«, meinte der Hotelier beleidigt.

»Die Männer dahinten … Sind das Hotelgäste von Ihnen?«

Feddersen sah nicht hin. »Da sitzen viele Herren.«

»Die finster Dreinblickenden? Wir haben sie schon einmal gesehen, als sie bei Ihnen nach ihrem Schlüssel verlangt haben.«

»Wenn Sie wissen, dass die hier wohnen, weshalb fragen Sie dann?«

»Wo kommen die her?«, wollte Hundt wissen.

»Nicht von der Insel.«

»Sind das Ausländer?«

»Ich führe keine Passkontrolle durch.«

»Das könnte ich jetzt machen. Ich schicke den Obermeister los, und der lässt sich die Papiere zeigen.«

»Das sollten Sie nicht wagen!« Feddersen zeigte eine Mischung aus Verärgerung und Drohung.

»Thönnissen!« Das klang wie ein Auftrag. Als der Inselpolizist zögerte, ergänzte der Hauptkommissar: »Das ist eine Dienstanweisung.«

Feddersen sah den Inselpolizisten an. Als dieser aufstand, drückte der Hotelier ihn wieder zurück auf den Stuhl.

»Ich erteile jetzt jedem Polizisten ganz formell Hausverbot.«

»Das können Sie einfacher haben.« Hundt zeigte sich unerbittlich.

»Ich weiß wirklich nicht, was das für Landsleute sind. Es könnten Russen sein«, wisperte Feddersen.

»Was machen die hier?«

Der Hotelier zögerte mit der Antwort. Er nagte an der Unterlippe. »Niemand fragt die Gäste, wie sie ihren Urlaub gestalten. Es kommt oft vor, dass wir hinsichtlich örtlicher Attraktionen um Rat gefragt werden. Dann geben wir bereitwillig Auskunft. Umgekehrt wäre es ein Sakrileg. Diskretion ist das oberste Gebot in unserem Gewerbe. Das gilt auch, wenn die Polizei uns immer wieder als Informationsquelle anzuzapfen versucht.«

»Ich sagte bereits, dass wir die Leute auch selbst befragen können.«

Feddersen gab einen Stoßseufzer von sich. »Das ist Erpressung.«

Hundt antwortete nur mit einer müden Handbewegung.

Für Thönnissen war Feddersens Aussage nachvollziehbar. Wenn der Gast nichts sagte, blieb der Grund seines Aufenthalts auf Pellworm verborgen. Was gab es hier schon außer erholsamen Urlaubstagen? Wie Handwerker sahen die beiden tatsächlich nicht aus. Andere Geschäftsreisende traf man kaum. Kongresse wurden hier auch nicht veranstaltet. Und wenn es wirklich Zusammenkünfte gab, blieb das nicht im Verborgenen. Davon wusste jeder.

»Ich sehe ein, dass ihr eure Arbeit machen müsst. Aber vielleicht geht das auch ein wenig diskreter. Wir leben hier vom Tourismus. Und wenn die Polizei in diesem Garten herumtrampelt und jedes kleine Pflänzchen, auf dessen Erblühen wir hoffen, zertritt, macht ihr eventuell mehr kaputt, als ihr mit der Verhaftung eines Täters bewirkt.«

»Boy.« Thönnissen beugte sich vor. »Es geht hier nicht um Fahrraddiebstahl, sondern um Mord.«

»Das habe ich verstanden«, erwiderte der Hotelier. »Ihr sucht *einen* Mörder, hier leben aber elfhundert Menschen, nicht mitgerechnet die zweitausend Gäste. Denkt einmal darüber nach, welche Verantwortung euch trifft, welche Existenzen davon abhängig sind.«

»Sie setzen die Prioritäten falsch«, antwortete Hundt ungerührt. »Ein Mord ist das schlimmste Verbrechen, das wir kennen. Da kann ich keine Rücksicht auf Sentimentalitäten nehmen.«

Zum Glück sprach er in der Ich-Form, dachte Thönnissen erleichtert und sah Tore Ipsen entgegen, der den Gastraum betreten hatte.

Hundt krümmte den Finger und winkte den Spediteur an ihren Tisch. »Setzen Sie sich!«

»Habe weder Zeit noch Lust«, antwortete Ipsen kurz angebunden.

»Sie werden von uns immer wieder die Frage gestellt bekommen, wo Ihr Motorrad abgeblieben ist. Und Ihre Erklärung, Sie hätten sich das Bargeld für den Lkw-Kauf mühsam zusammengespart, nehme ich Ihnen auch nicht ab.«

»Das ist mir scheißegal«, erwiderte Ipsen genervt. »Hören Sie endlich auf, mich zu verfolgen. Immer wieder stellen Sie die gleichen Fragen. Warum konzentrieren Sie sich auf meine Person?«

»Haben Sie einen Waffenschein? Oder gar eine illegale Waffe?«, fragte Hundt.

»Beides nicht.«

»Tore«, mischte sich Thönnissen ein, »kennst du den Toten?«

»Nein. Woher sollte ich? Ob ich ihn gesehen habe, als wir

uns möglicherweise irgendwo begegnet sind, weiß ich nicht. Er ist mir unbekannt. Wie heißt er?«

»Fritz Kopitzki.«

Ipsen zuckte die Schultern. »Nie gehört. Wo hat er auf Pellworm gewohnt?«

»Er hatte ein Zimmer bei Schnack.«

»Tsss. Ausgerechnet bei dem.«

»Wieso? Was ist mit Heiner Schnack?«, fragte Thönnissen.

Ipsen sah Thönnissen an. Dann wies er mit dem Zeigefinger auf den Inselpolizisten. »Du weißt doch selbst, was für ein komischer Kauz Schnack ist. Von mir wollt ihr wissen, weshalb ich den neuen Wagen bar bezahlt habe, aber dass Schnack meinem Bruder heute Morgen den Auftrag zum Einbau neuer Fenster erteilt hat, interessiert euch nicht. Monatelang konnte er sich nicht entscheiden, obwohl der Wind durch die maroden Fenster pfiff. Und nun muss es plötzlich ganz schnell gehen.«

»Ist das wahr?«, fragte Thönnissen erstaunt.

Ipsen schüttelte den Kopf, und es gelang ihm sogar, dabei zu grinsen. »Nee. Ich sage doch immer die Unwahrheit. Das glaubt er doch.« Er zeigte auf Hundt. »Und Schnack hat gesagt, er braucht keine Rechnung, sondern er will bar zahlen. Da solltet ihr mal nachfragen. Man weiß ja, dass Gastwirte immer krumme Dinger drehen.«

»Das will ich nicht gehört haben«, sagte Boy Feddersen mit fester Stimme. Er hatte sich, ohne von Ipsen bemerkt zu werden, von hinten herangeschlichen. »Ich will nicht wissen, was du und dein Bruder für schiefe Nummern machen. Bei mir läuft alles sauber durch die Bücher. Handwerker sind doch bekannt dafür, dass sie zur Hälfte von der Schwarzarbeit leben.«

»Du spinnst ja wohl«, ereiferte sich Ipsen. »Meinst du, das würde nicht auffallen, wenn Jesper irgendwo schwarzarbeiten würde?«

Der Hotelier lachte. »Dein Bruder trägt doch kein Schild auf dem Revers: Heute arbeite ich ohne Rechnung. Hier gibt es viele, die sich wundern, dass er immer wieder bei Lund ist. So lange wie Jesper da schon herumwerkelt, müsste er längst Millionär sein. Und Lund wäre pleite.«

»Hör doch auf.« Ipsen versetzte Feddersen einen leichten Stoß gegen die Brust. »Bei dir ist doch jeder zweite Schnaps, den du ausschenkst, unversteuert.« Er drehte sich zu Hundt um. »Was ist eigentlich daraus geworden, als der saubere Herr Bürgermeister Wessels schwarzgebrannten Kartoffelschnaps verkauft hat, häh?« Dann sah er wieder den Hotelier an. »Nix. Du hast deine schmutzigen Finger überall drin. Das sind die Richtigen, die sich dann auch noch aufblasen. Das ist so, als wenn du furzt und vorwurfsvoll einen anderen ansiehst.«

»Schluss jetzt«, fuhr Hundt dazwischen. »Das ist ja hier wie im Kindergarten. Das klingt wie eine andere Form von Penisneid. Keiner gönnt dem anderen das Weiße im Auge.«

»Sie sollten sich da raushalten«, schnauzte Ipsen den Hauptkommissar an. »Das geht Sie einen feuchten Kehricht an, wenn wir uns unterhalten.«

»Niemand hat Sie eingeladen, an unserem Gespräch teilzuhaben«, stimmte Feddersen zu.

Thönnissen stellte belustigt fest, dass der Hauptkommissar die Welt nicht mehr verstand. Hatte es zuvor so ausgesehen, als würden die beiden Kontrahenten aufeinander losgehen, verbündeten sie sich augenblicklich gegen den Polizisten vom Festland.

»Zahlen«, schnauzte der Hauptkommissar den Hotelier an.

»Und Sie«, das galt Thönnissen, »kommen sofort mit. Offenbar hat niemand auf diesem Eiland begriffen, in welcher Mission wir hier sind.«

Während der Saison hatten die gastronomischen Betriebe auch am Nachmittag geöffnet. Bei Schnack herrschte nicht annähernd so viel Betrieb wie im Hotel.

»Ist der Chef da?«, fragte Thönnissen die ältere Frau mit dem zerfurchten Gesicht und dem Dutt, die an der zischenden Kaffeemaschine stand und zwei Kännchen volllaufen ließ.

»Der hat dringende Arbeiten zu erledigen.«

»Dann sagen Sie uns auf der Stelle, wo wir ihn finden können.« Der Hauptkommissar hatte laut gesprochen.

»Ich kann mir denken, wo er steckt«, murmelte Thönnissen leise. »Weck ihn auf! Wir müssen unbedingt mit ihm sprechen.«

»Das mag er nicht haben«, versuchte die Frau zu widersprechen, aber Thönnissen blieb unnachgiebig.

»Gleich.« Die Bedienung führte ihre Arbeit zu Ende und brachte den Kaffee an den Tisch. Dann verschwand sie durch eine Tür mit der Aufschrift »Privat«.

Hundt sah sich in der Gaststube um. »Der Herr Schnack hat ein merkwürdiges Hobby«, stellt er fest und trat näher an die Wand heran.

»Er ist Sammler«, erklärte Thönnissen und stellte sich neben den Hauptkommissar.

Hundt ließ seine Hand über eine der historischen Pistolen gleiten, die mit stabilen Sicherungen an die Wand geschraubt waren. Zu den Pistolen gesellten sich Jagdbüchsen und Musketen, aber auch Schwerter, Degen und Dolche.

»Mit diesem Arsenal lässt sich ja wohl fast ein Krieg gewinnen.«

»Das ist ein Hobby. Ich glaube nicht, dass Schnack damit Unrechtes im Sinn hat. Schließlich will ein Briefmarkensammler auch nicht der Post Konkurrenz machen.«

»Es macht einen Unterschied, ob jemand Postwertzeichen oder Waffen sammelt. Haben Sie schon einmal gehört, dass jemand mit einer Briefmarke erschlagen wurde?«

»Nicht mit, aber wegen«, sagte Thönnissen.

Hundt hatte diese Antwort nicht mitbekommen. Er war weitergewandert und betrachtete interessiert die Waffen.

»Ob der Mann nicht nur alte Waffen hat?«, hörte er Hundt fragen.

Jeder auf der Insel wusste, dass Schnack ein Waffennarr war. Wurde er auf dieses Thema angesprochen, vergaß er alles andere um sich herum.

Es dauerte etwa zehn Minuten, bis Heiner Schnack erschien. Die Haare standen zu Berge, auf der linken Wange zeichneten sich deutlich Druckstellen des Kopfkissens ab.

»Ich hab einen anstrengenden Beruf und brauche meine Mittagspause«, maulte er.

»Wir möchten uns gern Ihre Fenster ansehen.« Hundt steuerte eines der Fenster an.

»Häh?«

Der Hauptkommissar beugte sich ein wenig hinab. »Ihre vertrockneten Blumentöpfe müssten Sie auch besser pflegen«, sagte er. »Und ob alle Gäste die toten Insekten mögen, die auf der Fensterbank liegen, wage ich zu bezweifeln.«

»Was soll das werden?« Schnack war auch ans Fenster gekommen. »Geht Sie das was an? Alle Kontrollen des Gesundheitsamtes waren ohne Beanstandungen. Wir sind hier auf dem Lande. Da können Sie nicht hinter jeder Fliege hinterherwischen.«

»Das ist mir nur aufgefallen, sozusagen als Privatmann.

Aber dies hier.« Hundt fuhr mit dem Zeigefinger über den Fensterrahmen mit der abbröckelnden Farbe. Er besah sich die Fingerspitze, dann hielt er sie Schnack vors Gesicht. »Staub! Und Holzsplitter. Wann haben Ihre Fenster das letzte Mal frische Farbe gesehen?«

»Sind Sie von der Kommission, die Sterne vergibt? Oder arbeiten Sie nebenberuflich als Restauranttester?«

»Ich jage hauptberuflich Mörder und Bankräuber.«

»Tun Sie das. Aber dort, wo Sie zu finden sind.«

»Deshalb sind wir hier, nicht wahr, Obermeister?«

Thönnissen vermied es, auf Hundts fragenden Blick zu reagieren.

»Mich interessiert nicht, weshalb Sie Ihr Haus haben verkommen lassen. Jetzt bleiben Ihnen die Gäste weg. Das ist existenzgefährdend.«

Schnack breitete die Hände in einer hilflosen Geste aus. »So ist das nun auch wieder nicht.«

»Spielen Sie uns nichts vor. Wir wissen es.«

Das war gelogen, dachte Thönnissen. Hundt stellte einfach eine Behauptung in den Raum. Überraschenderweise widersprach Schnack nicht.

»Wir hatten drei schlechte Jahre. Wenn der Sommer so oft ausbleibt, ziehen auch Stammgäste andere Regionen vor. Aber hier geht es noch. Andere Urlaubsorte haben viel größere Probleme. Insbesondere, wenn Sie auf viele Tagesgäste angewiesen sind. Nach Pellworm kommen Menschen, die schon mehrfach festgestellt haben, was für einen erholsamen Urlaub sie in dieser einmaligen Natur genießen können. Nicht zuletzt die Gastfreundschaft der Einheimischen trägt dazu bei, dass es viele Wiederholungstäter gibt.«

»Sind Sie auch einer?«

»Ich? Was?«

»Ein Wiederholungstäter? Haben Sie schon einmal eine Bank überfallen? Oder gar einen Menschen getötet?«

Entsetzen stand auf Schnacks Antlitz. »Wie … kommen … Sie auf solche Ideen?«, fragte er stammelnd.

»Das ist unser Job.«

Die Hände des Gastwirts zitterten. Er hatte Mühe, sich unter Kontrolle zu halten.

»Das ist ein zu deftiger Scherz, den Sie sich erlauben.«

Hundt trat einen halben Schritt zurück und musterte Schnack vom Scheitel bis zur Sohle.

»Mord ist kein Vergnügen. Und mancher Täter glaubt, perfekt gehandelt zu haben. Es sind die Kleinigkeiten, die ihn letztlich doch verraten. Bei Ihnen ist es die Ungeduld?«

Schnack war kreideweiß geworden. Er tastete hinter sich und suchte eine Stuhllehne. Dann ließ er sich auf den Sitz fallen.

Thönnissen betrachtete Hundt. Der Hauptkommissar hatte die Augen zu schmalen Schlitzen zusammengepresst. Sein Blick durchbohrte Schnack. Er zeigte kein Mitleid mit dem am Boden zerstörten Gastwirt. Welchem Angler tränen die Augen angesichts des zappelnden Fisches an seiner Leine?, dachte Thönnissen.

Hundt legte eine Hand auf die Rückenlehne und beugte sich zu Schnack hinunter. Sein Gesicht war nur wenige Zentimeter von dem des Gastwirts entfernt. Der versuchte auszuweichen, aber der Hauptkommissar folgte ihm.

»Wenn Sie gewartet hätten, bis sich die Aufregung über die beiden Taten etwas gelegt hat, wären Sie vielleicht nicht aufgefallen. Wie dumm muss man sein, um gleich am Tag nach der Tat das geraubte Geld wieder auszugeben und den Tischler zu beauftragen, die Fenster zu erneuern?«

»Wie? Ich habe niemanden beauftragt. Von welchem Geld

sprechen Sie überhaupt?« Schnack sprach leise, er war kaum zu verstehen.

»Die Beute vom Überfall. Kennen Sie Ipsens Motorrad?«

Der Gastwirt nickte kaum wahrnehmbar.

»Wissen Sie auch, wo er es für gewöhnlich abstellt?«

»Bei sich.«

»Das ist mir zu vage.«

»Wir sind nicht miteinander befreundet. Und ich schleiche nicht auf fremden Grundstücken herum.«

»Das ist eine Schutzbehauptung.«

Schnack wollte antworten, aber ihm versagte die Stimme.

»Wo waren Sie gestern Mittag?« Hundts Fragen trafen den Gastwirt wie Peitschenhiebe.

»Weiß nicht.«

»Sehen Sie, das ist die dümmste aller Ausreden.«

Plötzlich zuckte es um Schnacks Mundwinkel.

»Doch. Hier war ich. Von morgens um zehn bis nach dem Mittagsansturm. Ich bin immer hier, wenn wir geöffnet haben. Wir brauchen das Mittagsgeschäft.«

»Kann das jemand bezeugen?«

Der Gastwirt überlegte. »Mein Personal. Und die Gäste.«

»Die Sie natürlich nicht kennen«, sagte Hundt zynisch.

»Vom Ansehen. Aber mittags kommen nur Urlauber und keine Insulaner. Meine Mitarbeiter können es bestätigen. Ich war nicht eine Minute weg.«

Thönnissen registrierte, wie Hundt sich enttäuscht abwandte. Der Hauptkommissar richtete sich auf. Plötzlich schien ihm noch etwas eingefallen zu sein. »Das ist es. Sie konnten sich nicht erlauben, selbst die Bank zu überfallen. Man kennt Sie.«

Der Inselpolizist erinnerte sich an die Aussage der beiden Sparkassenmitarbeiter, die behauptet hatten, jeden Einheimischen zu erkennen, auch wenn er maskiert gewesen wäre und kein Wort verloren hätte.

Hundt tippte Schnack mit dem Zeigefinger unterhalb des Schlüsselbeines an. Jedes Wort bedeutete einen Stich. »Sie kennen die Verhältnisse auf Pellworm. Der Überfall war Ihre Idee. Sie haben es geplant und sich Komplizen vom Festland besorgt. Als diese Ihnen Ihren Anteil vorenthalten wollten, haben Sie rot gesehen und einen von den Mittätern erschossen. Oder beide?«

»Ich bin unschuldig. Ich habe die Sparkasse nicht überfallen. Ich kenne keine Komplizen. Und ich habe niemanden ermordet. Frerk!« Schnack sah Thönnissen mit einem flehentlichen Blick an.

Der Inselpolizist vermied es, den Augenkontakt zu erwidern.

»Es gibt natürlich noch die Variante, dass Sie mit dem Banküberfall nichts zu tun haben. Sie entdeckten das geraubte Geld und wollten es sich aneignen. Darüber kam es zum Streit mit Fritz Kopitzki, in dessen Verlauf Sie ihn erschossen haben. Mensch, Schnack. Ich baue Ihnen hier goldene Brücken. Es wird zu Ihrem Vorteil ausgelegt, wenn Sie geständig sind.«

»Was soll ich gestehen? Ich habe doch nichts getan«, sagte der Gastwirt weinerlich.

»Wie kommen Sie auf die Idee, sofort nachdem Sie sich die Beute angeeignet haben, Tischler Jesper Ipsen zu beauftragen, die Fenster zu erneuern, nachdem Sie lange gezögert hatten, die Renovierung durchführen zu lassen.«

Schnack holte tief Luft. »Es stimmt, die Fenster müssen erneuert werden. Aber wie ich schon sagte, die letzten Jahre sind nicht gut gelaufen. Deshalb kann ich auch nicht neue Fenster einbauen lassen. Auch jetzt nicht.«

»Sie haben aber den Auftrag erteilt.«

»Nein. Das stimmt nicht.«

»Uns liegt Ipsens Aussage vor«, erklärte Hundt.

»Er lügt. Ich habe nicht mit ihm gesprochen.«

Machte Hundt einen Fehler?, überlegte Thönnissen. Die Information über den angeblichen Auftrag stammte von Tore Ipsen, dem Bruder. Mit Jesper Ipsen, dem Tischler, hatten sie noch nicht gesprochen. Der Spediteur stand selbst unter Verdacht. War die Beschuldigung Schnacks nur ein Ausweichmanöver, um von sich selbst abzulenken?

Hundt zeigte auf die Waffen an der Wand. »Fehlt eine?«

»Nein. Sie sehen selbst, dass alle da sind.«

»Haben Sie noch mehr davon?«

Schnack bestätigte es.

»Dann möchten wir sie sehen.«

Erst jetzt wurde den drei Männern bewusst, dass ihr Gespräch von den Gästen mitverfolgt worden war. Thönnissen empfand Mitleid mit dem Gastwirt. Selbst wenn die Leute nicht alles verstanden hatten, blieb etwas an Schnack haften. Und das Ungehörte würde mit Sicherheit durch fantasievolle Ergänzungen angereichert werden.

Die Polizisten folgten Schnack durch die Tür in einen dunklen Flur, von dem eine steile Treppe zu den Gästezimmern im Obergeschoss führte.

»Vorsicht«, mahnte der Gastwirt und wies auf die leeren Getränkekisten hin, die im Weg standen. Der Gang endete am Eingang zum Wohnzimmer. Es war mit dunklen Möbeln eingerichtet. Das Sofa mit dem Blümchenstoff, der Ohrensessel, die Schrankwand … Alles wirkte bedrückend. Auf den Kacheln des Tisches waren Zeitungs- und Papierberge abgelegt.

Schnack fingerte die Kette, an der ein Schlüsselbund hing,

aus der Hosentasche und schloss die Schranktür auf. Im Fach stapelten sich Kartons. Sieben Stück, zählte Thönnissen.

»Darin bewahre ich meine Waffen auf.«

Hundt öffnete das erste Behältnis. Zum Vorschein kam eine alte russische Militärpistole. Der Hauptkommissar untersuchte sie und sagte: »Die ist noch funktionstüchtig. Haben Sie eine Waffenbesitzkarte?«

Als Schnack nicht reagierte, wiederholte Hundt seine Frage.

»Nein«, antwortete der Gastwirt kaum wahrnehmbar.

»Was ist das hier für ein Sumpf!«, schimpfte der Hauptkommissar. »Wohin man blickt: Unrecht.«

»Ich sammle Waffen. Aber nicht, um sie zu benutzen. Pistolen und Gewehre sind eine Welt für sich. Mich interessieren die Historie, die Technik und die Entwicklung.«

»Wo haben Sie die Waffen her?«

»Es gibt ein Sammlernetzwerk. Man kennt sich, man vertraut einander. Da fragt keiner nach Papieren, wenn man etwas kauft oder verkauft. Ich weiß, dass ist nicht legal, aber niemand von uns verfolgt einen bösen Zweck mit dem Erwerb einer Waffe. Das ist wirklich nur ein harmloses Hobby.«

»Sie sind nicht ganz bei Trost«, schimpfte Hundt. »Das sind Mordinstrumente. Und so etwas nennen Sie harmlos? Wie blöd muss man sein, um solche Ansichten zu vertreten?« Er beschrieb mit seinem Arm einen Kreis um die Kartons. »Sicherstellen«, befahl er Thönnissen. »Alle.«

»Die waren teuer«, warf Schnack zaghaft ein.

»Von dem Geld, das Sie hierfür ausgegeben haben, hätten Sie lieber die Fenster erneuern lassen sollen.«

Thönnissen holte inzwischen die Kartons aus dem Schrank. Plötzlich stutzte er und schüttelte den Behälter, den er in der

Hand hielt. »Der ist zu leicht«, sagte er und nahm den Deckel ab. »Leer«, stellte er fest.

»Das kann nicht sein«, behauptete Schnack.

Der Inselpolizist hielt ihm den Karton hin.

Der Gastwirt wiederholte seine Behauptung, obwohl sich keine Pistole im Behälter befand.

»Was war das für eine Waffe?«, fragte Hundt.

»Eine Tokarew TT-33. Die wurde zu Beginn der dreißiger Jahre als Ordonanzwaffe in der Roten Armee eingeführt und später durch die Makarow ersetzt.«

»Es gibt kein Fleißkärtchen, wenn Sie hier historische Daten herunterbeten. Wo ist die Pistole?«

»Da.« Schnack zeigte auf den Karton. »Sie müsste da drin sein.«

»Und?« Hundt hatte wieder den zynischen Tonfall eingelegt. »Die Waffe wurde wohl vom Geheimdienst eingesetzt und ist unsichtbar. Oder?«

»Ich verstehe das nicht«, stammelte Schnack.

»Sie sind der Einzige, der es uns erklären kann. Außerdem«, der Hauptkommissar klopfte gegen das Holz der Schranktür, »wird es Konsequenzen haben, dass Sie die Waffen nicht ordnungsgemäß verwahrt haben. Aber das fällt wohl nicht ins Gewicht, gemessen an den sonstigen Taten, die Sie begangen haben.«

»Ich bin unschuldig«, bekundete Schnack, während Hundt zusah, wie Thönnissen die Kartons zum Auto brachte.

Der Inselpolizist musste zwei Mal laufen. Hundt hätte sich nicht verhoben, dachte er, wenn er mit angefasst hätte. Außerdem hatte er Zweifel daran, dass der Hauptkommissar immer die richtige Vorgehensweise wählte. Sicher war es richtig, Vermutungen zu hegen und daraus Schlüsse zu ziehen. Merkwürdig war es schon, dass es den Anschein hatte, als wenn Ipsen und Schnack plötzlich zu Geld gekommen waren. Ipsen hatte zumindest eine plausible Erklärung abgegeben, indem er behauptete, er hätte das Geld angespart. Es war nicht die übliche Vorgehensweise für einen Kleinunternehmer, die Rücklagen in einem Sparstrumpf unter dem Kopfkissen aufzubewahren. Aber es gab kein Verbot für eine solche Handlungsweise. Schnack hingegen hatte geleugnet, den Fensterauftrag erteilt zu haben. Wer hatte recht? Ipsen, der dieses Gerücht in Umlauf gebracht hatte, oder der Gastwirt, der behauptete, der Tischler hätte gelogen?

Es war Aufgabe der Polizei, die Wahrheit herauszufinden. Aber hatte Hundt den richtigen Weg eingeschlagen? Wäre es nicht klüger, die Ungereimtheiten aus den Befragungen zunächst zu registrieren, vielleicht im Team das Für und Wider zu diskutieren, anstatt jedem, den sie verhört hatten, zu unterstellen, er sei der Täter? Thönnissen nahm für sich in Anspruch, über einen gesunden Menschenverstand zu verfügen. Eine Ausbildung zum Kriminalbeamten hatte er nicht durchlaufen. Trotzdem empfand er die Arbeitsweise des Hauptkommissars ungewöhnlich.

»Wie wollen wir jetzt weiter vorgehen?«, fragte er, als sie wieder im Auto saßen.

»Stellen Sie immer überflüssige Fragen?«, herrschte ihn Hundt an und zeigte mit dem Daumen über die Schulter auf die Waffen. »Die bringen wir zum Stützpunkt.«

»Schön«, erwiderte Thönnissen. »Aber wo soll ich sie unterbringen? Ich habe einen Stahlschrank. Aber der ist nicht groß genug für die Menge.«

Der Hauptkommissar lehnte sich zurück. »Lassen Sie sich etwas einfallen. Wenn Sie schon die großen Zusammenhänge nicht erkennen, sollten Sie wenigstens triviale Aufgaben selbständig lösen können.«

Thönnissen ärgerte sich über die ständigen Beschimpfungen Hundts. Warum war der Kriminalbeamte so erpicht darauf, ihn fühlen zu lassen, dass sie unterschiedlichen Dienstrangen angehörten? Irgendwann, so schwor er sich, würde er es Hundt heimzahlen. Dann fuhr er zur Sparkasse, nicht zur überfallenen, sondern zur Konkurrenz.

Petersen, der Zweigstellenleiter, sah auf, als Frerk den Raum betrat.

»Moin, habt ihr die Täter, die die Kollegen überfallen haben? Es hätte auch uns treffen können.«

»Du weißt, dass ich zu laufenden Ermittlungen keine Auskünfte erteilen darf«, wich Thönnissen aus. »Du musst uns helfen. Wir wollen etwas sicher deponieren.«

»Kein Thema.« Petersen stand auf und holte aus einem Fach ein Formular. »Hier ist ein Antrag auf Eröffnung eines Schließfachs.«

»Nein, das ist zu klein«, wehrte Thönnissen ab. »Da bekommen wir es nicht untergebracht. Ich möchte es bei euch zwischenlagern, bis es morgen abgeholt wird.«

»Kommt nicht in Frage. Ausgeschlossen.«

»Euer Tresorraum ist der sicherste Platz auf Pellworm.«

Petersen lehnte sich zurück und wippte auf seinem Bürostuhl hin und her.

»Was ist so wertvoll, dass du es nicht bei dir unterbringen kannst?«

»Waffen.«

»Waff …« Der Zweigstellenleiter hielt mitten in der Bewegung inne. »Das ist nicht dein Ernst.«

»Doch.«

»Kommt nicht in die Tüte. Wir sind kein Waffenlager.«

»Stell dich nicht so an. Es ist nur bis morgen. Zier dich nicht. Ich hole jetzt die Kartons.«

»Moment mal, das geht nicht«, rief Petersen hinterher, aber Thönnissen hatte den Schalterraum schon wieder verlassen. Kurz darauf kehrte er mit den ersten Kartons zurück. Petersens Proteste störten ihn nicht. Er lud die Waffen im Tresorraum ab. Dann holte er den zweiten Stapel.

»Du bist verrückt«, sagte Petersen.

»Ich weiß, sonst könnte man diesen Job gar nicht ausüben«, erwiderte Thönnissen ungerührt. »Pass gut auf die Dinger auf. Wenn die in die falschen Hände gelangen, ist das Blutbad am O. K. Corral mit Wyatt Earp und Doc Holliday gar nichts. Niemand wird dann mehr von Tombstone/Arizona reden. Pellworm ist dann in aller Munde.«

»Hol sofort deinen Mist wieder heraus«, rief Petersen aufgebracht.

»Mach ich. Gleich morgen früh.« Thönnissen tippte sich mit dem Zeigefinger an den Haaransatz und verließ die Sparkasse. Fröhlich pfeifend kehrte er zum Golf zurück, wo ihn ein missmutig dreinblickender Hauptkommissar erwartete.

»Sind die Waffen sicher untergebracht?«

»Das ist das Fort Knox von Pellworm.«

Hundt streckte die Hand aus. »Die Einlieferungsquittung bewahre ich auf.«

»Die Einlief…?« Thönnissen sah den Hauptkommissar entgeistert an.

»Sie wollen nicht behaupten, dass Sie die Waffen ohne jeden Empfangsbeleg dort zwischengelagert haben?«

»Das funktioniert hier so.«

Hundt schüttelte den Kopf. »Dann gehe ich noch einmal hinein und lass mir einen Zettel ausstellen.«

»Das würde ich an Ihrer Stelle nicht machen«, riet Thönnissen, startete den Motor und fuhr davon, ohne die Antwort abzuwarten. Unterwegs sah er auf die Uhr. »Es wird allmählich Zeit, an das Abendessen zu denken.«

»Haben Sie noch genügend Vorräte im Haus?«

»Ich hätte sie gehabt, wenn Sie heute Morgen sorgfältiger damit umgegangen wären.«

»Was wollen Sie damit andeuten?«

»Nachdem die Lebensmittel stundenlang im Freien lagen, sind sie nicht mehr genießbar.«

»Gut. Dann besorgen Sie neue. Ich könnte Ihnen bei der Gelegenheit auch meine Vorlieben nennen.«

»Nein!«, antwortete Thönnissen entschieden. »Ich werde Sie nicht beköstigen.«

»Ich muss aber etwas essen.«

»Es gibt hier viele gute Restaurants.«

»Und wie soll ich dahin kommen?«

»Das ist Ihre Sache.«

»Sie nehmen sich viel heraus, Obermeister.«

»Das hat nichts mit dem Dienst zu tun.«

»Doch«, behauptete Hundt. »Sie sind zur Amtshilfe verpflichtet.«

Ich bewerbe mich als Sheriff auf Tuvalu, dachte Thönnissen. Da gibt es keinen Hundt, zumindest keinen mit »dt« am Ende, dafür aber Elisabeth. Irgendwann werde ich wieder hinfliegen. Auf meine Trauminsel im Nirgendwo auf der Rückseite der Welt. Im Unterbewusstsein registrierte er, wie ihm ein Auto folgte. Er verlangsamte das Tempo, aber der Verfolger behielt den Abstand bei.

Der Golf ist auf Distanz immer noch als Polizeifahrzeug auszumachen, überlegte er. Es gibt viele Autofahrer, die sich nicht trauen, einen Streifenwagen zu überholen. Den Insulanern war sein Gefährt vertraut. Die zeigten keine Scheu davor. Aber die Feriengäste hatten Respekt. Und Zeit. Für sie gab es keine Notwendigkeit, auf den schmalen Straßen Pellworms zu rasen.

Als sie Thönnissens Haus erreicht hatten, bestand Hundt darauf, dass er einen Kaffee bekäme. Danach machte es sich der Hauptkommissar auf dem Sofa bequem, während Thönnissen aufräumte und notwendige Pflichten im Haushalt verrichtete.

Hundts Handy meldete sich. Der Hauptkommissar führte ein längeres Gespräch. Er schien unzufrieden mit dem Verlauf zu sein. Es spiegelte sich in seiner Miene wider.

Nachdem er aufgelegt hatte, fluchte er leise vor sich hin. »So ein Mist.«

»Darf ich fragen, was passiert ist?«, erkundigte sich Thönnissen.

»Nein«, erklärte Hundt, begann aber trotzdem zu erzählen. »Das war ein erster Bericht aus Kiel. Kopitzki ist erschossen worden.«

Das ist nicht neu, dachte Thönnissen.

»Man hat das Geschoss sicherstellen können und vermutet, dass es aus einer SIG Sauer P6 abgefeuert wurde.«

»Die Pistole wird auch von der Polizei benutzt«, sagte Thönnissen erstaunt.

»Eben.« Hundt fixierte den Inselpolizisten mit einem festen Blick.

»Dann kann die Tokarew, die Schnack abhandengekommen ist, nicht die Tatwaffe sein.«

»Wer sagt denn, dass der zwielichtige Gastwirt nicht weitere Schusswaffen hat? Würden Sie der Polizei ausgerechnet die Pistole zeigen, mit der Sie jemanden umgebracht haben? Mit der verschwundenen Tokarew hat er eine falsche Spur gelegt. Clever. Wir sollten uns damit beschäftigen und von der SIG Sauer abgelenkt werden. Aber nicht mit mir.«

»Wollen wir ins Hotel fahren und dort zu Abend essen?«, schlug Thönnissen vor.

Hundt nickte. »Vermutlich sind auch Ihre Kochkünste nicht sehr ausgereift.«

Thönnissen zog sich um. Das war auch ein Zeichen dafür, dass er sich in den nächsten Stunden nicht mit der Jagd auf Mörder, Bankräuber oder Motorräder beschäftigen wollte. Er empfand es als Strafe genug, dass Hundt auch abends an seinen Hacken klebte.

»Gibt es andere Lokalitäten als das Hotel?«, fragte der Hauptkommissar unterwegs.

»Wir haben ein umfassendes und breites Angebot auf Pellworm. Da ist für jeden Geschmack und Geldbeutel etwas dabei. Möchten Sie woanders essen?«

»Lassen Sie es gut sein.«

Warum gab Hundt sich stets mürrisch?, fragte sich Thönnissen. Niemand würde seine Autorität in Zweifel ziehen, wenn er sich umgänglicher zeigte. Ein freundliches Wort bedeutete noch lange keine Verbrüderung. Man war hier nicht im Rheinland, sondern an der Küste. Aber auch dort ging man aufgeschlossen und nett miteinander um.

Im Hotel herrschte Hochbetrieb. Fast alle Tische waren belegt.

Feddersen stand hinterm Tresen und zapfte Bier. Als er die beiden Polizisten erblickte, erstarrte sein Gesichtsausdruck und gefror zu Eis. Deutlicher konnte er seinen Unmut nicht zeigen.

Thönnissen steuerte einen Zweiertisch an. Sie hatten kaum Platz genommen, als der Hotelier erschien.

»Tut mir leid. Der ist reserviert.«

»Ja. Von uns«, entgegnete Hundt kühl.

»Sie können sich nicht einfach hinsetzen. Hier habe ich Hausrecht.«

»Schön. Dann warten wir, bis ein anderer Tisch frei wird«, sagte Hundt, ohne aufzustehen. »Die Wartezeit werden wir überbrücken und noch ein wenig weiter ermitteln. Ich dachte, wir werden Sie noch einmal befragen.«

»Ich kann jetzt nicht.« Feddersen drehte seinen Kopf im Halbkreis. »Sie sehen, was hier los ist. In dieser Saison bei dem schlechten Wetter sind wir froh über jeden Gast.«

»Dann begrüßen Sie uns freundlich. Auch wir sind zahlende Gäste.«

»Ach.« Feddersen winkte ab. Glücklich sah er nicht aus.

»Boy«, rief ihm Thönnissen hinterher. »Zwei Bier.«

»Und einen Schimmelreiter«, ergänzte der Hauptkommissar.

»Zwei«, fügte Thönnissen an.

»Nein. Einen. Der Obermeister muss noch fahren«, bestimmte Hundt und reduzierte die Bestellung auf einen Aquavit.

Feddersen hatte den Service für ihren Tisch selbst übernommen. Er ließ sich Zeit, bis er die Getränke brachte. Erst nach Aufforderung bei der nächsten Getränkebestellung schleppte er die Speisekarten herbei.

Hundt hatte bereits das zweite Bier und den nächsten Schimmelreiter getrunken, als der Hotelier die Bestellung aufnahm.

Der Hauptkommissar hob das Bierglas, hielt es ein wenig schief und betrachtete gedankenverloren den Inhalt.

»Was macht eigentlich Ihr Vorgänger im Amt des Bürgermeisters?«

»Der sitzt.«

Hundt sah erstaunt auf.

»Was? Ein Krimineller?«

»Das haben Sie gesagt. Nein! Der sitzt im Landtag.«

Thönnissen hatte die Russen entdeckt, die an einem großen Tisch saßen. Feddersen bemühte sich auffällig um die beiden. Er war nicht nur um deren Wohlergehen besorgt, sondern verweilte jedes Mal etwas länger an ihrem Tisch, beugte sich zu den Gästen hinab und sprach mit ihnen. Der Inselpolizist machte den Hauptkommissar auf seine Beobachtung aufmerksam.

»Was Feddersen kann, sollte Ihnen schon lange möglich sein«, sagte Hundt. »Gehen Sie rüber zu den Männern und sprechen Sie mit ihnen.«

Was denn?, lag Thönnissen auf der Zunge. Er wollte sich keine weitere Blöße geben, stand auf und steuerte den Tisch an.

Waren es doch keine Vorurteile, wenn man vom Auftritt vieler Russen in mitteleuropäischen Hotels, Restaurants und Einkaufszentren hörte? Auf dem Tisch standen Bier- und Schnapsgläser. Um sich das ständige Nachbestellen zu sparen, hatte Feddersen gleich eine ganze Flasche hingestellt. Thönnissen traute seinen Augen nicht. Der Hotelier besaß noch Vorräte von Wessels' Schwarzgebranntem. Er scheute auch nicht davor zurück, sie in aller Öffentlichkeit zu präsentieren. Das Getränkeangebot wurde durch »Inselchampagner« vervollständigt. So nannte Feddersen seine Sekt-Hausmarke.

»Guten Abend«, grüßte Thönnissen. »Gefällt es Ihnen auf unserer schönen Insel?«

Die beiden Russen sahen ihn an. Ohne zu antworten, schenkte einer aus der Aquavitflasche nach. Dann tranken sie.

»Ich hoffe, das Essen hat Ihnen geschmeckt.«

»Was wollen Sie?«, fragte der Größere. Er sprach Deutsch mit der typisch rollenden Aussprache.

»Wir freuen uns über unsere Feriengäste. Und wenn sie auch noch eine weite Anreise auf sich nehmen, ist es eine besondere Ehre für Pellworm.«

»Sind Sie ein Offizieller?«, wollte der Mann wissen.

Thönnissen schüttelte den Kopf. »Ich lebe hier. Pellworm liegt mitten im Weltnaturerbe Wattenmeer. Da sind unsere Möglichkeiten der geschäftlichen Entfaltung eingeschränkt. Tourismus im Einklang mit der unbeschreiblich schönen Natur … Das ist unser Bestreben.«

»Dann freuen Sie sich, dass wir hier sind. Wir lieben auch die Natur.« Er sagte etwas auf Russisch zu seinem Begleiter. Der antwortete in seiner Muttersprache, und beide musterten daraufhin Thönnissen.

»Was wollen Sie?«, fragte der Erste.

»Nichts Bestimmtes. Haben Sie schon etwas von unserer Insel gesehen? Sind Sie an besonderen Dingen interessiert?«

»Wir wollen unsere Ruhe haben. Kapiert?« Es klang unfreundlich.

Wie auf Kommando erschien Feddersen.

»Hau sofort ab!«, schnauzte er Thönnissen an. Der Hotelier sprach Platt, damit die Russen und andere Gäste sie nicht verstehen konnten. Der Inselpolizist ging darauf ein.

»Mach ich.« Er nickte in Richtung der Flasche mit dem Kartoffelschnaps. »Die nehme ich aber mit und präsentiere sie dem Hauptkommissar. Was meinst du, wie der sich freut. Dann ist hier aber Stimmung im Saal. Was Hundt auf die Beine stellt, das schafft kein Alleinunterhalter.«

»Das wagst du nicht.« Feddersen funkelte Thönnissen böse an.

»Doch.« Der Inselpolizist tat, als würde er zur Flasche greifen wollen. Blitzschnell griff der Hotelier zu und zog ihn ein Stück vom Tisch fort. »Frerk«, wisperte er dabei. »Wir sind immer Freunde gewesen. Die Russen sind in wichtiger Mission hier. Das ist unser aller Zukunft. Mach keinen Scheiß. Hast du gehört?«

Thönnissen klopfte Feddersen auf die Schulter. »Haben die das wirklich behauptet?«

»Ja.«

»Ist er nicht schwer, ich meine – der Bär, den sie dir aufgebunden haben?«

Feddersen drängte den Inselpolizisten behutsam in Richtung des Zweiertisches. »Achte lieber auf deinen Kumpel. Der säuft in der Zwischenzeit wie ein Loch.«

Tatsächlich hatte sich der Hauptkommissar die Zeit damit vertrieben, dass er Bier und Aquavit getrunken hatte. Thönnissen nahm wieder am Tisch Platz und wollte von seinem Gespräch berichten, aber Hundt winkte ab.

»Das ist alles, was Sie heraus … Hups … herausbekommen haben? Nicht viel. Wirklich nicht … Hups … viel.«

»Ich frage mich, was zwei Russen hier treiben. Urlaub? Das glaube ich nicht. Ebenso merkwürdig ist es, weshalb Feddersen so auffallend bemüht um diese Gäste ist.«

»Sooo? Wo bleibt der Stiesel? Der soll sich auch um die anderen Kunden kümmern.« Er hob sein Glas und schwenkte es über dem Kopf hin und her. »Ich könnte noch einen vertragen«, sagte er dabei mit schwerer Zunge.

»Ich kümmere mich darum«, versicherte Thönnissen, stand auf und ging zum Tresen.

Feddersen sah nur kurz auf, während er weiter mit Bierzapfen beschäftigt war. »Was willst du?«, fragte er kurz angebunden. »Mich weiter aushorchen?«

»Willst du heute Abend deine Ruhe haben?«

Der Hotelier sah ihn misstrauisch an. »Wenn du mir so kommst, dann willst du etwas.«

»Du befindest dich auf sehr glattem Parkett. Wie bescheuert muss man sein, um Wessels Schwarzgebrannten offen im Lokal auf den Tisch zu stellen, nachdem du eine saftige Strafe vom Zoll erhalten hast?«

»Das war ein Irrtum. Irgendwo in der Ecke stand noch eine Flasche.«

»Gut«, sagte Thönnissen. »Dann hast du keine Einwände, dass ich mich in deinem Spirituosenlager umsehe?«

»Was willst du?«, fragte Feddersen erschrocken. »Du betrittst keinen meiner Räume.«

»Hier ist Gefahr im Verzug. Ich könnte das aber auf einen der nächsten Tage verschieben.« Thönnissen umrundete den Tresen und stellte sich dicht neben Feddersen. »An deiner Stelle würde ich etwas unternehmen.«

»Du meinst …«

Thönnissen schüttelte den Kopf. »Schütte den Schnaps einfach weg.«

»Spinnst du? Man vernichtet doch keine Lebensmittel.«

»Nein. Man spendet sie für einen guten Zweck. Ich meine, so eine Art Tafel.«

»Jetzt verstehe ich überhaupt nichts mehr.«

»Du bist jetzt ein netter Wirt und erfüllst dem Hauptkommissar die Getränkewünsche. Und damit ich deinen guten Willen erkenne, füllst du in jedes Bier, das du ihm bringst, zusätzlich etwas von Wessels' Kartoffelschnaps ein.«

»Ich soll ihm ordentlich einen einschenken?«, fragte Feddersen ungläubig.

»Im wahrsten Sinne des Wortes.«

»Meinst du, er merkt es nicht, wenn er hinterher die Rechnung bekommt?«

»Boy, wie blöde bist du? Das darfst du ihm nicht in Rechnung stellen.«

»Ja aber – wer bezahlt den Schnaps?«

»Stell darüber eine gesonderte Rechnung aus und gib sie mir. Ich bringe sie zum Zoll, der kann sie dann mit der nächsten Strafe verrechnen, die dir blüht.«

»Das ist Erpressung«, schimpfte der Hotelier.

Thönnissen drehte sich um. »Das ist eine Methode, um dir ein wenig Ruhe zu verschaffen.« Dann setzte er sich wieder an den Tisch.

Feddersen übernahm es persönlich, ihre weiteren Getränkewünsche zu erfüllen. Hundt schaffte noch vier zusätzliche Runden Bier und Schnaps. Das aufgepeppte Bier schien er dabei nicht zu bemerken. Sein Blick wurde immer glasiger, zwischendurch fielen ihm die Augen zu. Die Unterhaltung war schon lange zum Erliegen gekommen.

»Ich glaube, er hat genug«, stellte Feddersen eine Weile später fest.

»Wir werden jetzt gehen«, sagte Thönnissen, zog sein Schlüsselbund hervor und legte es auf den Tisch. »Ich will noch schnell zu den kleinen Königstigern.« Dann verschwand er in Richtung Sanitärräume.

Bei seiner Rückkehr blieb er am Tisch stehen, stutzte, suchte Feddersen auf und fragte: »Hast du mein Schlüsselbund genommen?«

»Nee. Was soll ich damit anfangen?«

Thönnissen packte den Hauptkommissar, hakte sich bei ihm unter und versuchte das Schwanken des Kriminalbeamten auszugleichen. Das verständnisvolle Grinsen anderer Gäste, aber auch manch verstohlenes Kopfschütteln begleitete sie auf dem Weg nach draußen.

Wenige Minuten später knallte es laut.

Vier

Thönnissen gähnte herzhaft. Er rieb sich mit dem Finger über die rotgeränderten Augen, aber der Juckreiz blieb. Es war unklug, die Lidränder weiter zu reizen, aber er konnte der Versuchung nicht widerstehen. Er griff zum Becher mit dem heißen Kaffee, nippte daran und fluchte leise, als er sich Lippen und Zunge verbrannte. Heute war nicht sein Tag. Der Kühlschrank war immer noch leer. Nach Hundts Raubzug durch seine Vorräte hatte Thönnissen noch keine Gelegenheit gefunden, neue Lebensmittel einzukaufen. Er hatte eine Dose Thunfisch in Öl geöffnet und gegessen. Jetzt lag ihm der Fisch im Magen. Ein Schnaps hätte dem Völlegefühl abhelfen können, aber Alkohol war am gestrigen Abend genug geflossen.

Hundts Schnarchen war bis in die Küche zu hören. Als Thönnissen einen Blick durch die angelehnte Wohnzimmertür riskierte, lag der Hauptkommissar auf dem Rücken, der Mund war geöffnet, die Wolldecke, mit der er ihn zugedeckt hatte, bedeckte nur noch die Beine vom Knie an abwärts. Diesen Anblick und die Geräusche hatte Thönnissen mit einer kurzen Sequenz auf seinem Smartphone aufgezeichnet. Gern hätte er das Fenster geöffnet und gelüftet, aber er wollte Hundt nicht wecken. So hatte sich Thönnissen wieder zurückgezogen, las die Zeitung zum zweiten Mal und wartete ungeduldig.

Um halb zehn rief Feddersen an.

»Was ist nun los? Wie soll es weitergehen?«, drang ein Gebrüll aus dem Hörer.

»Wart es ab.«

»Wenn du nicht die Polizei wärst, hätte ich sie schon lange antanzen lassen«, beklagte sich Feddersen.

»Okay. Ich mache mich auf den Weg und komme in offizieller Mission zu dir. Ich bringe alle Utensilien mit. Fotoapparat, Unfallaufnahme, wir machen eine schriftliche Darstellung, und am Nachmittag suchst du mich in der Polizeistation auf und unterschreibst beide Protokolle.«

»Wieso zwei?«, fragte Feddersen.

»Den Unfallbericht und deine Selbstanzeige wegen des Schwarzgebrannten. Die Anzeigen bezüglich der anderen Delikte werden dir später von der Staatsanwaltschaft zugestellt.«

»Du bist ein Idiot«, fluchte Feddersen und legte auf.

Thönnissen sah auf die Uhr. Es war elf. Er konnte nicht den Tag ungenutzt verstreichen lassen. Auf leisen Sohlen schlich er sich ins Wohnzimmer und blieb vor dem Sofa stehen.

»Herr Hauptkommissar«, sagte er, aber Hundt reagierte nicht. Thönnissen wiederholte es zwei Mal. Dabei wurde er lauter. Vergeblich. Er probierte es mit Bellen. Auch das blieb unerhört. »Ein Hundt, der nicht auf Bellen reagiert, ist ein müder Hund«, murmelte er. Dann griff er zu rüderen Methoden und schüttelte den Hauptkommissar kräftig an der Schulter, bis der die Augen aufschlug und Thönnissen mit einem orientierungslosen Blick ansah.

»Was? Wie? Wo bin ich?«

»Auf der Polizeistation Pellworm.«

»Auf der …?« Hundt fuhr sich mit der Hand durchs Gesicht. Dann fielen ihm die Augen wieder zu.

Noch einmal rüttelte ihn Thönnissen. »Es ist gleich Mittag.«

Es dauerte ewig, bis Hundt erneut die Augen aufschlug.

»Mittag?«, sagte er, und ein Schwall schlechten Geruchs drang aus seinem Mund.

»Der halbe Tag ist vorbei. Ich fürchte, jede weitere Stunde Verzögerung geht zu Lasten unserer Ermittlungen.«

Unendlich langsam schien Hundts Erinnerungsvermögen zurückzukehren.

»Weshalb haben Sie mich nicht früher geweckt?« Es war ein Vorwurf.

»Ich habe es alle halbe Stunde versucht«, behauptete Thönnissen. »Aber Sie haben nicht reagiert. Ich war schon in Sorge und habe überlegt, ob ich Dr. Johannsen kommen lasse.«

»Den alten Säufer?«

Unser Arzt ist nach einem starken Kaffee wieder fit, dachte Thönnissen. Das kann man von dir nicht behaupten.

»Möchten Sie einen Kaffee?«

Hundt fasste sich an die Stirn. Dann massierte er sich vorsichtig die Schläfen. »Ja. Und ein Aspirin.«

»Essbares habe ich nicht im Hause«, erklärte Thönnissen.

Hundt schien keinen Appetit zu haben. Mühsam quälte er sich aus der Horizontalen in die Senkrechte hoch und wankte ins Bad.

Thönnissen hörte – gefühlte Stunden – das Wasser in der Dusche laufen, bis er in den Hauswirtschaftsraum ging und den Absperrhahn zudrehte, der die Warmwasserleitung von der Heizung ins Badezimmer abriegelte. Er grinste, als kurz darauf ein Schrei aus dem Bad erklang.

»Was ist das für ein Haus!«, beklagte sich Hundt, als er in die Küche kam. »Eiskaltes Wasser kommt aus dem Hahn. Da erschrickt man zu Tode.«

»Sorry, aber der Warmwasserboiler ist nicht für Dauerduschen ausgelegt«, schwindelte Thönnissen und betrachtete den Hauptkommissar, der ziemlich erbärmlich aussah. Das

Gesicht war bleich, die Augen hatten tiefe Schatten. Die Wangen, auf denen die Bartstoppeln sprießten, waren hohl. Trotz der Dusche roch er unangenehm. Schließlich hatte Hundt keine Wäsche zum Wechseln dabei.

»Was haben Sie in der Zwischenzeit unternommen?«, fragte Hundt. »Welche neuen Ergebnisse liegen vor?«

»Ich habe auf Sie gewartet. Schließlich sind Sie der Einsatzleiter.«

»Können Sie nicht einmal selbständig tätig werden, Petersen?«

»Thönnissen, nicht Petersen«, korrigierte ihn der Inselpolizist. »Das ging nicht.«

»Weshalb nicht?«

»Ich brauche zunächst Ihre Aussage.«

Hundt sah ihn ratlos an.

»Trotz meiner ausdrücklichen Warnung haben Sie gestern Abend zu tief ins Glas gesehen und sich hemmungslos betrunken.«

»Ich habe was? Erzählen Sie keinen Mist. Ein harmloses kleines Bier zum Feierabend. Sie sollten sich vor ehrrührigen Unterstellungen hüten.«

»Das Restaurant im Hotel war voll. Es gibt mindestens zwei Dutzend Zeugen. Wollen Sie behaupten, die würden alle lügen?«, fragte Thönnissen spitz. »Aber das ist noch nicht alles.«

Hundts Überheblichkeit schien für einen Moment zu weichen. Thönnissens Argument überzeugte ihn. »Was gibt es sonst noch?«

»Sie haben sich meiner Autoschlüssel bemächtigt.«

»Erzählen Sie nicht so was.«

»Feddersen ist mein Zeuge.«

»Der lügt doch wie gedruckt.«

»Wenn Sie meinen? Ich habe jedenfalls meinen Schlüssel

gesucht, nachdem ich Sie vor die Tür in Richtung Parkplatz bugsiert hatte. Ich wusste nicht, dass Sie ihn hatten. Und während ich mit der Husumer Dienststelle telefonierte, haben Sie sich in den Golf gesetzt und sind losgefahren. In Ihrem Zustand haben Sie aber komplett die Kontrolle verloren und sind mit Schwung in die Seite von Feddersens BMW gerauscht.«

Hundt schluckte. Er zwinkerte mit den Augen, als könne er damit einen bösen Traum vertreiben. »Das ist alles nicht wahr.«

»Doch, Herr Hauptkommissar. Der Husumer Kollege von der Bereitschaft hat alles live mitgehört. Ich sagte bereits, dass ich mit ihm telefonierte. Und Feddersen, der nach dem Unfall sofort aus dem Haus gerannt kam, hat Sie mit seinem Handy fotografiert, wie Sie orientierungslos am Steuer des Golfs saßen.«

Hundt verbarg das Gesicht in seinen Händen. Eine Weile herrschte Totenstille, bis schließlich ein gequältes »O Gott!« erklang. Dann ließ er sich auf einem Küchenstuhl nieder.

Thönnissen schwieg eine Weile, bevor er nachsetzte. »Ich fürchte, Sie haben mehrere Probleme zu lösen. Neben Ihrem persönlichen warten auch noch ein Mord und ein Bankraub auf die Aufklärung. Bevor ich mich eines Dienstvergehens schuldig mache, sollte ich unsere vorgesetzte Dienststelle anrufen und den Vorfall berichten. Ich gehe davon aus, dass man Sie sofort ablöst und jemand anderes die Ermittlungen fortführen wird.«

Hundt sprang auf, ließ sich aber sogleich wieder fallen und fasste sich an den Kopf. Seiner Miene war zu entnehmen, dass ihm vieles Kopfschmerzen bereitete.

»Warten Sie«, sagte der Hauptkommissar schließlich gequält. »Ich werde mit Feddersen reden. Sicher wird er Verständnis für meine Lage haben.«

Thönnissen schüttelte den Kopf. »Das glaube ich kaum. Sie haben ihn oft genug schlecht behandelt.«

»Ich? Zu keiner Zeit. Mein ganzes Bestreben war es, objektive und unvoreingenommene Ermittlungen zu führen. Besonders gegenüber Feddersen habe ich sehr viel Rücksicht walten lassen.«

»Das wird Boy aber anders sehen.«

Mühsam erhob sich der Hauptkommissar. »Lassen Sie uns zu Feddersen fahren. Ich werde mit ihm ein Gespräch unter Männern führen.«

»Meine Mobilität ist derzeit eingeschränkt. Schließlich haben Sie auch meinen Wagen beschädigt. Sie sind immer überkorrekt gewesen. Wenn ich jetzt mit defekter Rückbeleuchtung und kaputtem Bremslicht fahre, hängen Sie mir noch eine Anzeige an.«

»Ach was, Thönnissen. Kommen Sie! Heute bin ich Mensch.«

»Sie haben mich stets auf meine Pflichten als Polizeibeamter hingewiesen. Ich möchte meine Loyalität gegenüber meinem Dienstherrn nicht strapazieren.«

»Ich übernehme die Verantwortung«.

»Schon Goethe sagte: Was man schwarz auf weiß besitzt, kann man getrost nach Hause tragen. Können Sie mir das schriftlich bestätigen?«

Hundt kratzte sich den Schädel. »Das grenzt an Nötigung«, sagte er.

»Also müssen wir doch die Kollegen vom Festland herbitten. Schließlich bin ich befangen. Da mein Auto auch in Mitleidenschaft gezogen ist, bin ich auch Geschädigter. Ich kann meine Anzeige gegen Sie nicht selbst aufnehmen.«

»Sie wollen …« Hundt schluckte. »Das würden Sie wirklich machen?«

»Mir ist schließlich ein nicht unerheblicher Schaden entstanden. Für die Reparatur an Feddersens Wagen kommt zunächst meine Haftpflichtversicherung auf.« Thönnissen zögerte einen Moment. »Daran habe ich gar nicht gedacht. Dadurch steigt auch meine Versicherungsprämie in den nächsten Jahren. Herr Hauptkommissar – da haben Sie etwas Schönes angerichtet.«

»Ich gebe Ihnen mein Ehrenwort, dass ich für den Schaden aufkomme.«

Thönnissen schüttelte den Kopf. »Da wäre noch etwas. Ich möchte den Golf nicht benutzen. Das habe ich von Ihnen gelernt. Wenn ich jetzt einsteige, sind Ihre Fingerabdrücke am Lenkrad verwischt. Die brauchen wir für die Beweissicherung.«

Erneut stöhnte Hundt auf. »Sie sollen hier nicht lehrbuchartig alle Grundregeln der Polizeiarbeit herunterbeten, sondern praktisch denken.«

»Nun, da hätte ich schon eine Idee«, sagte Thönnissen zögerlich. Als Hundt ergeben nickte, besorgte der Inselpolizist einen Schreibblock und einen Kugelschreiber und sah dem Hauptkommissar geduldig über die Schulter.

Eine Viertelstunde später legte er zufrieden Hundts Geständnis in seinen Stahlschrank. Auf einem zweiten Bogen hatte sich der Hauptkommissar zudem verpflichtet, Thönnissen alle Schäden am Golf zu ersetzen.

»Ich werde den Wagen in unsere Inselwerkstatt bringen«, erklärte Thönnissen. »Es wäre besser, wenn Sie sich dort nicht blicken ließen. Das Gerede auf der Insel dürfte groß genug sein.«

Hundt nickte.

Gut, dachte Thönnissen, damit war sichergestellt, dass sich der Hauptkommissar und Lutz, der Mechaniker, nicht begegnen würden und Thönnissens Unterlassung, über die Verwendung von Ipsens Motorrad zur Tatzeit geschwiegen zu haben, würde nicht bekannt werden.

»Sie sollten sich nicht verstecken. Ich schlage vor, Sie gehen in die Offensive«, sagte er, »und wir fahren jetzt zu Feddersen.«

Hundt stimmte ergeben zu. Sie verließen das Haus, der Hauptkommissar setzte sich gleich auf den Beifahrersitz, ohne sich den Schaden am Golf anzusehen. Auf dem Weg zum Hotel hockte er zusammengekauert im Sitz und stierte starr durch die Scheibe.

Als sie das Hotel betraten, hatte Thönnissen den Eindruck, dass sich alle Blicke ihnen zuwandten. Natürlich war das subjektiv. Aber ein Seitenblick auf Hundt zeigte ihm, dass auch der Hauptkommissar es als Spießrutenlauf empfand.

Thönnissen steuerte ohne Umweg das kleine Büro des Hoteliers an. Sie hatten Glück. Feddersen saß an seinem Schreibtisch, sah auf und bekam den Mund vor Staunen nicht mehr zu.

»Moin, Boy«, begann Thönnissen ohne Umschweife. »Spar dir alle Vorwürfe. Da ist ein Missgeschick passiert, dass wir nicht wegdiskutieren wollen.«

»Missgeschick?« Feddersen fiel in ein gekünsteltes Lachen. »Der war stockbesoffen.« Dabei zeigte er auf Hundt, ohne ihn anzusehen.

»Da verwechselst du etwas. Mein *Kollege*«, Thönnissen ließ sich dieses Wort auf der Zunge zergehen, »war in Eile und etwas unachtsam.«

»Hah! Weißt du, wie viele Zeugen das gesehen haben?«

Thönnissen wandte sich ab. »Gut, wenn du meinst. Dann blamiere ihn doch. Zur Beweissicherung haben wir heute Morgen gleich eine Blutprobe machen lassen.«

»Von Fiete?«, warf Feddersen ein.

»Vom Hufschmied, du Trottel. Du hast gehört, dass die moderne DNA heute fast alles nachweisen kann. Damit ließe sich auch feststellen, was der Herr Hundt getrunken hat. Bist du auch der Überzeugung, dass es *nichts* war, Boy? *Nichts*, verstehst du? Oder würdest du es gutheißen, wenn wir die Spurensicherung anfordern und von jeder Flasche deiner Vorräte eine Probe ziehen?« Thönnissen zwinkerte dabei dem Hotelier zu.

Feddersen war sprachlos. Ihm war anzusehen, dass er sich überrumpelt fühlte. Gern hätte er geantwortet, aber irgendetwas hielt ihn zurück.

Thönnissen tätschelte vertraulich den Oberarm des Hoteliers. »Boy, wir müssen nicht darüber streiten, wer den Schaden an deinem Geländewagen ersetzt. Der Herr Hauptkommissar ist ein vielbeschäftigter Mann. Umfangreiche Korrespondenz mit der Versicherung wäre ein Hemmnis bei seiner Arbeit. Schließlich geht es darum, einen Mord aufzuklären. Deshalb hat Herr Hundt beschlossen, dir den Unfallschaden unbürokratisch und aus eigener Tasche zu ersetzen.«

»Das ist doch zurechtgebogen. Ihr wollt etwas vertuschen. Da mache ich nicht mit …«

»Boy Feddersen, reg dich ab. Überlege einmal, was der alte Wessels in dieser Situation getan hätte.«

»Was hat Wess …« Feddersen hielt mitten im Satz inne. Er hatte Thönnissens versteckte Drohung verstanden. Der Inselpolizist nutzte es aus, dass Feddersen immer noch den schwarzgebrannten Kartoffelschnaps ausschenkte.

»Das soll Recht und Gesetz sein?«, schimpfte der Hotelier.

»Es ist Friesenrecht. Das verstehen nur Insulaner. Und geschadet hat es niemandem. So soll es bleiben.«

»Ach, ihr könnt mich mal«, kapitulierte Feddersen.

»Die Einzelheiten regeln wir später«, sagte Thönnissen und wollte sich umdrehen, als der Hotelier ihn am Ärmel festhielt.

»Ich muss noch etwas mit dir bereden.«

»Lass hören.«

»Nee, ohne ihn.« Feddersen nickte in Richtung Hundt.

Gehorsam zog sich der Hauptkommissar zurück.

»Das ist ein starkes Stück, das du hier abziehst«, beklagte sich der Hotelier. »Meinst du, ich merke nicht, was hier gespielt wird? Ich bin doch nicht blöde.«

Thönnissen klopfte ihm auf die Schulter. »Doch, Boy. du bist noch viel dümmer, als du glaubst.«

»Aber du hast die Weisheit gepachtet.«

»Ich bin nur ein kleiner Polizist in einer unbedeutenden Dienststelle am Rande der Welt.«

»Dann kannst du mir auch nicht weiterhelfen, oder? Bei mir ist heute Nacht eingebrochen worden.«

Thönnissen gähnte herzhaft. Plötzlich überkam ihn die Müdigkeit. »Soll ich eine Anzeige aufnehmen?«, fragte er.

»Nein.« Feddersen druckste herum. »Eigentlich ist nichts gestohlen worden. Nur das Fenster zu meinem Büro war eingeschlagen.«

»Du bist dir sicher, dass nichts fehlt?«

»Ja.«

Thönnissen starrte seinem Freund in die Augen. »Boy, das nehme ich dir nicht ab. Ich werde es trotzdem zu Protokoll nehmen. Sicher wird das Verfahren eingestellt. Aber du hast ein Dokument für die Versicherung.«

»Das brauche ich nicht.«

»Schön. Dann werde ich mit deiner Frau sprechen. Die hat sicher einen besseren Überblick.«

»Nein!« Es war ein Aufschrei.

»Boy?«, Thönnissen zog die Stimme in die Höhe. »Was verschweigst du mir?«

»Nun ja … äh … also«, stammelte Feddersen, »da ist schon etwas verschwunden. Das muss Liesschen nicht unbedingt wissen. Und andere auch nicht.«

»Hast du alter Schwerenöter etwas mit einer anderen Frau?«, fragte Thönnissen in vertraulichem Ton.

»Das ist etwas Privates.«

»Also doch. Sag, wer ist das? Hier bleibt nichts geheim.«

»Ich will nicht darüber sprechen.«

»Und wenn ich das Gestohlene finde? Soll ich es aufs Fundbüro bringen? Staunen dann alle über unanständige Briefe oder Bilder?«

»So ist das nicht. Es ist etwas ganz anderes.«

»Wir werden sehen.«

»Versprich mir, dass du die Sache mit dem Einbruch vergisst und auch nicht nach den Tätern suchst«, forderte Feddersen.

»Mal sehen«, wich Thönnissen aus und folgte Hundt hinaus.

»Von so einer Seite habe ich Sie noch nicht kennengelernt«, sagte der Hauptkommissar. Das war alles. Thönnissen hätte sich über ein Wort des Dankes gefreut. Schließlich hatte er Hundts Karriere gerettet. Vorerst zumindest.

»Erinnern Sie sich, dass ich Ihnen gestern von meinem Gespräch mit den beiden Russen berichtet habe?«

»Halten Sie mich für dement?«

»Wir sollten die beiden einmal unter die Lupe nehmen.« Thönnissen begründete sein Vorhaben. »Deshalb entsprechen die Männer nicht den üblichen Touristen.«

Hundt wollte umdrehen. »Dann befragen wir sie gleich.«

Der Inselpolizist hielt ihn auf. »Wollen Sie wirklich wieder hinein? Feddersen wird davon nicht begeistert sein. Außerdem sind die Russen außer Haus.«

»Haben Sie die gesehen?«

»Die Zimmerschlüssel hängen am Haken.«

Ein misstrauischer Blick streifte ihn. Ich muss vorsichtiger sein, dachte Thönnissen. Es hat sich bewährt, dass Hundt mich für einen Trottel hält. Doch er machte den nächsten Fehler. Zielsicher steuerte er jene Ziele an, von denen zu vermuten war, dass sich die Russen dort aufhalten könnten. Sie fanden beide in einer Kneipe in der Nähe des alten Hafens.

»Guten Morgen«, sagte Thönnissen und stellte sich zu den Männern an den Tisch. »Wir haben uns gestern schon kennengelernt.«

Der Größere sagte etwas zu seinem Landsmann. Beide lachten. Dann fuhr er auf Deutsch fort: »Siehe da, ein Staatsknecht. War das gestern ein Trick, um uns auszuhorchen?«

»Ich wollte ein höfliches Gespräch mit Ihnen führen.«

»Machen Sie das mit allen Leuten, die hier friedlich Urlaub machen?«

»Mit einigen.«

»Und warum ausgerechnet mit uns? Ist unser Geld nicht gut genug?«

»Wir haben nur ein paar Fragen an Sie«, mischte sich Hundt ein.

Der Größere der beiden musterte ihn und zog die Nase kraus. Das Ergebnis der Betrachtung schien negativ ausgefallen zu sein. Tatsächlich sah Hundt eher wie ein bedürftiger Obdachloser als wie eine Respektsperson aus. Prompt fragte der Russe: »Wer ist er?«

»Hauptkommissar Hundt«, stellte sich der Kriminalbeamte vor.

»Aha.« Der Russe grinste. »Stasi.«

»Ich verbiete mir solche Frechheiten«, brauste Hundt auf. »Von wegen Stasi. Ich bin von der Kriminalpolizei.«

»Politische Abteilung?« Der Russe blieb ruhig.

»Mordkommission«, erklärte Hundt ungerührt.

Die beiden Männer wechselten einen raschen Blick.

»Dann ist es gut«, sagte der Große. »Wir dachten schon, Sie wollen etwas von uns. Mord? Damit haben wir nichts zu tun.«

»Wo waren Sie gestern Vormittag?«

Der Russe zog die Stirn kraus. Dann sagte er etwas in seiner Muttersprache. Es entspann sich ein kurzer Dialog. Schließlich breitete ihr Gesprächspartner die Hände aus.

»Wir wissen es nicht so genau. Irgendwo auf der Insel. Man sagt, sie wäre schön. Das wollten wir uns ansehen. Wir haben im Touristbüro gefragt, wo es besondere Sehenswürdigkeiten gibt.«

»Sie waren in der Kurverwaltung?«

»Nix Kur. Wir wollten kein Fango. Im Touristbüro.«

»Das meine ich«, sagte Thönnissen.

»Genau. Dort war eine sehr nette Dame. Die hat gesagt, hier wäre alles schön. Auf Pellworm muss man sich alles ansehen. Stimmt's?« Er stieß seinen Begleiter an.

Der nickte und gab eine Erklärung auf Russisch ab.

»Dürfen wir Ihre Pässe sehen?«, fragte Hundt und streckte die Hand aus.

»Das geht nicht. Die haben wir nicht dabei.«

»Dann fahren wir in Ihr Hotel und sehen uns die Dokumente an.«

Der Wortführer schüttelte den Kopf. »Das ist zu viel Stress. Wir wollen uns im Urlaub entspannen.«

»Ich bestehe aber darauf, dass Sie sich ausweisen«, sagte der Hauptkommissar bestimmt.

Der Russe lächelte. Er blieb gelassen. »Wir wollen aber *nicht*. Verhaften Sie uns jetzt?«

»Das überlege ich«, erklärte Hundt.

»Haben Sie einen Grund?« Der Große schien nicht zu erschüttern zu sein. Er blieb gleichbleibend freundlich und ruhig.

»Wir werden heute Abend ins Hotel kommen und Sie um einen Blick in Ihre Pässe bitten«, mischte sich Thönnissen ein. »Es wäre gut, wenn Ihnen bis dahin wieder eingefallen ist, wo Sie gestern Mittag waren.«

Der Russe lachte und fasste sich an den Kopf. »Fragen Sie doch den Wirt. Wir haben hier einen Relaxurlaub gebucht. Ohne Terminkalender. Da muss ich mir nicht merken, wann ich an welchem Fleck bin. Oder?«

Hundt wollte etwas erwidern, aber Thönnissen zog ihn fort.

»Das machen Sie nicht noch einmal«, schnauzte ihn der Hauptkommissar an. »Sie können nicht mitten in einer Vernehmung das Gespräch abbrechen.«

»Ich dachte, dass …«

»Ihr Denken interessiert mich nicht«, unterbrach ihn Hundt rüde. »Es geht darum, Sachverhalte abzuklären.«

Thönnissen schwieg lieber. Auch der Hauptkommissar hätte merken müssen, dass die Russen keine weiteren Auskünfte erteilt hätten. Es gab keine Handhabe gegen sie. Es hätte viel Aufhebens verursacht, wenn die Polizisten die beiden zur Feststellung der Personalien mitgenommen hätten. Und Unruhe konnten sie nicht gebrauchen, schon gar nicht Hundt. Thönnissen warf ihm einen Seitenblick zu. Der Hauptkommissar sah bemitleidenswert aus. Und er roch.

»Ich fahre Sie jetzt zu meinem Haus«, sagte er. »Sie sollten sich noch ein wenig erholen. Die letzten Stunden waren sehr bewegt.«

»Wir können die Ermittlungen nicht unterbrechen«, erklärte Hundt.

»Ich weiß, aber ich muss unbedingt Lebensmittel einkaufen.«

»Das können wir auf dem Weg erledigen.«

»Vielleicht ist es besser, wenn ich das allein erledige«, schlug Thönnissen vor.

Nachdem er den Hauptkommissar bei sich zu Hause abgesetzt hatte, fuhr er zum Kaufmann weiter. Auf dem Parkplatz lud Gastwirt Schnack eine stattliche Anzahl Flaschen in seinen Kombi.

»Moin, Heiner. Offenbar laufen die Geschäfte gut, wenn du dich so eindeckst.« Thönnissen nahm eine Flasche in die Hand und betrachtete das Etikett. »Du bist clever. Ist das ein Sonderangebot?«

»Du verstehst nichts von meiner Branche«, entgegnete Schnack und nahm ihm die Flasche aus der Hand. »Das sieht alles so einfach aus. Die Arbeit hinter den Kulissen wird nicht wahrgenommen. Alles, was über den Tresen geht, muss auch beschafft werden.«

»Ist ein harter Job. Und es erfordert Konzentration. Man muss stets wissen, ob man Getränke ausschenkt, die durch die Bücher laufen oder ob man schwarz kassiert. Zeig mir mal die Quittung, die du für diesen Einkauf bekommen hast.«

»Mach dich nicht lächerlich. Für solche Spielchen habe ich keine Zeit.«

Thönnissen sah demonstrativ auf die Uhr. »Richtig. Du bist zu dieser Stunde unabkömmlich. Hast du uns nicht erzählt, du würdest während des Mittagsgeschäfts immer in deiner Wirtschaft sein? Ist das heute anders? Mich würde es interessieren.«

Schnack hielt kurz inne. »Worauf willst du hinaus? Du

machst dich lächerlich. Ein Polizist mit Verfolgungswahn, der jeden seiner Mitbürger verdächtigt.«

»Nein, Schnack. Ich suche nur den Schuldigen. Und das ohne Ansehen der Person. Je eher der gefasst ist, umso ruhiger wird es wieder auf Pellworm. Die Leute werden mir dankbar sein, wenn wir dich verhaftet und aufs Festland gebracht haben.«

»Du bist ja nicht ganz dicht«, schimpfte der Gastwirt.

»Vorsicht, Schnack. Du hast immer noch nicht erklärt, woher das Geld stammt, mit dem du die neuen Fenster für deine Hütte bezahlen wolltest.«

»Hütte?« Der Gastwirt stemmte die Hände in die Hüften. »Es ist kein Neubau, aber sauber. Nicht umsonst kommen viele Gäste wieder. Die Menschen mögen das Individuelle.«

»Ich verstehe es nicht«, sagte Thönnissen und legte Zeige- und Mittelfinger an die Schläfe. »Du sagst, die Geschäfte laufen schlecht. Andererseits kaufst du eine große Batterie Schnaps ein. Das ist nur der Alkohol, den du ausschenkst.« Er zeigte auf das Geschäft. »Ich könnte nachfragen, was du sonst noch einkaufst. Und der Bäcker wird mir auch berichten, wie viele Brötchen er dir morgens liefert. Meinst du, das geht konform mit der Anzahl der Gäste, die du offiziell in deinem Haus aufgenommen hast?«

»Mensch, Thönnissen. Wir werben hier mit reiner Seeluft. Du glaubst nicht, welchen Appetit die Leute entwickeln. Ich wundere mich immer wieder. Zu Hause knabbern die am Knäckebrot herum und essen ein wenig Müsli. Und vom Frühstücksbüfett schleppen die Berge weg. Auf eine Brötchenhälfte werden Schinken und Salami gepackt, obendrauf noch Käse. Wer isst das zu Hause? Und wenn denen schlecht wird … ›Lieber den Magen verrenken, als dem Wirt was schenken‹, lautet die Devise.«

Schnack war mit dem Umladen fertig und wollte den Einkaufswagen zurückstellen. Thönnissen hatte die Hand wie zufällig auf den Griff gelegt und hielt ihn fest.

»Vorgestern habe ich ein Quartier für den Hauptkommissar gesucht. Dabei habe ich auch dich angerufen.«

»Und?«, fragte Schnack lauernd.

»Du hattest kein freies Zimmer.«

»Stimmt.«

»Schön. Dann fahren wir jetzt zu dir, und ich sehe mir deinen Belegungsplan an.«

»Warum das?«

»Das ist Polizeiarbeit.«

»Aber nicht bei mir«, protestierte der Gastwirt.

»In diesem Fall ist meine Meinung die ausschlaggebende. Los jetzt«.

Schnack brachte den Einkaufswagen zurück. Dann fuhr er zurück zu seiner Gastwirtschaft. Thönnissen folgte ihm. Unterwegs hatte der Inselpolizist das Gefühl, als würde er seinerseits verfolgt werden.

»Soll ich dir nicht lieber einen Kaffee machen?«, versuchte Schnack abzulenken, als sie sein Hotel erreicht hatten. »Du kannst auch zu Mittag essen. Natürlich auf Kosten des Hauses.«

»Ist das ein Bestechungsversuch?«

»Quatsch. Wer lässt sich mit einem Essen bestechen?«

»Ich will mich nicht lange aufhalten. Wo ist dein Belegungsplan?«

»Der ist hier.« Schnack zeigte auf einen Platz am Tresen, der völlig nass war.

»Liegt dein Plan immer im Feuchten?«, fragte Thönnissen.

»Dafür gibt es keinen festen Platz.«

»Dann sehen wir in deinem Büro nach.«

»Da ist er auch nicht.«

»Schön. Dann suchen wir.« Thönnissen wollte eine Schublade öffnen, als er durch ein energisches »Halt« daran gehindert wurde.

Schnack öffnete eine andere Schublade und nahm ein zerfleddertes Buch heraus. Er hielt es Thönnissen hin.

»Ich möchte die Einträge von vorgestern sehen.«

Der Gastwirt blätterte die entsprechende Stelle auf.

»Wenn ich das richtig verstehe, sind zwei Zimmer frei.«

»Ich sagte ja, dass wir Einbrüche in den Buchungen haben. Das Wetter in den letzten Jahren …«

»Warum hast du mir am Telefon gesagt, du wärst ausgebucht, als ich nach einem Quartier für den Hauptkommissar fragte?«

»Niemand möchte ein Zimmer nur für eine Nacht vermieten.«

»Blödsinn. Jeder Euro zählt. Ich könnte dein Personal befragen. Oder – noch besser – deine Gäste, ob du ausgebucht warst.«

»Thönnissen, das ist doch Mist. Hast du eine Ahnung davon, wie schwer wir es haben? Gerade die Kleinen? Die Ausfälle … das Wetter … Und die Mittel für notwendige Investitionen werden von der Steuer weggefressen.«

»Du hast also Zimmer vermietet, ohne sie einzutragen?«

Schnack nickte. »Ja«, gab er zu, um sogleich erregt anzufügen: »Wie soll das sonst funktionieren? Ein Gast ist ermordet worden. Der bezahlt nicht mehr. Und ein anderer ist gleich nach dem Frühstück weg. Der hat sich aus dem Staub gemacht.«

»Mensch, Schnack, das erzählst du erst jetzt?«

»Was bringt es, wenn ich Anzeige erstatte?«

»Das hast du nur nicht gemacht, weil deine Schummelei sonst aufgefallen wäre.«

Der Gastwirt zog es vor zu schweigen.

»Wie hieß der andere?«

»Meyer.«

»Willst du mich verschaukeln?«

»Wieso? Das ist ein ehrenwerter Name.«

»Mensch Meyer.« Thönnissen fühlte sich veräppelt. Merkte Schnack nicht, dass er an der Nase herumgeführt wurde? Oder war der Gastwirt so geschickt, dass er der Polizei etwas vorspielte?

»Ich möchte das Zimmer von diesem ominösen Meyer sehen«, sagte Thönnissen.

»Das haben wir schon wieder hergerichtet.«

»Trotzdem.«

Der Raum war genauso trostlos ausgestattet wie das Zimmer, in dem Kopitzki gewohnt hatte. Thönnissen sah in die Schränke und Schubladen. Alles war leergeräumt und geputzt.

»Wenigstens sauber ist es bei dir«, stellte er mäkelnd fest. »Wie sah Meyer aus?«

Schnack überlegte. »So um die vierzig. Kräftige Figur.«

»Ist dir sonst etwas aufgefallen?«

»Er sprach komisch.«

»Was heißt das?«

»Eben anders. Nicht so wie wir.«

»Schnack, denk ein bisschen nach. Meyer sprach irgendwie einen Dialekt. Bayerisch?«

»Nein, mehr wie die komische Figur bei Karl May. Wie hieß der noch gleich?«

Thönnissen hatte eine Idee. »Tante Droll?«

»Genau.« Schnack strahlte.

Der Inselpolizist schüttelte den Kopf. »Du bist eine Träne. Wo kam Kopitzki her?«

»Aus Leipzig.«

»Das liegt wo?«

»Drüben.«

»Schnack, du bist doof. Aber nicht so blöde.«

»In Sachsen.«

»Und Tante Droll war was für eine Figur?«

»Auch ein Sachse?«, riet der Gastwirt.

Thönnissen nickte.

»Das ist aber ein Zufall. Da kommen zwei Gäste, beide zur gleichen Zeit und dann aus Sachsen.«

»Das ist kein Zufall. Die kannten sich. Lass mich raten. Meyer hat sein Zimmer auch telefonisch bestellt?«

»Ja.«

»Und für eine Dauer von vier Tagen?«

Schnacks Miene erhellte sich. »Nein, nur für zwei Nächte.«

»Haben die beiden miteinander gesprochen? Hast du sie zusammen gesehen?«

»So groß ist mein Haus nicht, dass die Gäste sich nicht mal begegnen. Aber direkt zusammen … Nein, das wäre mir aufgefallen. Es sah so aus, als wäre jeder für sich unterwegs gewesen.«

»Trotz des Täuschungsmanövers gehe ich davon aus, dass Kopitzki und Meyer zusammengehören.«

»Du meinst, die zwei haben die Sparkasse überfallen?«

»Ich meine gar nichts«, sagte Thönnissen. »Und wenn das so wäre … Stammt der Tipp von dir? Ist es nicht sonderbar, dass zwei Fremde aus Sachsen hierherkommen, sich bei dir einquartieren, dann wird die Sparkasse überfallen, einer wird ermordet, und anschließend wedelst du mit Geld herum und willst die Fenster erneuern lassen?«

»Das mit den Fenstern – das ist gelogen. Das hat sich Ipsen aus den Fingern gesogen.«

»Da steht Aussage gegen Aussage.«

»Heißt es nicht, im Zweifel für den Angeklagten?«, fragte Schnack.

Thönnissen kniff die Augen zu einem Spalt zusammen. »Fühlst du dich angeklagt?«

»So habe ich das nicht gemeint«, beeilte sich Schnack zu versichern.

»Wir sind mit dir noch nicht fertig«, sagte Thönnissen, bevor er ging.

Er kehrte zum Golf zurück, startete den Motor und setzte ein Stück zurück, als es hinter ihm quietschte. Im Rückspiegel sah er, wie ein Porsche Cayenne querstand. Die Fahrertür wurde aufgerissen, ein Mann sprang heraus und stürmte auf Thönnissen zu. Bevor der die Tür geöffnete hatte, riss der Porschefahrer sie auf und schrie: »Bis du blind, Kerl? Hast du keine Augen im Kopf?« Der Mann ließ sich auch nicht durch Thönnissens Uniform abschrecken. »Bei euch macht man den Führerschein wohl auf einem Krabbenkutter, was?«

»Sie sollten vorsichtig sein«, sagte Thönnissen. »Ihre Beleidigungen könnten sonst Folgen haben!«

Der Mann kam näher. Er hatte mehrere Knöpfe seines Seidenhemds geöffnet. Auf der braungebrannten Brust spross ein Urwald dunkler Haare. Das stand im Widerspruch zum Blond seines Hauptes. Eine Sonnenbrille steckte dort in den Haaren.

»Wird der Kerl auch noch frech, nachdem er mir mit seiner Scheißkarre die Vorfahrt genommen hat.« Der Mann warf einen Blick auf den Golf. »Was ist das überhaupt für eine Schrottkiste? Für euch Hinterwäldler gut genug.« Er schwenkte den Zeigefinger drohend vor Thönnissens Nase. »Mach das nie wieder. Hast du gehört?«

»Lass doch den Dorfbullen«, rief die blonde Beifahrerin, die das Seitenfenster herabgesenkt hatte.

Der Inselpolizist trat ein wenig dichter an den Mann heran. »Noch ein Wort«, sagte er leise, »und du wirst heute Abend keine Freude an der Blondine haben.« Er warf einen Blick auf das üppige Dekolleteé der Frau. Dann grinste er. »Quietscht das eigentlich, wenn man auf die Silikonkissen drückt?«

»Du Armleuchter!«, brüllte der Mann laut und wollte Thönnissen am Kragen packen. Der reagierte schneller, fasste den Arm seines Gegners, schleuderte den Angreifer herum und drückte den Arm auf dem Rücken hoch, dass der Mann vor Schmerz aufschrie und sich vornüberbeugte. Thönnissen führte den Porschefahrer ein paar Schritte zum Cayenne und drückte den Mann auf die Motorhaube nieder.

»Hör auf«, schrie der Mann. »Das tut weh.«

»Soll es auch«, erwiderte Thönnissen.

»Das Schwein hat dich angegriffen. Ich habe es gesehen«, keifte die Blondine aus dem Auto heraus.

»Bist du friedlich?«, fragte Thönnissen. Als er keine Antwort erhielt, bog er den Arm noch ein Stück weiter nach oben. Ein weiterer Schmerzensschrei war die Reaktion.

»Hat die Silikonlady einen Führerschein? Wenn ich ein wenig weiter drücke, bricht der Arm.«

»Das ist schwere Körperverletzung«, rief der Mann.

»Ich stelle einen Straftäter ruhig«, sagte Thönnissen gelassen, »der einen tätlichen Angriff auf einen Polizeibeamten vollzogen hat.« Er bog den Arm noch ein bisschen weiter um.

In das Schmerz- und Wutgeheul des anderen mischte sich ein »Ist gut«.

Thönnissen gab den Arm frei.

»Gut. Dann wollen wir mal die Personalien aufnehmen. Die benötige ich für die Anzeige.«

»Sie bekommen eine Anzeige. Das wird ein dickes Ding. Ich habe erstklassige Anwälte.«

»Schön«, sagte Thönnissen, »und ich habe einen guten Staatsanwalt an der Hand.«

Der Porschefahrer holte eine lederne Herrenhandtasche hervor und reichte Thönnissen die Papiere. Er hieß Dr. med. Hans-Werner Ahlmann und kam aus Starnberg in Bayern.

»Das ist aber nur Ihr Wohnsitz«, stellte Thönnissen fest, als er den Geburtsort Oberhausen sah. »Was macht ein Arzt dort?«

»Sie verklagen«, antwortete Dr. Ahlmann grimmig.

»So?« Thönnissen zog die Augenbrauen hoch und zeigte mit der Spitze seines Kugelschreibers auf den Eingang von Schnacks Gasthof. Dort hatte sich inzwischen eine Reihe von Schaulustigen eingefunden. »Haben Sie auch so viele Zeugen aufzubieten?«

»Die sind alle befangen«, schnauzte Dr. Ahlmann.

»Wie gut, dass Ihr Blondinchen objektiv ist.«

Thönnissen notierte sich in aller Ruhe die Angaben, ließ sich nicht nur die Papiere, sondern auch den Verbandskasten und das Warndreieck zeigen und murmelte dabei »Achtzehn.«

»Was haben Sie gesagt?« Immerhin war Dr. Ahlmann zum Sie gewechselt.

Thönnissen antwortete nicht. Musste sein Kontrahent wissen, dass er die Anzeige Nummer achtzehn war? Ob man mit dem fleißigen Polizisten auf der Nordseeinsel in seiner vorgesetzten Dienststelle zufrieden war?

Nachdem er den vor sich hin fluchenden und weitere Drohungen ausstoßenden Porschefahrer entlassen hatte, notierte sich Thönnissen noch die Namen der Zeugen. Er war nicht überrascht, dass alle gegen den Fahrer des Geländewagens wetterten. Ihm sollte es recht sein.

Zufrieden fuhr er nach Hause, wo er ungeduldig von Hundt erwartet wurde. Der Hauptkommissar musste am Fenster gelauert haben.

»Verflixt. Wo waren Sie so lange? Ein paar Lebensmittel einkaufen kann doch nicht so lange dauern?«

Verdammt! Die Lebensmittel. Im Eifer hatte er es vergessen.

»Ich bin aufgehalten worden.« Er berichtete von dem Zwischenfall mit dem Porschefahrer.

»Das hat Sie emotional so berührt, dass Sie darüber die wichtigen Dinge verdrängen?«

»Wollen Sie mitkommen?«, versuchte Thönnissen, die Initiative zu ergreifen.

»Können Sie nicht einmal die simpelsten Verrichtungen des Alltags allein ausführen?«, spottete Hundt.

»Mir fallen noch ein paar Fragen ein, die wir den Sparkassenleuten stellen sollten.«

»Der erste kluge Gedanke, den ich von Ihnen höre.« Der Hauptkommissar vergaß offenbar, dass der Inselpolizist ihn kurz zuvor aus einer misslichen Situation gerettet hatte. Er stand auf und ging zur Tür. »Worauf warten Sie?«

Thönnissen steuerte die Uthlande-Sparkasse an.

»Seid ihr weitergekommen?«, fragte Bahnsen bei ihrem Eintreten. »Habt ihr die Täter? Und das Geld?«

»Wir stecken in den Ermittlungen«, wich Thönnissen aus.

Warum atmete der Zweigstellenleiter erleichtert aus?, überlegte der Inselpolizist.

Auch Hundt schien es bemerkt zu haben.

»Ist Ihnen daran gelegen, dass die Täter entkommen?«, fragte er in seiner schroffen Art.

Bahnsen wurde abwechselnd rot und blass.

»Wie kommen Sie darauf? Ich hoffe, Sie fassen die Burschen. Die haben Lene Kriechbaum und mir einen Schrecken eingejagt. Nicht nur das.« Er zeigte auf die Einschüsse in der Raumdecke. »Unser Leben war bedroht. Wir befanden uns in Todesgefahr.«

»Nun übertreibe nicht, Melf«, mischte sich Thönnissen ein.

»Du hast gut reden. Tauchst hier erst Stunden nach dem Überfall auf, als die Gefahr vorbei war. Hättest du dir einen Schusswechsel mit den Gangstern geliefert? Och … Wenn es nach mir ginge, würden solche dreisten Halunken aufgeknüpft.«

»Oder erschossen?«, fragte Hundt lauernd.

»Oder das«, bestätigte der Zweigstellenleiter.

»Merkwürdig. Einer der Täter wurde erschossen. Haben Sie Rache geübt?«

»Was soll ich getan haben? Das ist doch verrückt. Ich könnte nie auf einen Menschen zielen.«

»Du bist doch im Schützenverein«, sagte Thönnissen.

»Na und? Da schießen wir auf Scheiben.«

»Und auf den hölzernen Vogel. Stück für Stück, bis er umfällt.«

»Sagen Sie mal.« Hundt hatte seine Worte gedehnt wie ein Feldwebel auf dem Kasernenhof. »Haben Sie eine Waffe?«

»Ja«, antwortete Bahnsen zögerlich. »Aber keine Maschinenpistole.«

»Uns reicht eine normale Pistole.«

»So etwas besitze ich nicht.« Feine Schweißperlen standen auf Melf Bahnsens Stirn.

»Sie kennen sich aber gut auf Pellworm aus?«

»Hier kennt man sich. Jeder weiß etwas vom anderen.«

»Man ist gut miteinander bekannt?«

»Ja. Das könnte man sagen«, bestätigte Bahnsen.

»Man hilft sich untereinander aus. Kann man sich auch Waffen leihen?«

»Frerk, das geht jetzt zu weit«, beschwerte sich der Zweigstellenleiter.

Thönnissen zuckte nur mit den Schultern und zeigte stumm auf Hundt.

»Sie haben selbst gesagt, dass die Täter brutal waren und Sie nicht zögern würden, Rache an ihnen zu üben. Schießen können Sie. Für mich gehören Sie zum Kreis der Verdächtigen. Wo waren Sie in der Nacht nach dem Überfall?«

»Zu Hause. Wo denn sonst?«

»Wer kann das bestätigen?«

»Wanda, meine Frau.«

»Gut. Dann befragen wir sie«, sagte Hundt.

»Sie wird bestätigen, dass ich vom Überfall sehr aufgekratzt war.«

»Was wollen Sie uns damit sagen?«

»Ich war unruhig und konnte nicht stillsitzen. Ich bin noch einmal vor die Tür – war auf dem Deich joggen.«

»Ohne Ihre Frau?«

»Natürlich. Wie sollte die auch.«

»Sind Sie jemandem begegnet?«

»Ich wollte allein sein. Mir reichte es. Jeder, den ich getroffen habe, wollte Einzelheiten zum Überfall wissen. Immer wieder und immer wieder musste ich davon erzählen. Verstehen Sie, dass ich genug hatte?«

»Sie erklären uns mit vielen Worten, dass Sie kein Alibi für den Zeitpunkt haben, zu dem Kopitzki erschossen wurde.«

Bahnsen hob beide Hände zur Abwehr in die Höhe.

»Wozu brauche ich ein Alibi? Ich habe niemanden getötet.«

»Es wäre gut für Sie, wenn Ihnen noch einfiele, ob Sie nicht doch jemanden getroffen haben«, sagte Hundt. »Jetzt möchten wir von Ihnen wissen, ob einer der Ipsen-Brüder oder der Gastwirt Schnack in der letzten Zeit mit ungewöhnlich viel Geld bei Ihnen gewesen ist.«

»Oder ob einer von ihnen einen Kredit bekommen hat?«, ergänzte Thönnissen.

»Wieso Kredit?«

»Damit wäre die Herkunft von plötzlichem Bargeld erklärt. Das würde die entsprechende Person entlasten«, ergänzte der Inselpolizist.

Bahnsen schüttelte heftig den Kopf. »Ich darf keine Auskunft über unsere Kunden erteilen.«

»Wir führen Mordermittlungen durch. Da gibt es kein Bankgeheimnis«, behauptete Hundt.

»Für mich schon.« Bahnsen zeigte sich stur. »Treten Sie mit Ihrem Auskunftsersuchen an unsere Hauptstelle auf Föhr heran. Ich kann Ihnen in diesem Punkt nicht weiterhelfen.«

Und du willst es auch nicht, ergänzte Thönnissen im Stillen. Laut fragte er: »Hat Lene Urlaub?«

»Frau Kriechbaum hat viel durchgemacht«, antwortete Bahnsen förmlich. »Sie kann einen freien Tag gut gebrauchen.«

»Wir werden sie zu Hause aufsuchen.«

Der Zweigstellenleiter räusperte sich.

»Da werdet ihr sie nicht erreichen. Sie ist aufs Festland gefahren. Sie sagte, eine Ortsveränderung sei vonnöten.«

»Sie hören von uns.« Hundts Worte zum Abschied klangen wie eine Drohung.

»Wir fahren jetzt zum Gasthaus Schnack«, erklärte Thönnissen. »Dort ist ein Zimmer frei geworden.«

Der Hauptkommissar erhob keine Einwände.

Während der Saison waren die Straßen Pellworms nicht leer. Zwar herrschte nirgendwo Enge, und ein Begriff wie Stau war ein Fremdwort, trotzdem fiel Thönnissen auf, dass ihnen ein Auto folgte. Der Wagen hielt so viel Abstand, dass der Fahrzeugtyp nicht genau zu erkennen war, geschweige denn der Fahrer oder das Kennzeichen. Als Thönnissen die Geschwindigkeit verringerte, behielt der Verfolger den Abstand bei. Der Inselpolizist vermied es, Hundt darauf aufmerksam zu machen. Er konnte auch nicht wenden, um seinerseits den Verfolger zu stellen. Mit ihrem Fall konnte es nicht zusammenhängen, überlegte Thönnissen. Es gab keinen Grund für den Täter, die Polizei zu beobachten.

Vor dem Gasthaus parkten zahlreiche Autos. Die Kennzeichen verrieten, dass Touristen das Lokal aufgesucht hatten.

Im Inneren herrschte Hochbetrieb. Schnack stand hinterm Tresen, kümmerte sich um die Getränkebestellungen, verschwand zwischendurch in der Küche, half beim Servieren, räumte Geschirr ab und dirigierte nebenbei auch noch seine Mitarbeiterschar. Mit einem Seitenblick gewahrte er die beiden Polizisten, verschwand aber sofort wieder in der Küche, um die nächsten Teller zu holen und den wartenden Gästen zu servieren.

Hundt stellte sich auf dem Rückweg dem Gastwirt in den Weg.

»Das ist jetzt ungünstig«, erklärte Schnack und wich geschickt aus. Er befreite sich auch durch eine Körperdrehung, als der Hauptkommissar ihn festhalten wollte.

»Was erlaubt der Kerl sich!«, sagte Hundt empört.

Thönnissen versuchte, den Hauptkommissar zu besänftigen. »Sie sehen selbst, dass Schnack beschäftigt ist. Das ist keine Ausrede. Und ohne ihn würde hier Chaos herrschen.«

»Können seine Leute das nicht allein?«

»Das sind keine Profis, sondern Aushilfen, Einheimische, die sich hier in der Saison etwas dazuverdienen.«

»Der Mann hat selbst schuld, wenn er im Stress ist. Er sollte geschultes Personal einstellen und es vernünftig bezahlen.«

»Das ist schwierig. Sie müssen die Leute vom Festland für die Saison hierherholen. Die kommen nur mit einem gut dotierten Zeitvertrag. Wenn die Gäste wegen schlechten Wetters ausbleiben, hängt Ihnen das unbeschäftigte Personal wie ein Mühlstein am Hals. Das übersteht wirtschaftlich niemand. So hilft man sich untereinander. Und für das Personal ist es eine willkommene Aufbesserung des Einkommens. Eine Hand wäscht die andere.«

»Nur uns hilft es nicht.«

Nach einer Viertelstunde war der Ansturm so weit vorüber, dass Schnack einen Moment Zeit fand.

»Gibt es wieder Verdächtigungen gegen mich?«, fragte er unwirsch.

»Wir kommen als potenzielle Gäste.«

»Das ist etwas anderes.« Ein Seitenblick streifte Hundt. Der Hauptkommissar glich immer mehr einem wohnungslosen Landstreicher, der seit ewigen Zeiten weder eine Dusche gesehen noch seine Kleidung gewechselt hatte.

»Bei dir ist ein Zimmer frei geworden«, sagte Thönnissen. »Eigentlich sogar zwei. Du hast geklagt, dass du dadurch einen Einnahmeausfall zu verzeichnen hast. Wir wollen dir behilflich sein.«

»Ehrlich?« Auf Schnacks Gesicht zeichnete sich Erstaunen ab. »Das ist aber großzügig. Die Polizei will mir den Ausfall ersetzen?«

»Indirekt«, druckste Thönnissen herum. »Wir möchten ein Zimmer buchen?«

»Hab ich mir doch gedacht«, grummelte Schnack. »Wie lange?«

»Variabel.«

»Das ist schlecht. Ich habe neu vermietet. Dann müsst ihr es räumen.«

»Gut.«

»Für wen soll es sein«?

Thönnissen zeigte auf Hundt. »Für den Hauptkommissar!«

»Für ihn?« Entsetzen breitete sich auf Schnacks Gesicht aus. »So, wie er aussieht?«

»Sie sollten nicht nach Äußerlichkeiten gehen«, sagte Hundt. »Das Zimmer wird doch eine Dusche haben?«

Schnack sah an Hundt herab. »Wo ist Ihr Gepäck?«

»Der Hauptkommissar hat keins.«

»Was?« Es war ein Aufschrei. Dann schüttelte der Gastwirt fast hektisch den Kopf. »Kommt nicht in Frage. In diesem Aufzug lass ich Sie nicht in mein Haus.«

»Das ist ein Notfall«, bat Thönnissen.

»Das ist mir egal. Und selbst wenn Sie«, dabei sah er Hundt an, »mit einer Empfehlung von Mutter Teresa kämen, würde ich Ihnen kein Zimmer vermieten. Mir laufen die anderen Gäste weg, wenn Sie aufkreuzen.« Erneut musterte er den Hauptkommissar. »Ich muss anschließend das Zimmer desinfizieren. Nein. Nix da.«

»Es wird Ihnen leidtun, wenn Sie sich weigern.«

Schnack blieb unerbittlich. »Für nichts in der Welt lasse ich Sie bei mir wohnen.«

»Das wirft ein schiefes Bild auf Sie«, sagte Hundt.

»Das ist mir gleich. Aber so, wie Sie aussehen, erhalten Sie kein Quartier.«

»Hallo«, beschwerte sich ein Gast und schwenkte sein Bierglas in der Luft. »Bekommt man hier nichts zu trinken? Man ist am Meer und muss verdursten.«

»Das Geschäft wartet«, erklärte Schnack und kümmerte sich um seinen Betrieb.

»Dieser unverschämte Kerl!«, schimpfte Hundt.

»Wir versuchen es bei Feddersen«, schlug Thönnissen vor. Es dauerte noch eine Weile, bis sich der Hauptkommissar Richtung Ausgang bewegte.

Der Hotelier empfing sie bereits am Eingang. Er breitete die Arme aus und versperrte damit den Zugang.

»Schnack hat mich angerufen. Auch bei mir … Nein!«

»Boy, auf unsere Freundschaft: Der Hauptkommissar benötigt eine Unterkunft.«

»So hat jeder sein persönliches Problem, das er zu lösen hat. Ich habe kein Zimmer frei.«

»Hören Sie, Feddersen.« Hundt baute sich vor dem Hotelier auf. »Sie nehmen sich ziemlich viel heraus. Wenn ich mit Ihnen fertig bin, werden Sie mir hinterherlaufen und eines Ihrer lausigen Zimmer andienen.«

Feddersen grinste. »Bevor das geschieht, mache ich ein Hundehotel auf.«

»Wollen Sie jetzt auch noch frech werden und mit meinem Namen spielen?«

Thönnissen sah, wie der Hotelier erschrak. Daran hatte er nicht gedacht.

»Entschuldigung, das war mir nur so herausgerutscht.«

»Boy, wenn du uns kein Zimmer vermieten willst, so werden wir deine Dienste im Restaurant in Anspruch nehmen.«

Feddersen musterte den Hauptkommissar. »Wenn ich Sie hereinlasse – in diesem Zustand –, dann laufen mir die anderen Gäste weg.«

»Unsere Ermittlungen haben mich daran gehindert, die Vorräte wieder aufzufüllen. Mein Kühlschrank ist leer«, erklärte Thönnissen.

Feddersen schien ein Einsehen zu haben. »Gut, aber nicht

im Restaurant. Ich serviere euch etwas im Nebenraum der Küche. Dort steht ein kleiner Tisch. Aber nichts anfassen! Sonst habe ich das Gesundheitsamt im Hause.«

Zähneknirschend nahmen die beiden Polizisten in dem kleinen Raum zwischen den Regalen mit Dosen und Tüten Platz. Es war eine Zumutung, doch ihnen bot sich keine Alternative.

Lustlos stocherte Thönnissen im Essen herum, als es serviert wurde. An der Zubereitung gab es nichts auszusetzen. Aber ihm stand eine weitere Nacht mit Hundt unter einem Dach bevor. Das waren keine rosigen Aussichten.

Fünf

Musste man Hauptkommissar sein, um lange schlafen zu dürfen? Thönnissen gähnte herzhaft. Übermüdet hatte er sich ins Bad geschleppt, ausführlich geduscht und die anderen Pflichtübungen der Morgentoilette erledigt. Jeder Blick in den Spiegel zeigte ihm sein übernächtigtes Ebenbild. War er das wirklich? Nur im Märchen kam es vor, dass das Spiegelbild etwas anderes zeigte. Jetzt sah er wie ein Gespenst aus. Irgendwann, so tröstete er sich, würde auch dieser Fall abgeschlossen sein.

Er zog seine Uniform an und fuhr zum Bäcker.

»Moin, Frerk«, begrüßte ihn die Chefin. »Gibt es etwas Neues? Die Ereignisse der letzten Tage sind in aller Munde. Die Leute sprechen über nichts anderes.«

»Seit wann werden Zwischenergebnisse einer Ermittlung preisgegeben?«

Die Frau beugte sich über den Glastresen. »Ach, Frerk, mir kannst du das erzählen. Du glaubst doch nicht, dass ich damit tratschen gehe?«

Fast hätte Frerk laut gelacht. Der Laden war voll. Einheimische und Gäste drängten sich um ihn herum.

»Du solltest mal zu Fiete gehen und dir in die Ohren sehen lassen. Oder habe ich so undeutlich gesprochen?«

»Also, weißt du …« Die Bäckersfrau reagierte empört. »Früher, als der alte Backens noch bei uns Polizist war, da gab es so etwas nicht. Der hat für Ordnung gesorgt. Bei dem … Da wäre die Sparkasse nicht überfallen worden. Und Mord?« Sie schüttelte heftig den Kopf. »Das wäre undenkbar gewesen.

Aber heute«, dabei sah sie an Thönnissen vorbei der Reihe nach die anderen Kunden an, »da ist nichts mehr wie früher. Da werden selbst auf Pellworm Leute umgebracht. Und was unternimmt die Polizei dagegen? Nichts!«

»Pack mir meine Brötchen ein«, erwiderte Thönnissen unwirsch. »Und sieh zu, dass du deine Kunden bedienst, anstatt hier Volksreden zu schwingen.«

»Na, so was!« Wütend knallte sie die Tüte auf den Tresen und nannte den Preis. Sie schimpfte noch, als Thönnissen bezahlt und den Laden verlassen hatte. Auch beim Kaufmann, den er anschließend aufsuchte, wollte man von ihm Neuigkeiten hören.

»Sei nicht so aufgebracht«, sagte Tim, der an der Käsetheke bediente. »Blick mal in den Spiegel. Was macht ihr eigentlich? Du siehst aus, als hättet ihr die ganze Nacht rumgesumpft.«

»Kümmere dich um deinen Käse und misch dich nicht in Dinge ein, von denen du nichts verstehst.«

»Offensichtlich habt ihr keine Ahnung, sonst hättet ihr die Täter schon lange gefasst.«

»Dann fragt doch Borowski oder Till Schweiger, ob sie den Job hier übernehmen wollen. Im Fernsehen siehst du doch, dass die jeden noch so komplizierten Mord nach neunzig Minuten aufgeklärt haben.« Thönnissen tippte sich an die Stirn. »Wir sind hier nicht im Wilden Westen, wo sich die Bevölkerung ihren Sheriff selbst wählt.«

»Das wäre keine schlechte Idee«, sagte Tim. »Meine Stimme würdest du nicht bekommen.«

»Da würde ich auch keinen Wert drauflegen. Jemand, dessen Füße genauso stinken wie der Käse, den er verkauft … Nein, danke.«

»O Mann, bist du frustriert«, rief ihm der Käseverkäufer hinterher.

Das mochte sein. Aber das gab noch lange nicht jedem das Recht, so mit einem Polizeibeamten zu reden. Es galt, selbst Zurückhaltung zu üben. Hundts Anwesenheit gefiel ihm nicht. Er musste den Hauptkommissar wieder loswerden.

Mühsam unterdrückte Thönnissen ein Gähnen, als er sein Haus erreichte und vom Hauptkommissar empfangen wurde. Es war eine Zumutung. Hundt sah übler aus als jeder Landstreicher. Und auch das tägliche Duschen vermochte den penetranten Gestank nicht zu überdecken, der von der getragenen Kleidung ausging. Es war mehr als unhygienisch, wie sich der Hauptkommissar präsentierte.

»Wird Zeit, dass Sie wieder erscheinen«, knurrte Hundt statt einer Begrüßung.

Thönnissen hob die Einkäufe in die Höhe. »Während Sie selig in Morpheus' Armen lagen, habe ich Besorgungen für Ihr Wohlergehen getätigt.« Jetzt reichte es. »Ich bin hier weder ein Hotel, noch betreibe ich ein Asyl für Leute, die allmählich nicht mehr vorzeigbar sind.«

»Darum wird es Zeit, dass Sie eintreffen. Wann kommt die Fähre an?«

Thönnissen warf einen Blick auf seine Uhr. »In zwanzig Minuten.«

»Dann können Sie es schaffen. Mit der Fähre kommt Gepäck für mich. Frische Kleidung, Toilettenartikel und Arbeitsmaterial.« Der Hauptkommissar warf einen begehrlichen Blick auf Thönnissens Einkäufe. »Während Sie meine Sachen holen, kümmere ich mich darum.«

Thönnissen wollte entgegnen, dass er nicht der Laufbursche sei. Aber Hundts Restaurierung war auch in seinem Interesse. Er drückte dem Hauptkommissar die Lebensmittel in die Hand. »Kaffee und Geschirr finden Sie in der Küche. Können Sie mit einer Kaffeemaschine umgehen?«

Thönnissen fing sich einen verächtlichen Blick ein, bevor er das Haus verließ und zur Fähre fuhr.

Das Schiff war schon unter der Küste, als er den Tiefwasseranleger erreichte. Es drehte vor der Einfahrt, dabei entstand ein Geräusch, als würde die Maschine vergewaltigt werden und müsste gegen ihren Willen rückwärtslaufen. Thönnissen wusste, dass diese Aktion von den Fahrgästen als starkes Vibrieren wahrgenommen wurde. Auch wenn man das Anlegemanöver schon oft gesehen hatte, war es immer wieder faszinierend. Manche Feriengäste fuhren extra über den Damm zum Anleger, um die Ankunft der Fähre zu beobachten. Thönnissen hatte gehört, dass auf zahlreichen Inseln rund um den Globus die Ankunft der Fähre das Ereignis des Tages war und viele Insulaner ihm beiwohnten. Verstehen konnte man es nur, wenn man selbst auf einer Insel war. Das Schiff stellte die Verbindung zum Rest der Welt dar. War es wirklich so erstrebenswert, damit verknüpft zu sein? Thönnissens Gedanken wanderten kurz auf die Rückseite der Erdkugel in die einsame Weite des Pazifiks. Tuvalu. Dort gab es viele glückliche Menschen, auch wenn sie von dem abgeschnitten waren, was wir in unserem Teil der Welt als existenziell betrachten. Pellworm war sicher nicht mit Tuvalu vergleichbar, aber auch hier gab es Unterschiede gegenüber dem Leben auf dem Festland. Und die machten für Thönnissen den Reiz aus. Er konnte sich schwer vorstellen, drüben zu leben. Darum galt es, diesen Kriminalfall möglichst schnell und zufriedenstellend abzuschließen.

Inzwischen hatte die Fähre festgemacht, die Heckklappe war geöffnet worden, und die ersten Fahrzeuge rollten von Bord. Man konnte an den Blicken der Insassen erkennen, ob ihnen die Insel vertraut oder ob es ihr erster Besuch auf dem Eiland im Wattenmeer war.

Thönnissen musste eine Weile warten, bis Peter-Jakob Zeit

fand, ins Schiffsinnere verschwand und mit zwei Koffern und einem Rucksack auftauchte. »Das ist für den Komischen«, erklärte er bei der Übergabe der Gepäckstücke an Thönnissen. »Was will der Typ mit so vielen Klamotten? Sag nicht, er will sich hier niederlassen. Frischfleisch ist willkommen, aber nicht solche Figuren.« Damit umschrieb der Decksmann der Fähre ledige Frauen, die als Neubürger willkommen geheißen wurden.

»Du hast eine tolle Frau zu Hause«, sagte Thönnissen.

Peter-Jakob winkte ab und wandte sich seiner Arbeit zu.

Thönnissen verstaute die Gepäckstücke im Golf und fuhr nach Hause. Hundt saß am Küchentisch. Vor sich hatte er die Esswaren ausgebreitet. Mit einem Blick sah Thönnissen, dass sich der Hauptkommissar nicht die Mühe gemacht hatte, für ihn mit einzudecken.

»Ich wusste nicht, ob Sie Kaffee oder Tee trinken«, sagte Hundt. »Deshalb habe ich nur eine kleine Menge gekocht. Aber Sie kennen sich ja aus.« Er stand auf, nahm die Koffer entgegen, ohne sich für Thönnissens Hilfe zu bedanken, und verschwand im Wohnzimmer. Bevor er ins Bad abtauchte, erschien er noch einmal in der Küche, in der Thönnissen sich abmühte, die Hinterlassenschaft von Hundts Frühstücksorgie zu beseitigen.

»Haben Sie noch zwei Handtücher für mich?«

»Die finden Sie im Schrank im kleinen Zimmer.«

»Ich habe schon alle Schränke durchsucht, aber nichts gefunden.«

»Wenn der so weitermacht«, murmelte Thönnissen, »gibt es bald den nächsten Mord auf Pellworm.« Er händigte dem Hauptkommissar die Frottiertücher aus und bereitete sich selbst ein Frühstück. Dabei las er die Zeitung, in der weder über den Bankraub noch über den Mord eine Notiz zu finden war. Auf dem Festland schien man nichts Sensationelles an den beiden Taten zu finden. Man würde vielleicht wieder darüber berichten, wenn der oder die Täter gefasst waren.

Thönnissen ließ sich Zeit. Nach der vierten Tasse Tee sah er auf die Uhr. Hundt war schon seit eineinhalb Stunden im Bad, und noch immer rauschte das Wasser.

Thönnissen stand auf und klopfte heftig gegen die Tür; erst beim dritten Mal meldete sich der Hauptkommissar. »Ist was?«

»Wollen Sie mein Bad noch lange requirieren?«

»Gemessen an dem, was ich bisher versäumt habe, ist es statistisch gesehen noch nicht sehr ausgiebig«, erwiderte Hundt ungerührt.

»Können Sie sich vorstellen, dass andere auch einmal das Örtchen aufsuchen wollen?«

»So alt sind Sie doch noch nicht, dass Sie diese Funktion Ihres Körpers nicht mehr unter Kontrolle haben.«

»Wie bringe ich ihn am besten um«, knurrte Thönnissen. »Erschlagen? Erschießen? Ertränken? Das ist alles viel zu human.«

Nach einer weiteren Viertelstunde erschien ein gutgelaunter Hauptkommissar aus dem Badezimmer. Zumindest sah er jetzt wieder zivilisiert aus. Zähneknirschend reinigte Thönnissen die Nasszelle.

Als er ins Wohnzimmer zurückkehrte, hatte Hundt dort den Inhalt der Koffer ausgebreitet. Es sah wie auf einem Schlachtfeld aus. Der Hauptkommissar hielt sein Handy in die Höhe.

»Es gibt Neuigkeiten zu Kopitzki«, begann er. »Er wurde mit einer russischen Makarow erschossen.«

»Das ist schlecht für die Ermittlungen«, unterbrach Thönnissen. »Oder gut. Ganz wie man es nimmt.«

»Sie meinen, weil Schnack behauptet hat, ihm sei eine Tokarew gestohlen worden.«

»Abhandengekommen«, korrigierte Thönnissen. »Eine Makarow als Tatwaffe entlastet Schnack.«

»Nicht unbedingt. Es könnte eine Schutzbehauptung sein. Vielleicht hat der Gastwirt noch weitere Waffen. Nachdem er sich als Waffennarr erwiesen hat, ist das nicht auszuschließen. Sicher würde er das nicht zugeben. Schnack würde sich damit selbst belasten. Er ist Gastronom. Denen ist alles zuzutrauen.«

»Führen wir keine vorurteilsfreien Ermittlungen durch?«, fragte Thönnissen spitz.

»Sparen Sie sich solche Anmerkungen. Die Tonlage gefällt mir nicht. Ich habe schließlich langjährige Erfahrungen als Kriminalbeamter. Glauben Sie, man würde in Husum einen einzigen Ermittler mit diesem Fall beauftragen, wenn man nicht von dessen Qualitäten überzeugt wäre? Meine Erfolge sprechen für sich. Sie haben selbst miterlebt, wie ich den Fall Hinrich Wessels aufgeklärt habe. Und das unter schwierigsten Bedingungen.«

Thönnissen zog es vor zu schweigen. Plötzlich überkam ihn eine heftige Müdigkeit. Er kämpfte dagegen an, aber die Natur war stärker. Er gähnte herzhaft.

»Ich verstehe nicht, weshalb Sie ständig müde sind. Sie haben hier einen ausgesprochen ruhigen Job. Selbst wenn die Polizei einmal gefordert wird wie jetzt, reißen Sie sich kein Bein aus. Wie viele Stunden haben Sie geschlafen? Es wundert mich nicht, wenn die Öffentlichkeit einen schlechten Eindruck von unserem Berufsstand hat. Achten Sie ein wenig mehr auf die Äußerlichkeiten und nehmen Sie dies als gut gemeinten Rat an.«

Thönnissen verzichtete auf eine Erwiderung. Es war sinnlos, mit Hundt zu diskutieren. Der Hauptkommissar ließ keine zweite Meinung gelten. »Wie wollen Sie weiter vorgehen?«, fragte er stattdessen.

»Da Sie keine Ideen haben, Ihre Ortskenntnis nicht ausreicht, um das Motorrad zu finden, möchte ich den Widerspruch zwischen den Aussagen von Schnack und Ipsen aufklären. Wir fahren jetzt zu Ipsen ...«

»Welchem?«, unterbrach Thönnissen den Hauptkommissar.

»Dumme Frage. Dem Tischler.«

»Ich schlage vor, wir versuchen es zunächst bei Lund.«

»Sie müssen doch wissen, wo sich die wenigen Mitbewohner auf dieser Insel normalerweise aufhalten. Das ist das Mindeste, was ich von Ihnen erwarten kann.«

Du mich auch, dachte Thönnissen grimmig und stiefelte zum Golf.

Sie hielten vor Lunds Neubau. Die Haustür stand offen. Aus dem Inneren drang laute Musik, begleitet von kräftigen Hammerschlägen, im Wechsel mit dem Kreischen einer Bohrmaschine und dem schrillen Heulen einer Säge.

Ipsen war im Obergeschoss mit einem Einbauschrank beschäftigt. Er sah kurz auf, griff zu einem Schwingschleifer, setzte das Gerät an einer Kante der Tür an, führte die Schleiffläche darüber und probierte anschließend die Passgenauigkeit. Er schien zufrieden und wollte sich der nächsten Tür zuwenden.

»Unterbreche mal«, forderte ihn Thönnissen auf.

Ipsen schüttelte den Kopf. »Wenn ihr mir dauernd dazwischenkommt, werde ich hier nie fertig.«

»Hätten Sie von Beginn an vernünftige Arbeit geleistet, müssten Sie jetzt nicht nachbessern«, erklärte Hundt.

»Blödmann«, fluchte Ipsen und sah Thönnissen an. »Würden alle so schlecht arbeiten wie er da«, jetzt zeigte die Hand mit dem Schwingschleifer auf den Hauptkommissar, »wäre

Made in Germany schon lange ein Markenzeichen für Missmanagement.«

»Wir brauchen dich«, sagte Thönnissen und versuchte, freundlich zu klingen. »Du musst uns helfen.«

»Ich?« Ipsen war erstaunt.

»Ja. Dringend.«

»Ich habe etwas anderes zu tun, als dauernd mit euch zu spielen.«

»Spielen?« Hundt lief rot an. »Das ist eine Unverschämtheit. Ich werde Ihnen zeigen, welche Konsequenzen es hat, wenn Sie die Arbeit der Polizei boykottieren.«

Ipsen blieb gelassen. »Mich kann nichts mehr erschrecken. Was wollen Sie noch alles anstellen? Sie haben mich sogar schon einmal verhaftet. Beim ersten Mal war ich erschrocken. Allmählich wird es Routine.« Er lachte schrill. »Wäre es nicht einfacher, ich würde in bestimmten Zeitabständen bei Frerk erscheinen, wir trinken einen zusammen und tun so, als hättet ihr mich wieder einmal verhaftet?«

»Packen Sie sofort Ihre Sachen zusammen und kommen Sie mit«, forderte Hundt den Tischler auf.

»Nein.« Ipsen schüttelte den Kopf.

»Jesper«, versuchte es Thönnissen. »Mach uns keine Schwierigkeiten. Wir wollen dich nur zu einem Gespräch mit Schnack einladen!«

»Gespräch? Schnack hat eine Kneipe. Gilt die Einladung für einen Umtrunk?«

»Es ist ernsthafter, als du glaubst«, sagte Thönnissen. »Es gibt möglicherweise handfeste Beweise zu Lasten eines Verdächtigen.«

Ipsen schien hellhörig geworden zu sein. »Schnack?«, fragte er. »Ehrlich? Der hat die Sparkasse überfallen und anschließend den Fremden umgelegt?«

»Jetzt geht die Fantasie mit dir durch. Hüte dich davor, solche Gerüchte in Umlauf zu setzen. Üble Nachrede kann bestraft werden, abgesehen von Schadenersatzansprüchen des Opfers auf dem Zivilwege.«

»Was denn nun? Ist Schnack Täter oder Opfer? Bei dem Wirrwarr, das ihr von euch gebt, blickt keiner mehr durch.«

»Kommen Sie endlich«, sagte Hundt und packte Ipsen am Ellenbogen. Mit einer raschen Bewegung befreite sich der Tischler, folgte dann aber den beiden Beamten. Sorgfältig schloss er die Haustür ab.

»Warum das?«, fragte Thönnissen erstaunt.

»Hier passieren in letzter Zeit merkwürdige Dinge«, entgegnete Ipsen. »Und der Polizei kann man nicht mehr trauen. Ihr bekommt nichts mehr auf die Reihe.« Dann kroch er auf den Rücksitz des Golfs. Unterwegs versuchte Ipsen, mehr von Thönnissen zu erfahren. Als der eisern schwieg, wandte sich Ipsen an den Hauptkommissar. Hundt sah starr durch die Windschutzscheibe nach vorn.

»Lassen Sie das!«, schrie er Ipsen an, als dieser Hundt mit dem Zeigefinger auf die Schulter tippte, um seinen Fragen Nachdruck zu verleihen.

Vor dem Gasthaus parkten zahlreiche Fahrzeuge. Mit einem Blick auf die Kennzeichen registrierte Thönnissen, dass es fast ausschließlich Urlauber waren.

Ipsen folgte ihnen, als sie in die Wirtsstube traten. Thönnissen schien es, als würde sich der Tischler kleinmachen und versuchen, sich hinter dem Rücken des Inselpolizisten zu verstecken.

Schnack stand hinterm Tresen und sah argwöhnisch zu ihnen herüber.

»Wir müssen noch einmal mit Ihnen reden, Schnack«, sagte Hundt ohne Begrüßung.

»*Herr* Schnack«, beschwerte sich der Gastwirt. Doch der Hauptkommissar ging nicht darauf ein.

»Es gibt widersprüchliche Aussagen von Ihnen und Ipsen. Sie sollen die Tischlerei beauftragt haben, umgehend mit dem Einbau neuer Fenster zu beginnen.«

»Verdammt noch mal! Hören Sie endlich mit den Scheißfenstern auf. Wie oft soll ich noch sagen, dass ich nie davon gesprochen habe.«

»Ipsen sagt aber etwas anderes.«

Diesmal protestierte der Tischler. »Herr Ipsen!« Er drückte das Kreuz durch. »Wir haben lange über die Fenster verhandelt. Ich hatte den Eindruck, Schnack war gar nicht daran interessiert, dass ich die Arbeit ausführe.«

Die drei Männer sahen den Gastwirt an. »Doch, ja – nein«, druckste Schnack herum. »Wenn man im Geschäft bleiben will, muss man investieren. Als Kaufmann gilt es aber auch, alles sorgfältig gegeneinander abzuwägen. Es sind nicht nur die sichtbaren Dinge. Vor zwei Monaten ist mir die Kühlanlage kaputtgegangen. Die ist wichtiger als neue Fenster.«

»Da ist es umso verwunderlicher, dass Sie trotz der Kosten für die Reparatur die Fenster in Auftrag geben wollten.«

Schnack hielt sich wie ein kleines Kind mit beiden Händen die Ohren zu. »Nein!«, schrie er und wiederholte es mehrfach.

»Pssst«, mahnte Thönnissen und hielt sich den Zeigefinger an die Lippen. Er deutete auf die Anwesenden im Gastraum, die durch Schnacks lautstarke Äußerung aufmerksam geworden waren und neugierig zu ihnen herübersahen. »Leiser«, sagte Thönnissen. »Deine Gäste müssen das nicht mitbekommen.«

»Eure Tyrannei geht mir langsam auf den Keks. Das ist schlimmster Polizeiterror.«

»Genau«, pflichtete Ipsen bei.

»Halt du falscher Fuffziger dich da raus«, blaffte Schnack. »Wenn du den Mund aufmachst, kommen da nur Lügengeschichten heraus.«

»Untersteh dich, mich einen Lügner zu nennen.« Ipsen tauchte hinter Thönnissens Rücken auf.

»Ich stelle nur fest, was alle auf Pellworm wissen. Würdest du dich mehr um deine Arbeit kümmern, gäbe es weniger Beanstandungen. Die ganze Insel lacht, dass du mit dem Auftrag bei Lund nicht fertig wirst.«

»Das muss jemand wie du sagen«, schimpfte Ipsen. »Ich möchte nicht wissen, wie es in deiner Küche aussieht. Wir wundern uns alle, dass das Gesundheitsamt deinen Laden noch nicht dichtgemacht hat.«

»Bei mir ist alles in Ordnung. Ich bin ja nicht so bekloppt wie du und lass mir eine Leiche aus dem Lager klauen.«

»Ruhe!«, rief Hundt dazwischen. »Wir sind hier nicht im Tollhaus.« Er drehte sich zu Ipsen um. »Schnack behauptet, er hätte nicht davon gesprochen, Ihnen den Auftrag für den Fenstereinbau zu erteilen.«

»Der tickt doch nicht richtig. Natürlich hat er davon gesprochen.« Ipsen streckte den Zeigefinger in Richtung Gastwirt aus. »Sehen Sie sich den Typen doch an. Der ist doch total verkommen. Was er macht … alles Lüge. Jeder Bierdeckel, den er dem Gast zum Bezahlen präsentiert: gelogen. Der bescheißt seine Kunden nicht nur im Dunkeln.«

»Jetzt reicht es«, brüllte Schnack. Er hatte seine Gäste vergessen. Die Besucher des Lokals hatten schon lange mit dem Verzehr von Speisen und Getränken aufgehört und verfolgten das Drama mit offenem Mund. Der Gastwirt ballte die Hand zur Faust und schwenkte sie in Richtung Ipsen. »Dir poliere ich gleich die Fresse. Ich hobele dir die Nase glatt … So etwas bekommst du Pfuscher von Tischler nie hin.« Er zeigte mit beiden Armen auf Ipsen, während er sich an die Anwesenden in seiner Gaststube wandte. »Passen Sie auf, meine Damen und Herren, dass Sie nicht auf Pellworm sterben. Sonst fallen Sie diesem Nichtsnutz in die Hände. Selbst für das Einsargen ist er zu blöd.«

»Wenn Sie nicht augenblicklich leise sind, nehme ich Sie mit«, drohte Hundt.

Schnack lachte höhnisch auf. »Wohin denn? Wir haben keine Arrestzelle. Ins Spritzenhaus? Oder wollen Sie mich in der Leichenhalle einsperren? Da kommen sogar Tote wieder raus.«

»Jesper«, mischte sich Thönnissen ein und legte seinen Arm kameradschaftlich um die Schultern des Tischlers. »Nun mal in aller Ruhe! Heiner Schnack behauptet, du sagst die Unwahrheit. Hat er dir wirklich den Auftrag in Aussicht gestellt, oder hast du etwas missverstanden?«

»Ich bin doch nicht bescheuert. Er hat klipp und klar gesagt, es würde losgehen.«

»Der Kerl ist …«, ereiferte sich der Gastwirt, aber Thönnissen schnitt ihm das Wort ab.

»Du hast jetzt Pause. Klar?« Dann sah der Inselpolizist Ipsen an. »Bei welcher Gelegenheit hat Schnack dich angesprochen?«

»Na ja, nicht so direkt.«

»Das behaupte ich die ganze Zeit. Sieh mal an! Jetzt gesteht der Lump, dass er gelogen hat«, brüllte Schnack.

»So ist das nicht«, antwortete Ipsen leise. »Er hat es nicht mir gesagt, sondern meinem Bruder.«

»Tore?«, hakte Thönnissen nach.

»Genau.«

»Das ist die gleiche Brut. Einer ist so verkommen wie der andere«, schrie Schnack dazwischen.

»Du Saukerl beleidigst nicht meinen Bruder. Sonst … sonst …« Ipsen suchte nach den richtigen Worten.

»Du drohst mir? Versuch es.« Ehe jemand reagieren konnte, hatte der Gastwirt unter den Tresen gegriffen. Plötzlich hielt er einen stabilen Baseballschläger in der Hand und schwang ihn drohend in Ipsens Richtung. Der versteckte sich hinter Thönnissen.

»Sehen Sie nicht, Herr Kommissar«, sagte er zu Hundt. »Schnack will mich umbringen. So, wie er den Fremden ermordet hat.«

»Hauptkommissar«, sagte Hundt mit schnarrender Stimme, packte Ipsen am Kragen und zerrte ihn aus dem Lokal heraus. »Die ganze Insel ist ein einziges Irrenhaus«, schimpfte er dabei. »Man sollte einen großen Zaun drum herum ziehen.« Der Hauptkommissar gab Ipsen einen Stoß. »Sie können gehen.«

»Gehen? Ich muss an meine Arbeitsstelle zurück. Wissen Sie, wie weit das ist? Und wer bezahlt mir meinen Verdienstausfall?«

»Hauen Sie ab, bevor ich mir das anders überlege«, fluchte Hundt und machte einen Ausfallschritt in Richtung des Tischlers, als würde er ihn wie bei einem Kinderspiel einfangen wollen. Entsetzt wich Ipsen aus und ging bis zum Rand des Parkplatzes. Er angelte sein Handy hervor und führte ein erregtes Gespräch. »Wir wissen immer noch nicht, wer von beiden die Wahrheit sagt«, meinte Thönnissen. »Das ist aber wichtig. Lügt Ipsen, wäre Schnack entlastet, zumal Kopitzki nicht mit der gestohlenen Tokarew erschossen wurde. Aber warum stellen die beiden Ipsenbrüder solche Behauptungen auf?«

»Ist doch klar«, belehrte ihn Hundt. »Damit wollen sie den Verdacht auf den Gastwirt lenken.«

»Das wäre ein teuflischer Plan«, stimmte Thönnissen zu.

»Ich halte die beiden Ipsens aber nicht für so clever, dass sie sich so etwas ausdenken.«

»Das mag sein. Dazu bedarf es schon strategischer Fähigkeiten.« Er musterte Thönnissen von der Seite. Die hast *du* nicht, besagte der Blick. Dem Inselpolizisten sollte es recht sein.

»Hmh.« Hundt sah nachdenklich in die Ferne. »Was wird hier gespielt? Sicher. Manchmal gibt es Zufälle. Aber plötzlich tauchen bei vielen Leuten Beträge um zwanzigtausend Euro auf. Oder es wird behauptet, sie würden über das Geld verfügen. Und jeder tischt uns eine Geschichte auf, die wir nur schwer überprüfen können. Schnack hat nicht geleugnet, das Geld zu haben. Er will nur nicht Ipsen beauftragt haben. Da wir den Gastwirt öfter und intensiv nach der angeblichen Beauftragung des Tischlers befragt haben, wird er uns nicht bestätigen, dass er über das Geld verfügt.« Er sah Thönnissen an. »Haben Sie irgendwo heimlich zwanzigtausend Euro liegen, die Sie sich auf nicht alltägliche Weise auf die Seite gelegt haben?«

»Ich?« Thönnissen schluckte. Dann schüttelte er den Kopf. »Sie wissen, wie meine Besoldungsgruppe aussieht. Ich leide keinen Hunger und führe ein bescheidenes Leben, aber große Sprünge kann ich mir nicht leisten. Sie kennen meine Wohnung. Das Haus ist altes Familienerbe. Ich leiste mir keine teuren Hobbys. Und den Golf habe ich auch sehr günstig bekommen, als er als Streifenwagen ausgemustert wurde.«

»Sie haben sich im vergangenen Jahr aber eine sündhaft teure Reise nach Tu… Tu…«

»Tuvalu«, half Thönnissen aus.

»Dahin geleistet«

»Das war mein Lebenstraum. Dafür habe ich lange gespart, auf vieles verzichtet. Ich bin über einen langen Zeitraum nicht in Urlaub gefahren.«

»Wenn Sie gespart haben, müssten Sie doch Kontoauszüge haben?«

»Jaaa«, erwiderte Thönnissen gedehnt.

»Würden Sie mir die zeigen?«

»Verdächtigen Sie mich? Gibt es überhaupt noch jemanden, den Sie nicht für den Täter halten?«

»Die Kontoauszüge?«

»Die sind …«, setzte Thönnissen an, aber der Hauptkommissar unterbrach ihn.

»Das war ein Lehrbeispiel für eine professionelle Vernehmung. Man stellt Fragen, die das Gegenüber aus dem Konzept bringt. Selbst Sie waren verunsichert.« Belehrend bewegte Hundt den Zeigefinger. »Bei Ermittlungen muss man sorgfältig ohne Ansehen der Person vorgehen.«

»Sie haben mich auch verdächtigt?«

»Ich habe schließlich den Fall gelöst. Damit sind Sie automatisch aus dem Kreis der Verdächtigen ausgeschieden. Und auch den aktuellen Mord werde ich erfolgreich abschließen.«

»Und der Überfall auf die Sparkasse?«

Der Hauptkommissar schenkte ihm ein mitleidiges Lächeln. »Ich denke, wir sind schon so weit, dass wir den Zusammenhang zwischen Bankraub und Mord nachgewiesen haben.«

Thönnissen wiegte den Kopf, schwieg aber. Die Vermutung einer Verbindung der beiden Straftaten lag nahe, aber einen gerichtsfesten Beweis hatten sie noch nicht gefunden.

»Wir könnten noch einmal die beiden Russen verhören«, schlug Thönnissen vor.

»Das wäre mein nächster Schritt gewesen«, sagte Hundt und stieg in den Golf ein.

Auf der Fahrt zum Hotel fiel Thönnissen erneut das Fahrzeug auf, das ihn schon früher verfolgt hatte.

»Ist irgendetwas nicht in Ordnung?«, wollte Hundt wissen.

»Doch. Alles bestens. Es ist eine Angewohnheit von mir, auf meinen Streifenfahrten den Blick überall zu haben.«

»Es freut mich, dass Sie offenbar doch Ansätze einer angemessenen Polizeiarbeit zeigen. Das sind die Erfahrungen eines Landpolizisten.«

Thönnissen hatte registriert, dass Hundt von »angemessener« und nicht von »guter« Polizeiarbeit sprach. Auf ein Lob vom Hauptkommissar hoffte er schon lange nicht mehr.

Obwohl auch im Hotel reger Betrieb herrschte, hatte sich Feddersen in sein kleines Büro zurückgezogen. Im Unterschied zu Schnack verfügte der Hotelier über Mitarbeiter, die ihre Aufgaben selbständig erledigten und nicht auf das ständig präsente Auge des Chefs angewiesen waren.

Thönnissen hatte Feddersen in dessen Arbeitsraum vermutet. Der Inselpolizist war bekannt im Hotel, und niemand sprach ihn auf dem Weg dorthin an.

»Ach, das verheißt nichts Gutes«, begrüßte sie der Hotelier. »Was habe ich diesmal verbrochen? Man hört, dass inzwischen die ganze Inselbevölkerung unter Generalverdacht steht.«

»Seien Sie nicht albern«, knurrte Hundt. »Wie heißen Ihre beiden russischen Gäste?«

»Muss ich darüber Auskunft erteilen?« Feddersen sah an Hundt vorbei und richtete die Frage an Thönnissen.

»Ja, Boy.«

»Und wenn ich nicht will?«

»Du bist doch zur Aufzeichnung der Namen verpflichtet. Dafür gibt es verschiedene Gründe. Das Finanzamt möchte wissen, wie du zu deinem Geld kommst, die Kurverwaltung will die Abgabe kassieren, und schließlich haben wir noch ein Meldegesetz.«

»Der gläserne Bürger«, schimpfte Feddersen.

»Wenn Sie uns keine Namen nennen, werde ich Ihre Unterlagen beschlagnahmen«, drohte Hundt.

»Das wagen Sie nicht.«

»Doch. Also, händigen Sie mir die Dokumente freiwillig aus, oder soll Obermeister Thönnissen unmittelbaren Zwang ausüben?«

»Du willst mich angreifen, Frerk?«, fragte Feddersen ungläubig.

Thönnissen zuckte hilflos mit den Schultern, schwieg aber. Er wusste, dass der Hauptkommissar nur drohte. Es gab keine Grundlage, die eine solche Maßnahme rechtfertigen würde.

»Das wird Folgen haben.« Feddersen hatte resigniert. »Die beiden heißen Iwanow und Jelzin.«

Hundt lachte laut auf. »Lassen Sie sich immer vorführen? Haben Sie die Pässe gesehen?«

»Ich lasse mir von deutschen Staatsbürgern auch keine Ausweise vorlegen. Jetzt ist es aber genug.«

»Mensch, Boy, du bist blauäugig«, mischte sich Thönnissen ein. »Das sind mit Sicherheit falsche Namen. Zumindest bei dem einen. Die beiden heißen Jelzin und Chruschtschow.«

»Woher willst du das wissen? Warum fragt ihr erst so heimtückisch, wenn euch die Namen bekannt sind.« Plötzlich stutzte Feddersen und sah den grinsenden Inselpolizisten an. »Jelzin und Chruschtschow. Frerk, du bist ein Arsch. Das größte Arschloch, das ich kenne.«

»Das ist eine Beleidigung. Die bleibt nicht folgenlos«, sagte Hundt.

»Lassen Sie, Herr Hauptkommissar«, wiegelte Thönnissen ab. »Hier gelten andere Regeln. Das war eine Anmerkung unter Freunden.«

»Freunde?«, echote Feddersen. »Das war einmal.«

»Wo sind die beiden Männer?«, wollte Hundt wissen.

»Irgendwo auf der Insel. Ich weiß es nicht.«

»Wann erwarten Sie die Russen zurück?«

»Die sind alt genug, um ihren Tagesablauf selbst zu bestimmen. Sie haben keine Halbpension gebucht. Es ist möglich, dass sie in einem anderen Lokal essen. Nirgendwo steht geschrieben, dass sie sich bei mir abmelden müssen.«

»Was für ein Fahrzeug haben der angebliche Jelzin und sein Kumpan?«

»Kumpan?« Feddersen dehnte das Wort ins Unendliche. »Das hört sich an, als wären meine Gäste Verbrecher.«

Die beiden Polizisten wechselten einen raschen Blick, der dem Hotelier nicht verborgen geblieben war.

»Seid ihr hinter den beiden hinterher?« Jetzt schwang Besorgnis in Feddersens Stimme mit.

»Sag uns einfach, was für ein Auto die fahren.«

Der Hotelier druckste herum. Schließlich sagte er: »Einen dunkelblauen BMW.«

»Mit einem russischen Kennzeichen?«, fragte Hundt.

»Diese elendige Verschwörungstheorie. Nein! Der Wagen ist in Deutschland zugelassen. In München.«

»München«, murmelte Thönnissen versonnen. Dann sah er Feddersen an. »Ist dir links vom Nummernschild ein Strichcode aufgefallen?«

»Ja. Das habe ich schon öfter an Fahrzeugen aus Bayern gesehen.«

»Nur aus der Landeshauptstadt. Dort ist eine große Autovermietung beheimatet. Deren Fahrzeuge haben ein solches Merkmal.«

»Das habe ich nicht gewusst«, sagte Feddersen entschuldigend.

»Es wäre schön, wenn wir etwas mehr vom Kennzeichen wüssten«, wünschte sich Thönnissen.

»Ich komme in Teufels Küche, wenn jemand erfährt, dass ich euch helfe. Versprich mir, dass du niemandem etwas erzählst?«, bat Feddersen.

»Hältst du uns für Stümper, dass wir es nicht allein herausfinden? Vielleicht haben die beiden bei der Reederei einen Platz auf der Fähre reserviert? Sonst schalten wir im Wege der Amtshilfe die bayerische Polizei ein. Nur … das dauert. Du könntest das Verfahren abkürzen, wenn du dich kooperativ zeigen würdest.«

»Wir haben an der Rezeption einen handgeschriebenen Zettel, auf dem wir uns die Kennzeichen unserer Hotelgäste notieren. Es kommt immer wieder vor, dass Fremde hier parken. Das möchten wir nicht.«

»Du hast dir das Nummernschild notiert?« Thönnissen war überrascht.

»Ja. Komm mit!« Er ging voran zur Rezeption und kramte ein Blatt Papier hervor, auf dem zahlreiche Kennzeichen notiert waren. Feddersens Finger fuhr am Rand entlang, bis er innehielt und eine Buchstabenkombination nannte.

»Du bist dir sicher?«, fragte Thönnissen.

»Das ist derzeit der einzige Wagen aus München«, versicherte der Hotelier.

Der Inselpolizist notierte sich die Nummer, dann verließen sie das Hotel.

Vom Auto aus startete Hundt eine Halteranfrage. Kurz darauf nickte er. »Sie haben richtig vermutet. Es ist die Autovermietung.«

»Dann müssen wir nur noch herausfinden, wie die derzeitigen Mieter heißen.« Der Hauptkommissar beauftragte mit dieser Feststellung einen Kollegen in Husum. Dann wies er

Thönnissen an, die Straßen der Insel abzufahren und nach dem BMW Ausschau zu halten.

Der Inselpolizist fuhr zunächst die »Ringstraße« ab. Der Weg führte sie über die engen und kurvenreichen Straßen bis zur Nordermühle, die zu eleganten Ferienapartments für den gehobenen Urlaub ausgebaut wurde. Über den Nordermitteldeich, vorbei an der Inselinstitution »Hansi Koopmann«, folgte Thönnissen der Straße, schlug in Tammensiel den Weg durch die verkehrsberuhigte Zone mit den Geschäften ein, kurvte über den Parkplatz, vergaß das gegenüberliegende Neubauviertel nicht und kreuzte durch Ostersiel mit Abstechern in die kleinen Nebenstraßen. Auch auf dem weiteren Weg Richtung Tilli und Kaydeich säumten ansehnliche reetgedeckte Häuser den Weg, die mit sorgsam gepflegten Rosenstöcken an der Hauswand die Blicke anzogen. Weder am Leuchtturm, dem Parkplatz am Imbiss noch den anderen wenigen Straßen fand sich eine Spur des BMW. Thönnissen vergaß auch die Alte Kirche nicht, das Wahrzeichen der Insel, auf deren historischer Arp-Schnitger-Orgel im Sommer bekannte Musiker Konzerte gaben. Für die herausragenden Organisten war es eine Ehre, wenn ihre Bewerbungen zum Bespielen der Orgel angenommen wurden. Selbst die Straßen im Inneren Pellworms, die mehr befestigten Feldwegen glichen, fuhr Thönnissen ab.

»Das kann nicht sein.« Hundt zeigte sich enttäuscht. »Das Motorrad, der BMW, die Russen. Alles ist unauffindbar.«

»Wir können nur die Insel nach dem Fahrzeug absuchen. Wenn der BMW dort entlangfährt, wo wir ein paar Minuten zuvor vergeblich gesucht haben, finden wir ihn nicht.«

»Können Sie niemanden um Hilfe bitten?«

»Wen denn? Das ist Polizeiarbeit.«

»Und Ihre Freunde von der Freiwilligen Feuerwehr?«

»Wie der Name sagt … Die sind freiwillig. Jeder übt einen

Beruf aus. Und jetzt, während der Saison, sind alle eingespannt. Und zwangsverpflichten können wir niemanden.«

»Es ist ein merkwürdiges Leben auf einer Insel«, stellte Hundt fest.

»Mag sein, aber ich möchte es gegen nichts eintauschen.«

Sie fuhren noch einmal zum Hotelparkplatz und fragten im Haus nach. Aber der BMW war nicht aufgetaucht.

»Wer lässt hier Autos verschwinden?«, fragte der Hauptkommissar.

»So würde ich es nicht nennen. Aber Unterstellmöglichkeiten gibt es schon.«

»Sie stimmen mir zu, dass die Russen einen Komplizen haben müssen, einen Einheimischen, der ihnen Unterschlupf gewährt. Ich möchte wetten, da finden wir auch das Motorrad.«

Thönnissen widersprach nicht. Hundts Theorie war nicht von der Hand zu weisen. Das Handy des Hauptkommissars meldete sich.

»Warum dauert das alles so lange?«, schimpfte er und ließ seinen Unmut am Gesprächspartner aus. Nachdem er das Telefonat beendet hatte, berichtete er. »Das war die Antwort auf unsere Anfrage. In der Autovermietung hat man sich Pass und Führerschein des Mieters zeigen lassen und einen Sicherheitsabzug von der Kreditkarte gemacht. Letztere wurde online bestätigt. Der Fahrzeugmieter heißt wirklich Jelzin.«

»Boris?«, unkte Thönnissen.

»Bleiben Sie ernsthaft«, ermahnte ihn Hundt. »Wjatscheslaw Alexandrowitsch Jelzin.«

»Und der zweite?«

»Woher soll ich das wissen? Nur einer hat sich als Fahrer eintragen lassen. Vom zweiten Mann liegen keine Personalien vor.«

»Dann darf der auch nicht fahren«, stellte Thönnissen fest.

»Wie naiv sind Sie eigentlich? Glauben Sie, solche Leute kümmern sich um Banalitäten? Wer Banken ausraubt und Komplizen ermordet, hält sich nicht an die Regeln.«

Thönnissen wartete einen Moment. »Sie haben jetzt die Russen im Verdacht?«

»Alles spricht gegen die beiden.«

Erneut ließ Thönnissen ein paar Sekunden verstreichen. »Das heißt, wir suchen die beiden als mögliche Bankräuber.«

»Und Mörder«, warf Hundt ein.

»Sie glauben, dass der tote Kopitzki auch beteiligt war?«

»Es hat den Anschein.«

Thönnissen trat sachte auf die Bremse und ließ den Golf ausrollen, bis er zum Stehen kam. Dabei sah er in den Rückspiegel. Das Auto, das sie verfolgte, hielt ebenfalls. Allmählich wurde es mysteriös. Thönnissen glaubte nicht mehr an einen Zufall. Jemand hatte es gezielt auf sie abgesehen.

»Was ist? Haben Sie plötzlich festgestellt, dass Sie Feierabend haben?«, lästerte Hundt.

Thönnissen streckte vier Finger in die Luft.

»Was wollen Sie damit sagen?«

»Dann hätten wir schon vier Tatbeteiligte.«

»Wieso vier …« setzte Hundt an. »Richtig«, unterbrach er sich selbst. »Zu den dreien kommt noch der Einheimische, der Auto und Motorrad versteckt.«

»Eines verstehe ich nicht«, gab Thönnissen zu bedenken. »Ein Banküberfall auf Pellworm ist alles andere als lukrativ. Wir haben es an der Beute gesehen. Dreiunddreißigtausend Euro. Das ist nicht viel. Lohnt dafür der ganze Aufwand? Und das Risiko? Schließlich können die Täter hier nicht so schnell fliehen wie auf dem Festland. Sie sitzen hier fest.«

»Theoretisch.« Hundt hatte einen belehrenden Tonfall angenommen. »Dank der Unterstützung des Einheimischen sind sie sicher. Sie, Thönnissen, sind ja nicht in der Lage, das Versteck der Bande aufzuspüren.«

Wunderbar, dachte der Inselpolizist. Nicht nur, dass wir es jetzt mit einer ganzen Bande zu tun haben. Hundt weist mir auch noch die Schuld zu.

»Und die relativ kleinen Anteile der Beute, die auf die Einzelnen entfallen, werden dadurch größer, indem man Mittäter umbringt.«

»Dann befindet sich der Einheimische eventuell in Lebensgefahr«, schloss Thönnissen aus Hundts Erklärung.

»Wir müssen mit dem Schlimmsten rechnen. Die Russen sind vermutlich Profis, und der hiesige Unterstützer ist ein blutiger Amateur. Mit Sicherheit werden sie ihre Beute nicht mit ihm teilen. Und da er sie identifizieren kann und den Tathergang kennt, ist er ein unerwünschter Mitwisser, den man beseitigt.«

»O Gott. Das hört sich schlimm an«, stöhnte Thönnissen. »Sollten wir nicht Verstärkung vom Festland anfordern? Die Suche nach dem BMW hat gezeigt, dass wir zu zweit überfordert sind.«

»Überfordert?« Hundt war empört. »Wollen Sie mir so etwas unterstellen? Nicht die Masse macht es, sondern die Klasse. Sie müssen sich nur ein wenig mehr einbringen und etwas kreativer werden. Sie tragen viel Verantwortung für das Leben eines Menschen.«

Thönnissen schwieg. Das hatte sich Hundt gut ausgedacht. Es klang so, als wäre der Inselpolizist allein für die bisherige Erfolglosigkeit verantwortlich.

»Die Leitung der Ermittlungen liegt bei Ihnen. Außerdem ist es Aufgabe der Kriminalpolizei. Ich möchte darauf hinweisen, dass ich der Schutzpolizei angehöre. Natürlich stelle ich Ihnen meine ganze Kraft zur Verfügung, um …«

Hundt hatte nicht zugehört. Wie gebannt starrte er auf den dunkelblauen BMW, der sie überholt hatte und auf der gewundenen Straße Richtung Tammensiel verschwand. Das Fahrzeug bewegte sich zügig, aber nicht übermäßig schnell.

»Worauf warten Sie?«, brüllte Hundt. »Los! Hinterher. Aber zackig.«

Thönnissen gab Gas und folgte dem BMW.

»Schalten Sie das Blaulicht ein«, befahl der Hauptkommissar.

»Welches?«

Hundt hatte vergessen, dass der Golf ein ausgedienter Streifenwagen war, von dem alle Insignien der Polizei entfernt worden waren. Den Hauptkommissar hatte das Jagdfieber gepackt. »Schneller. Schneller!«, rief er und beugte sich vor, soweit der Sicherheitsgurt es zuließ.

Thönnissen hatte keine Mühe. Der Verfolgte unternahm nicht den Versuch zu flüchten. »Da stimmt etwas nicht«, murmelte er.

»Das merken Sie erst jetzt? Seit Tagen suchen wir das Täterfahrzeug. Und Sie geben solche Kommentare ab.«

Hundt hatte ihn missverstanden. Den Insassen des BMW konnte nicht entgangen sein, dass ihnen der Golf in der grünweißen Lackierung folgte. Trotzdem versuchten sie nicht zu entkommen. Waren sich die Russen so sicher, dass sie gar nicht an Flucht dachten?

Der BMW bog beim ehemaligen Wasserwerk um die Ecke. Etwas weiter verlangsamte er die Fahrt, bis schließlich die Bremslichter aufleuchteten und das Fahrzeug vor Lutz' Werkstatt anhielt. Thönnissen hatte den Golf noch nicht zum Stehen gebracht, als der Hauptkommissar die Tür aufriss und heraussprang. Er hatte zuvor seine Dienstwaffe gezogen und den Verschluss zurückgezogen. Mit einer Geschwindigkeit, die Thönnissen ihm nicht zugetraut hatte, rannte Hundt um die Motorhaube des Golfs herum zur Fahrertür des BMW, stellte sich breitbeinig auf und richtete die Waffe mit beiden Händen auf den Fahrer, der offensichtlich allein im Wagen saß. Der rührte sich nicht.

Thönnissen verließ den Golf und ging langsam zu Hundt, der leicht vorgebeugt stand und brüllte: »Hände auf dem Lenkrad lassen. Ich will sie sehen. Ist das klar? Keine falsche Bewegung.«

Der Inselpolizist verzichtete darauf, seine Dienstwaffe zu ziehen. Er stellte sich einen Schritt neben Hundt und grinste. »Da haben Sie aber einen tollen Fang gemacht«, sagte er.

Der Fahrer des BMW rührte sich nicht. Mit angstvollem Gesicht starrte er in die Mündung der Polizeiwaffe. Seine Hände, die auf dem Lenkrad lagen, zitterten. Erst als Thönnissen die Tür öffnete und sagte: »Los, steig aus«, entspannte sich Lutz, der Mechaniker. Mit wackligen Knien kroch er aus dem Fahrzeug und streckte die Hände in die Höhe, ohne dass er dazu aufgefordert worden war. Thönnissen packte ihn am Unterarm und zog die Hände herunter.

»Beruhige dich«, sagte er. »Alles okay.«

»Thönnissen!«, rief Hundt, aber der Inselpolizist kümmerte sich nicht darum. Er trat einen Schritt zurück und sah auf den Mechaniker in seinem ölverschmutzten Blaumann.

»Bist du so gefahren?«

»Was ist daran verboten?«

Thönnissen zeigte auf den BMW. »Wie kommst du zu dem Wagen?«

»Ein Kundenauftrag.«

»Erzählen Sie uns keine Märchen«, fuhr Hundt dazwischen.

»Doch«, versicherte Lutz und zeigte auf die Werkstatt. »Ich habe eine Monopolstellung. Es ist nicht ungewöhnlich, dass auch Urlauber mit ihren Problemen am Fahrzeug zu mir kommen. Glauben Sie mir. Ich bin verdammt gut. Ich repariere alle Marken und Typen.«

»Ist gut. Sparen Sie sich Ihr Marketing. Wer hat Sie beauftragt?«

»Zwei Männer. Ausländer.«

»Russen?«

»Mensch, ich frage doch keinen Kunden nach seiner Lebensgeschichte. Der Kleinere hat nichts gesagt. Der Größere sprach so viel Deutsch, dass ich alles verstanden habe. Er hat mir die Schlüssel in die Hand gedrückt und gesagt, der Wagen steht auf dem Parkplatz an der Fähre.«

»So ein Mist!«, fluchte Hundt. »Dann sind die beiden mit der Fähre rüber aufs Festland. Die haben sich abgesetzt.« Er sah Thönnissen an. »Verdammt, wollte Ihr Blockwart von der Fähre nicht aufpassen?«

»Blockwart?«, fragte Lutz irritiert.

»Er meint Peter-Jakob.«

»Aber wieso. Der ist doch ganz woanders. Der bekommt das doch gar nicht mit.«

»Stimmt«, pflichtete Thönnissen bei. »Peter-Jakob kann nicht immer Dienst haben.«

»Nee, nee«, fuhr Lutz dazwischen. »Versteht ihr nicht? Ich meine den Parkplatz Hooger Fähre.«

»Gibt es noch einen zweiten Fährhafen?«, fragte Hundt erstaunt.

»Nein«, antwortete Thönnissen. »Hooger Fähre bezeichnet einen Platz im Nordwesten Pellworms. Dort gibt es ein Hotel, ein Restaurant und einen Imbiss.«

»Und warum heißt es Hooger Fähre?« Hundt schüttelte den Kopf.

»Außendeichs gibt es einen kleinen Anleger. Von dort verkehrte früher eine Fähre zur Hallig Hooge. Heute gibt es nur gelegentliche Ausflugsfahrten mit einem kleinen Schiff.«

»Da haben Sie wieder einen besonderen Coup gelandet, Obermeister«, schimpfte Hundt. »Die Russen sind mit diesem Kahn geflüchtet. Das Fahrzeug haben sie auf dem Parkplatz abgestellt.«

Thönnissen schüttelte energisch den Kopf. »Sie haben nicht zugehört. Das ist keine Fähre, sondern ein Ausflugsschiff. Es fährt nicht jeden Tag zur Hallig Hooge, sondern steuert auch andere Ziele an.«

»Dann sind die Russen von dort weiter geflüchtet.«

»Das geht nicht. Das sind unbewohnte Seehundbänke, die zum Teil bei Flut unter Wasser stehen. Von dort kommt niemand wieder weg.« Thönnissen holte sein Handy hervor.

»Moin«, sagte er, als sich der Teilnehmer meldete. »Sag mal, wann seid ihr das letzte Mal nach Hooge geschippert? – Aha. – Nein, alles in Ordnung. War nur so eine Frage.« Dann legte er auf.

»Das ist drei Tage her«, erklärte Thönnissen. »Morgen ist der nächste Termin.« Hoffentlich verdächtigt Hundt jetzt nicht die Betreiber des Schiffs der Mittäterschaft, dachte er grimmig. Mittlerweile ist jeder verdächtig, der auch nur von weitem in Hundts Gesichtsfeld gerät.

»Dann können wir diese Fluchtmöglichkeit ausschließen.« Der Hauptkommissar klang enttäuscht. Er sah Lutz an. »Die Männer waren bei Ihnen?«

»Ja.«

»Und wie sind sie zu Ihnen gekommen?«

»Keine Ahnung. Ich bin in der Werkstatt beschäftigt und

habe Besseres zu tun, als an der Straße zu stehen und den Leuten hinterherzusehen.«

»Beschreiben Sie die Männer.«

Lutz legte die Stirn in Falten. »Dunkle Haare, dunkle Augen, dunkle Gesichtsfarbe.«

»Und die Kleidung?«

»Auch dunkel.«

»Haben Sie einen getrübten Blick?«

»Muss ich mit Ihnen reden, wenn Sie mich beleidigen wollen? Erst drohen Sie mir mit der Waffe, dann spucken Sie solche Töne.«

»Seien Sie vorsichtig«, unterbrach ihn Hundt, doch der Mechaniker ließ sich nicht einschüchtern.

»Sind Sie noch bei Trost? Sie führen sich hier auf wie Rambo. Das ist doch nicht normal. Ich verstehe, dass die Polizei ihre Arbeit machen muss. Aber doch nicht so. Ihnen fehlt jegliches Fingerspitzengefühl. Das ist doch hirnrissig, in jedem, der Ihnen begegnet, einen Bösewicht zu vermuten.«

»Schluss«, polterte der Hauptkommissar.

»Das sage ich die ganze Zeit. Reden Sie vernünftig mit mir. Mit uns. Mit allen. Dann werden Sie auch so behandelt. Ich sagte, die Kleidung war dunkel. Nun extra für Sie: Die Leute trugen keine bunten Hawaiihemden wie Magnum. Haben Sie das kapiert?«

Hundt schluckte. Zu Thönnissens Überraschung schwieg der Hauptkommissar. »Können Sie die Kleidung ein wenig genauer beschreiben? Das wäre hilfreich.«

»Na bitte. Es geht doch«, stellte Lutz zufrieden fest. »Es war keine Freizeitkleidung, wie wir es von den Urlaubern kennen. Ich würde sagen, die beiden sahen aus wie … wie …« Lutz schnippte mit dem Finger. »Wie leger gekleidete Geschäftsleute.«

»Hatten sie Gepäck dabei?«

Lutz nickte. »Ja. Bordcases. Und jeder trug ein Notebook über der Schulter.«

»Das sieht aus, als wollten sie verreisen.«

»Darüber mache ich mir keine Gedanken.«

»Die Männer müssen doch Namen genannt haben. Verlangen Sie keine Papiere von den Auftraggebern?«

»Ich habe doch das Auto als Faustpfand. War's das?«

»Wie sind die beiden zu Ihnen gekommen? Von der Hooger Fähre läuft man nicht. Und wohin gingen sie dann?«

»Das haben sie mir nicht erzählt. Ich weiß nur, dass sie Richtung Tammensiel gelaufen sind. Zu Fuß.« Lutz drehte sich um. »Und wenn Sie mich nicht mit Waffengewalt daran hindern, gehe ich jetzt wieder meiner Arbeit nach.«

Hundt nagte nachdenklich an seiner Unterlippe. »Das ist rätselhaft«, sagte er. »Warum steht der BMW an der Hooger Fähre? Weshalb soll er in die Werkstatt? Und wohin sind die Männer verschwunden? Irgendjemand muss sie doch gesehen haben.«

Thönnissen zog es vor zu schweigen.

»Kommen Sie«, forderte Hundt ihn auf. Sie machten sich zu Fuß auf den Weg. Der Hauptkommissar klingelte an jeder Haustür.

»Kriminalpolizei. Wir ermitteln in zwei schweren Straftaten. Haben Sie zwei Männer gesehen?«

Thönnissen war überzeugt, dass die Fragestellung nicht weiterhelfen würde. Niemand konnte eine zum Ziel führende Antwort geben.

»Was für Männer?«

»Wie sahen die aus?«

»Was haben die gemacht?«

… und ähnliche Antworten waren unbefriedigend. Geistreich erschien Thönnissen die Antwort eines Wirtes. Der antwortete salopp. »Ja.«

»Wann? Wohin sind sie gegangen? Waren sie bei Ihnen im Lokal?« Hundt überfiel den Mann mit Fragen.

»Moment. Immer schön der Reihe nach. Ich habe zwei Männer gesehen. Sogar drei, vier, ganz viele …«

Thönnissen war ein paar Schritte weitergegangen, als der Hauptkommissar verbal über den Gastwirt herfiel. Er hatte mittlerweile genug von den Ausfällen Hundts. So kamen sie nicht weiter. Wenn nur nicht Thönnissens berufliche Hypothek mit der Sünde aus den Anfängen seiner Zeit bei der Polizei gewesen wäre, hätte er schon lange Alarm bei der vorgesetzten Dienststelle geschlagen. Aber wem glaubte man mehr? Sicher dem Hauptkommissar und nicht dem vorbelasteten Dorfpolizisten, der einen ruhigen Dienst am Rande der Welt versah.

Auch wenn man versuchte, aus den Angaben der Befragten ein Puzzle zu bilden, gab es keine Erkenntnisse. Die beiden Russen – dass es sich um sie handelte, galt als sicher – waren spurlos verschwunden.

Thönnissen schmunzelte still vergnügt in sich hinein. Hundt raufte sich die Haare. Der Hauptkommissar zweifelte mittlerweile an allem. Er konnte nicht verstehen, dass Autos, Motorräder und Menschen nicht mehr aufzufinden waren.

»Es ist unwahrscheinlich, dass die Russen Komplizen auf Pellworm haben, die ihnen Unterschlupf gewähren«, stöhnte Hundt. Plötzlich fiel ihm ein: »Obermeister, Sie fahren zur Kurverwaltung und fragen nach, ob die beiden Männer dort aufgetaucht sind und eine neue Unterkunft gebucht haben. Anschließend suchen Sie alle Hotels und Pensionen auf. Ist auch das erfolglos, kommen die Privatunterkünfte an die Reihe.«

Thönnissen blieb entsetzt stehen. »Das meinen Sie nicht wirklich.«

»Doch. Es ist Polizeiarbeit der harten Art. Das ist mir klar. Aber der Erdboden hat die Russen nicht verschluckt. Irgendwo müssen sie sein.«

Der Inselpolizist schluckte. Das war schlimmer als ein Straflager. Aber er hatte keine Wahl. Es musste sich fügen.

»Ich werde weitere Erkundigungen zu Kopitzki einholen. Ich traue mittlerweile weder Ihnen noch anderen auf diesem Eiland.«

»Das ist nichts im Vergleich zu dem, was Sie mir jetzt aufbürden«, stöhnte Thönnissen.

»Wollen Sie es mir anlasten, dass hier alles verschwindet? Nein. Ich bin mir nicht sicher, ob die beiden Russen überhaupt noch auf Pellworm sind.«

»Wir hätten es erfahren, wenn sie mit der Fähre aufs Festland gefahren wären.«

Hundt winkte ab. »Ach. Mittlerweile ist nichts mehr unmöglich.« Dann stieg er aus und verschwand in Richtung Hotelrestaurant.

Du scheinheiliger Michel, fluchte Thönnissen, bevor er sich auf den Weg machte. Den Auftrag zu erfüllen war unmöglich. Nie hätte er alle Ferienquartiere aufsuchen und nach dem Verbleib der Russen fragen können. Er beschränkte sich darauf, die großen Hotels und Pensionen anzusteuern, stereotyp nach den Gesuchten zu fragen und darauf zu verweisen, dass man sich bei ihm melden solle, wenn sie auftauchen würden.

Das »Ja, ja« konnte er bald nicht mehr hören. Jedem war bewusst, dass diese Antwort als synonym für das Zitat des Götz von Berlichingen stand. Es entsprach genau dem Interesse der Menschen, der Polizei behilflich zu sein. Der Auftrag war nicht nur brotlose Kunst, sondern unkoordinierter Beschäftigungszwang, den ihm der Hauptkommissar auferlegt hatte. Thönnissen verstand es als Alibifunktion. »Seht! Wir lassen nichts unversucht.« Nach zwei Stunden fuhr er nach Hause, legte sich aufs Bett und kämpfte vergeblich dagegen an, einzuschlafen, während Hundt immer noch das Sofa im Wohnzimmer okkupiert hatte.

Er wusste nicht, wie lange er in Morpheus' Armen gelegen hatte, als sich nachhaltig das Telefon meldete. Mit belegter Stimme meldete sich Hundt: »Obermeister! Wo stecken Sie?«

»Ich führe Ihren Auftrag aus.«

»Und?« Es folgte ein vergeblich unterdrücktes Rülpsen. »Sind Sie fündig geworden?«

»Leider nicht.«

»Habe ich mir gedacht.«

»Und weshalb lassen Sie mich diese Arbeit ausführen?«

»Man muss auch Nebenspuren folgen.« Es klang fast ein wenig altklug.

»Arschloch«, entfuhr es Thönnissen leise.

»Bitte?«

»Ach. Nichts.«

»Machen Sie sich auf den Weg und holen mich ab.«

»Wo finde ich Sie?«

»Richtig.« Erneut entwich dem Magen des Hauptkommissars Luft. »Sie sind ja einer, der nichts findet auf seiner Insel. Ich bin im ... hups ... Hotel.«

»Ich komme«, sagte Thönnissen und machte sich auf den Weg. Inzwischen war es dunkel geworden.

Im Restaurant saßen nur noch drei Gäste. Ein Paar mittleren Alters war dabei aufzubrechen. Etwas abseits hockte der Hauptkommissar und starrte in ein leeres Bierglas, das er versonnen drehte.

»Der hat mächtigen Durst gehabt«, begrüßte ihn Feddersen.

»Freu dich. Das bedeutet Umsatz.«

»Auf den ich unter den gegebenen Umständen gern verzichten würde.«

»Lügner. Wenn irgendwo Geld klimpert oder Euroscheine knistern, bekommst du einen lüsternen Blick wie …«

»Sprich es aus«, forderte ihn Feddersen auf.

»Wie war das mit dem Einbruch bei dir?«, wechselte Thönnissen das Thema. »Willst du mir endlich sagen, was gestohlen wurde?«

»Nichts!«

»Das nehme ich dir nicht ab.«

»Werden Diebstähle automatisch verfolgt? Ich meine, so wie Mord oder Brandstiftung?«, wollte Feddersen wissen. »Wie heißt das noch gleich? Offizielle Delikte?«

»Offizialdelikt. Im Unterschied dazu muss beim Antragsdelikt immer eine Strafanzeige vom Geschädigten gestellt werden.«

»Habe ich das?« Feddersen klang aggressiv.

»Noch nicht.«

»Dann halte dich da heraus.«

»Du hast einen merkwürdigen Ton mir gegenüber«, beklagte sich Thönnissen.

»Wundert dich das?« Der Hotelier zeigte auf Hundt, der desinteressiert an seinem Tisch hockte. »Sieh zu, dass du ihn nach Hause bringst.«

»Sei vorsichtig, Boy«, warnte Thönnissen, bevor er zum Hauptkommissar ging und ihn aufforderte mitzukommen. Der Inselpolizist hatte keinen Überblick über die Alkoholmenge, die Hundt zu sich genommen hatte. Der schwankende Gang verriet aber, dass es mehr als das zum Durststillen Erforderliche gewesen sein musste.

Zum Glück zeigte der Hauptkommissar an diesem Abend kein Interesse mehr an den Ergebnissen. Kaum hatten sie das Haus erreicht, verschwand er grußlos ins Wohnzimmer. Vergeblich wartete Thönnissen auf Geräusche aus dem Bad. Hundt schien großzügig auf jede hygienische Maßnahme verzichtet zu haben.

Sechs

Es war wie an den vorangegangenen Morgen. Thönnissen hatte sich nach dem Klingeln des Weckers eine weitere halbe Stunde Schlaf gegönnt und war dann ins Bad gewankt. Die Müdigkeit machte ihm zu schaffen. Die Flasche Bier, die er zum Tagesabschluss getrunken hatte, fiel nicht ins Gewicht.

Vom Hauptkommissar war nichts zu hören. Hundt schlief immer noch, als Thönnissen mit frischen Brötchen zurückkehrte. Der Inselpolizist genoss sein Frühstück, dann legte er einen Zettel auf den Tisch: *Habe die Ermittlungen wieder aufgenommen.* Er unterschrieb die Nachricht und fügte die Uhrzeit an, die er vorsorglich um neunzig Minuten zurückdatierte. Er verließ das Haus und fuhr zur Uthlande-Sparkasse. Die Aufregung um den Überfall schien sich gelegt zu haben. Vor dem Gebäude erinnerte nichts mehr an die Tat.

Schon beim Eintreten bemerkte er, wie die beiden Mitarbeiter einen schnellen Blick austauschten. Er wirkte wie ein kurzes Erschrecken.

»Moin. Was ist so furchteinflößend an meinem Anblick?«, fragte Thönnissen.

»Wie kommst du darauf?«, erwiderte Melf Bahnsen zögerlich. »Uns sitzt immer noch der Schreck in den Knochen. Jedes Mal, wenn die Tür sich öffnet, blickt man hin und fürchtet, dort könnte wieder ein Maskierter auftauchen.«

»Melf hat recht«, pflichtete Lene Kriechbaum ihrem Kollegen bei.

»Donnerwetter. Du hast dich aber herausgeputzt.« Thönnissen stemmte die Hände in die Hüften. »Lene! Kompliment. Warst du bei einem Stylisten?«

»Ach, das täuscht«, versuchte die Frau abzuwehren. »Das kommt dir nur so vor.«

»Nee, Lene, du wirkst ganz anders in der neuen Garderobe.«

»Meinst du?« Das Kompliment wirkte. In der Sparkassenangestellten kam die Frau durch.

»Doch! Die Hose hat Chic, die Bluse wirkt sexy, und der Schmuck lässt deine weiblichen Reize hervorragend zur Geltung kommen.«

Mit einer verlegen wirkenden Geste strich Lene mit den Händen über ihre Bluse.

»Das soll nicht anzüglich klingen«, beeilte sich Thönnissen zu versichern. »Ich möchte nicht missverstanden werden. Aber«, er blinzelte ihr zu, »die schwarzen Spitzen, die du darunter trägst und neckisch hervorblitzen lässt … Lene! Lene! Du machst alle Männer närrisch.« Er wandte sich an Bahnsen. »Hoffentlich sieht deine Frau das nicht. Wanda macht dir sonst die Hölle heiß, wenn sie mitbekommt, wie deine Kollegin sich verwandelt hat.« Dann sah er wieder Lene an. »Bei der Wahl zur Miss Pellworm … Du hättest meine Stimme.«

»Nun ist aber gut«, wehrte Lene Kriechbaum ab. »Du übertreibst maßlos.« Eine kaum wahrnehmbare Röte überzog ihre Wangen.

»Du hast recht. Sonst belangst du mich noch wegen sexistischer Umtriebe. Dabei wollte ich dir nur ein Kompliment machen. Ich bin aus einem ganz anderen Grund hier. Ich verstehe nicht, weshalb die Beute aus dem Überfall zunächst mit vierundzwanzigtausend Euro, später aber mit neuntausend mehr angegeben wurde.«

Die beiden Sparkassenangestellten wechselten erneut einen schnellen Blick.

»Das haben wir dir schon erklärt«, bemühte sich Bahnsen um eine Antwort. »Es war ein dummer Zufall.«

»Zeig mir mal, wo ihr das Geld aufbewahrt, das noch zu bearbeiten ist.«

»Zu prüfen«, korrigierte ihn Bahnsen. »Das geht jetzt nicht. Der Stapel liegt nicht immer da.«

»Wie kommt ihr zu so viel Geld?«

»Wir haben immer etwas vorrätig. Schließlich müssen wir den Geldautomaten bestücken. Gerade jetzt in der Saison wird so viel abgehoben, dass wir manchmal im Laufe des Tages nachfüllen müssen.«

»Und dafür hatten wir das Geld bereitgelegt«, fügte Lene Kriechbaum an.

»Richtig. Genau«, bestätigte Bahnsen.

»Im Geldautomaten gibt es doch eine unterschiedliche Stückelung«, sagte Thönnissen.

»Ja. Warum?« Bahnsen formulierte die Frage mit einem lauernden Unterton.

»Ist es nicht unpraktisch, alles auf einen Haufen zu legen? Ich würde mir verschiedene Stapel einrichten.«

»Na ja, jeder hat seine eigene Arbeitstechnik. Und Lene macht es eben so.«

»Ich?« Lene Kriechbaum tat überrascht.

Thönnissen kam es vor, als würden die beiden sich gegenseitig eine heiße Kartoffel zuwerfen, an der man sich fürchterlich die Finger verbrennen könnte. Jeder war froh, wenn er sie dem anderen wieder zurückgeben konnte.

Thönnissen tippte sich mit dem Zeigefinger an die Nasenspitze. »Eines verstehe ich nicht. Also, das Geld war für den Automaten bestimmt?«

Beide Angestellten bestätigten es durch heftiges Nicken.

»In der ersten Aussage habt ihr doch erzählt, dass Lene das Geld auf Echtheit prüfen wollte. Deshalb lag es da.«

Es entstand eine längere Pause.

»Melf!«, sprach Thönnissen den Zweigstellenleiter direkt an.

Der zuckte zusammen, als wäre er aus einem Trancezustand erwacht.

»Wir können doch kein Falschgeld in den Automaten füllen.«

»Das ist richtig. Woher habt ihr das Geld?«

»Zum Teil wird es hier eingezahlt, zum Teil liefert es die Zentrale über den Geldtransporter an.«

»Traut ihr eurer eigenen Zentrale nicht, dass ihr die Scheine, die von dort kommen, noch einmal prüfen müsst?«

»So ist das nicht, das musst du verstehen«, stammelte Bahnsen. »Ich erkläre es dir.« Dann schwieg er.

»Fang an«, forderte ihn Thönnissen auf.

Bahnsen sah ihn entsetzt an. »Was? Jetzt? Das geht nicht. So was dauert länger. Dafür habe ich im Augenblick keine Zeit.«

»Die Sache ist nicht vergessen«, sagte Thönnissen. »Ich werde mich mit dem Hauptkommissar abstimmen, in welcher Weise wir uns das von euch erklären lassen wollen.«

»Mit dem Heini vom Festland?«

»Ja.«

»Muss das sein? Der begreift das nicht. Der hat doch nicht deine Auffassungsgabe, sondern bekommt alles in den falschen Hals. Das bringt nur unnötige Komplikationen. Kannst du den nicht außen vor lassen?«

»Dann erläutere es erst einmal mir.«

Bahnsen begann plötzlich, hektisch zu werden. Er riss die Schubladen seines Schreibtisches auf und begann darin zu suchen. Dann sprang er in die Höhe, suchte Ordner aus einem

Wandschrank, schleppte sie zu seinem Arbeitsplatz und blätterte wie wild darin herum. »Es tut mir leid, Frerk. Aber ich muss dringend etwas erledigen. Sonst beschweren sich die Kunden. Es ist schon schlimm genug, dass wir die Unterbrechung durch den Überfall hatten.«

»Ich komme wieder«, drohte Thönnissen und verließ die Geschäftsräume. Anschließend fuhr er nach Hause.

Unterwegs fiel Thönnissen beim Blick in den Rückspiegel wieder das Fahrzeug auf, das ihm folgte. Er bog in eine Seitenstraße ein und benutzte das erste Grundstück, um dort hinter einer Hecke mit seinem Golf zu verschwinden.

»Habe ich mir doch gedacht«, murmelte er leise, als der Verfolger auftauchte. Der alte Opel Corsa fuhr langsam an Thönnissen vorbei, verzögerte kurz die Fahrt und gab plötzlich Gas, als der Fahrer mit einem Seitenblick den ehemaligen Streifenwagen erkannte. Auch Thönnissen trat das Gaspedal durch. Der Corsa versuchte zu entkommen, aber Thönnissen blieb ihm auf den Fersen.

Wie bei einer Verfolgungsjagd, die wir aus amerikanischen Krimis kennen, dachte der Inselpolizist. Nicht ganz. Kein Regisseur würde eine solche mit zwei untermotorisierten altersschwachen Kleinwagen inszenieren. In Ermangelung eines Martinshorns betätigte Thönnissen mit der einen Hand, die er am Lenkrad hielt, die Hupe, mit der anderen die Lichthupe. Nach einem Kilometer verlangsamte der Opel Corsa das Tempo. Die Bremslichter leuchteten auf, dann rollte der Kleinwagen an den Straßenrand und hielt.

Thönnissen stieg aus, ging zum Opel und öffnete die Fahrertür.

»Bist du bescheuert?«, schimpfte er. »Was war das für eine Aktion?«

»Ich … ich … bin ganz normal gefahren.«

»Das nennst du normal?« Thönnissen streckte die Hand aus. »Führerschein«, forderte er.

»Du kennst mich doch.«

»Sabbel nicht. Los, die Papiere!«

Der Opelfahrer begann nervös nach den Dokumenten zu suchen. Der Blick in die Brieftasche war ebenso erfolglos wie der Griff ins Handschuh- oder Seitenfach.

»Die habe ich zu Hause. Seit wann muss man den Wisch mit sich herumschleppen?«

»Schon immer.«

»Aber doch nicht hier auf Pellworm.«

»Glaubst du, du bist hier im Kongo oder in der Wüste?«

»Du weißt doch, wer ich bin. Und das Auto hast du auch schon gesehen.«

»Habe ich schon mal deine Papiere kontrolliert?«

»Nee. Warum auch?«

»Siehste. Ich möchte auch wissen, warum du mich seit Tagen verfolgst?«

»Tu ich nicht«, behauptete der Opelfahrer.

»Verkauf mich nicht für blöd. Raus mit der Sprache.«

Der Fahrer war ausgestiegen. »Das hat nichts zu bedeuten«, sagte er kleinlaut. »Schließlich findet man nicht jeden Tag ein Mordopfer. Schon gar nicht hier bei uns.«

»Was willst du damit sagen?«

»Mich interessiert, wie die Polizei vorgeht. Und da wir uns nicht nur kennen, sondern sich alles auf engstem Raum abspielt, habe ich mich an deine Fersen geheftet.«

Thönnissen schüttelte den Kopf. »Hansen, du Hornochse. Hast du nichts Besseres zu tun, als ständig hinter der Polizei hinterherzufahren?«

Jost Hansen, der bei seiner Fahrradtour Kopitzki im Graben entdeckt hatte, verneinte es.

»Ich habe es dir schon erklärt. Das ist viel spannender als jeder Krimi.«

»Was hast du Bemerkenswertes gesehen?«, wollte Thönnissen wissen.

»Nichts«, gestand Hansen ein.

»Dann lass den Scheiß.«

»Ist gut«, versprach der Mann und schob ein »Heh. Was soll das?« hinterher, als Thönnissen sich in den Corsa beugte und den Zündschlüssel abzog.

»Ist das dein Auto?«, fragte Thönnissen.

»Klar. Das weißt du doch.«

»Wie willst du das beweisen? Zeig mir die Papiere. Ich will auch einen gültigen Führerschein sehen.«

»Mensch, die sind bei mir zu Hause.«

Thönnissen ließ den Autoschlüssel in die Seitentasche seiner Uniformjacke verschwinden. »Die bekommst du wieder, wenn du bei mir auf der Polizeistation deine Papiere vorgelegt hast.«

»Aber … Verdammt, wie komme ich nach Hause?«

Thönnissen zeigte die Straße hinab. »Da hinten ist eine U-Bahn-Haltestelle.«

»Eine U-Bahn …?« Jost Hansen sah den Inselpolizisten mit einem dümmlichen Gesichtsausdruck an. Dann hieb er mit der Faust auf das Dach seines Opels. »Scheiße!«

Ein gutgelaunter Thönnissen fuhr nach Hause. Unterwegs pfiff er sogar ein Lied.

Hundt erwartete ihn in der offenen Haustür.

»Wo haben Sie sich herumgetrieben?«, schnauzte er Thönnissen an.

»Haben Sie vergessen, dass Sie mich gestern losgeschickt haben, ich soll alle Unterkünfte auf der Insel abklappern?«

»Waren Sie wenigstens erfolgreich?« Dass Hundt selbst

nicht überzeugt war, erkannte Thönnissen daran, dass der Hauptkommissar sich umdrehte, ohne die Antwort abzuwarten.

Der Inselpolizist betrat das Haus und ging direkt in die Küche. Auf dem Weg dorthin sah er, dass Hundt die notdürftige Schlafstatt im Wohnzimmer so hinterlassen hatte, wie er sich aus den Federn geschält hatte. Nicht einmal das Fenster hatte er zum Lüften geöffnet. Es roch erbärmlich. Dazu passte die Küche.

Ich möchte nicht wissen, wie es bei ihm zu Hause aussieht, überlegte Thönnissen. Vermutlich ganz anders. Dort hatte Hundts Frau das Regiment übernommen. Vielleicht tobte er sich deshalb im Dienst aus. Als Entschuldigung mochte Thönnissen es nicht gelten lassen. Obwohl er es nicht glauben konnte, war es dem Hauptkommissar gelungen, noch mehr Chaos in der Küche zu hinterlassen. Jedes jugendliche Familienmitglied, das seinen Essplatz *so* verlassen hätte, wäre mit Stubenarrest bestraft worden. Nein! Sicher nicht. Das war heute keine Erziehungsmaßnahme mehr. Der Delinquent würde eine solche mit Freuden annehmen und die Zeit zu Hause vor dem Fernseher und am Computer verbringen, vielleicht sogar nachfragen, ob der Stubenarrest nicht noch ein bisschen länger ausfallen könnte. Eine Strafe sah heute anders aus. Man schickte die Kinder ins Freie.

Thönnissen war sauer. Jetzt reichte es.

»Herr Hundt«, sagte er laut, »so geht es nicht weiter. Auch wenn Sie Hauptkommissar sind, müssen Sie sich nicht wie ein …«

Der Angesprochene legte einen Finger auf seine Lippen und bedeutete Thönnissen zu schweigen. Dann zog er sein Mobiltelefon hervor und besah sich die eingegangenen SMS. Er rief die Mobilbox an. Je länger er das Telefon am Ohr hielt, umso mehr verfinsterte sich seine Miene. Schließlich wählte er eine Nummer. Thönnissen verstand nicht, was die erkennbar weibliche Stimme von sich gab, obwohl sie laut sprach. Es klang wie die verfälschte Stimme einer Comicfigur. Laut und schrill.

»Ja, Stummelchen, aber …«, setzte Hundt an, wurde aber wieder vom »Quack-quack« unterbrochen, das bis zum Inselpolizisten herüberschallte. Der Hauptkommissar versuchte es erneut, doch vergeblich. Als er bemerkte, dass Thönnissen ihn beobachtete, sprang er auf und verließ das Haus. Er ging vor dem Fenster auf und ab. Immer wenn er in Thönnissens Gesichtsfeld auftauchte, gestikulierte er mit der linken Hand. Vermutlich war es Hundts Ehefrau, die ihn nicht zu Wort kommen ließ. Es war tröstlich, dass auch der Hauptkommissar seinen Meister gefunden hatte.

Thönnissens Diensttelefon meldete sich. Ein Kollege der vorgesetzten Dienststelle war am Apparat.

»Ich habe eine Information für Hauptkommissar Hundt.«

»Der ist gerade verhindert. Ich nehme es für ihn entgegen.«

»Es geht um eine Anfrage in Sachen Fritz Kopitzki. Kennen Sie den Vorgang?«

»Er ist das Opfer des Mordfalls, den wir gerade untersuchen. Außerdem wird er verdächtigt, am Überfall auf die Uthlande-Sparkasse beteiligt gewesen zu sein.«

»Ein dicker Fisch, den ihr an Land gezogen habt.« Es folgte die Aufzählung der Straftaten, für die Kopitzki bereits verurteilt worden war. »Er hat in der JVA Bautzen gesessen. Aus seinen Unterlagen geht hervor, dass er einen guten Draht zu einem gewissen Heinrich Vogtländer hatte. Der ist auch kein unbeschriebenes Blatt und hat ein ähnliches Strafregister wie Kopitzki. Zuletzt hat er eine dreijährige Haftstrafe wegen schweren Raubes und Körperverletzung verbüßt.«

»Steht etwas über Bankraub in den Unterlagen?«

»Nein. Bisher nicht. Aber wer überfällt heute noch eine Bank? Die sind so gesichert, dass da kein Herankommen ist.«

Hier ist eben alles ein bisschen anders. Thönnissen hütete sich, es auszusprechen. Stattdessen bat er um Zusendung eines Bildes von Kopitzkis ehemaligem Zellengenossen.

Wenig später erschien das Foto auf dem Bildschirm seines Computers. Er druckte es aus, wartete, bis Hundt seinen Besuch auf dem Örtchen beendet hatte, und informierte den Hauptkommissar.

»Das ist der Kumpan von Kopitzki?«

»So habe ich es nicht formuliert. Wir wissen lediglich, dass die beiden ihre Zelle in der JVA geteilt haben.«

»Thönnissen, das ist Grundwissen der Polizeiarbeit. Hinter Gefängnismauern werden die Leute erst zu schweren Jungs. Da werden die neuen Straftaten ausgebrütet.«

Warum wendest du dein Grundwissen so selten an?, dachte Thönnissen.

Hundt tippte auf das Bild. »Sehen Sie sich den Typen an. Dem können Sie die kriminelle Energie aus den Gesichtszügen ablesen. Wir sind durch mit dem Fall. Das ist hier der Komplize. Da bin ich mir sicher.«

»Und was ist mit den Ipsen-Brüdern, Bahnsen und Schnack?«, fragte Thönnissen. »Die haben Sie noch nicht von der Liste der Verdächtigen gestrichen.«

»Man muss sich auf das Wesentliche konzentrieren. Das ist das Geheimnis erfolgreicher Ermittlungsarbeit.«

»Dann sollten wir mit dem Bild zu Schnack fahren und fragen, ob er Vogtländer kennt.«

»Das hatte ich vor«, sagte Hundt selbstsicher.

Heiner Schnack trug weiße Kochkleidung und stand in der Küche. Auf dem Tisch lag Fleisch, das er zerlegte. Zwischendurch rührte er in einem großen Topf, griff irgendwelche Tüten und schüttete wohldosiert etwas vom Inhalt in den Topf.

»Was gibt das?«, fragte Thönnissen interessiert.

Schnack funkelte sie böse an.

»Raus«, schrie er und schwang das Ausbeinmesser wild durch die Luft.

Hundt wollte antworten, und Thönnissen erwartete eine der rüden Entgegnungen des Hauptkommissars, als Schnack dazwischenfuhr.

»Ich lass mir von euch nicht die Existenz vernichten. Mit dreckigen Straßenklamotten wie eure kommt niemand in die Küche. Das Gesundheitsamt macht mir den Laden dicht, wenn die das spitzkriegen.«

»Wir sind gepflegte Menschen«, behauptete Hundt, doch Schnack widersprach heftig.

»Das müssen Sie gerade sagen. Sie laufen hier tagelang als Stinkmorchel durch die Gegend. Selbst bei Windstärke fünf riechen Sie meilenweit. Werden die Bullen so schlecht bezahlt, dass Sie sich nicht einmal eine zweite Garnitur Unterwäsche leisten können?« Der Gastwirt rümpfte angewidert die Nase.

»Sachte«, versuchte Thönnissen Schnack zu mäßigen. »Das waren besondere Umstände. Ihr Halunken habt gemauert, und niemand wollte dem Hauptkommissar ein Zimmer vermieten.«

»Wundert dich das? Außerdem gibt es bei dir im Hause eine Dusche. Und unsere Kaufleute auf Pellworm halten jede Menge Waschpulver, Seife und anderes Zeug parat.«

»Die Diskussion ist fruchtlos«, schloss Thönnissen den Diskurs ab. »Wir haben neue Erkenntnisse.«

»Das erstaunt mich. Niemand auf der Insel hätte es euch zugetraut.«

»Herr Hauptkommissar«, sagte Thönnissen salbungsvoll und wies mit einer einladenden Geste auf Hundt. Der zog das Foto heraus und hielt es Schnack hin.

Zunächst schien es, als würde der Gastwirt die Mitarbeit boykottieren wollen. Schließich siegte die Neugierde. Noch einmal sagte er: »Raus aus der Küche!« Dann folgte er den Polizisten.

Hundt hielt ihm das Foto hin. Bevor der Hauptkommissar reagieren konnte, hatte Schnack es ihm aus der Hand gerissen und hielt es dicht vor sein Gesicht.

»Sind Sie noch bei Trost?«, fluchte Hundt, als er bemerkte, dass der Gastwirt sich die Hände nicht abgewischt hatte und mit den vom Fleisch beschmutzen Fingern auf dem Bild herumtatschte. Der linke Zeigefinger tippte immer wieder auf das Gesicht des Abgebildeten.

»Das ist er«, sagte Schnack und wiederholte es mehrfach. Jedes Mal landete der Finger auf dem Foto. Hundt wollte es ihm abnehmen, aber Schnack zog das Bild zurück. »Genau. Das ist der Kerl.«

»Mit welchem Namen ist er hier aufgekreuzt?«, fragte Thönnissen.

»Das habe ich doch schon gesagt. Meyer.«

»Meyer heißt Heinrich Vogtländer.«

»Das wundert mich nicht. Der hat eine richtige Gangstervisage. Das sieht man sofort.«

»Und weshalb hast du ihn als Gast aufgenommen? Du hast nicht einmal nach seinen Papieren gefragt?«, wandte Thönnissen ein.

»Das ist etwas anderes«, versuchte sich der Gastwirt herauszureden. »Ich erstatte Anzeige gegen diesen Meyer …«

»Heinrich Vogtländer«, korrigierte ihn der Inselpolizist.

»Ist mir egal. Also, schreib gleich auf, Thönnissen. Anzeige wegen Zechprellerei.«

»Mach das schriftlich und schick es an die Staatsanwaltschaft.«

»Nix da. Du bist nur zu faul zum Schreiben. Das nimmst du auf, Thönnissen«, sagte Schnack und hielt das Bild hoch. »Kann ich das behalten? Als Beweis?«

»Geben Sie sofort das Foto her«, forderte Hundt ihn im barschen Ton auf.

»Dann nicht.« Schnack war beleidigt. Widerstrebend händigte er dem Hauptkommissar das Bild aus.

Hundt nahm es mit spitzen Fingern entgegen und verzog das Gesicht, als er die Schmutzspuren sah. »Schweinkram.«

»Arbeit schändet nicht«, entgegnete Schnack.

»Wie wär's denn mit einem ›Dankeschön, liebe Polizei. Das habt ihr großartig gemacht, dass ihr so schnell den Täter identifizieren konntet‹?«

»Warum das? Es ist euer Job. Zu mir kommt auch keiner und sagt: ›Danke, Herr Schnack, dass Sie seit den frühen Morgenstunden in der Küche stehen und das wundervolle Essen vorbereitet haben.‹«

»Dazu müsste dein Essen auch gut sein«, stichelte Thönnissen und machte sich auf den Weg Richtung Ausgang.

»Was ist mit der Anzeige?«, rief ihnen Schnack hinterher.

Die beiden Polizisten überhörten die Frage.

Als sie wieder im Auto saßen, fragte Hundt: »Können Sie mit dem Computer umgehen?«

Thönnissen sah ihn verständnislos an.

»Ich meine, nicht nur in Partnersuchforen, sondern auch im dienstlichen Bereich?«

»Ist Ihre Frage ernst gemeint?«

»Sehe ich aus, als wäre ich zum Spaß hier?«

Thönnissen konnte sich nicht vorstellen, dass der Hauptkommissar jemals gelacht hatte in seinem Leben. Die Falten um die Augen mussten vom stetigen finsteren Blicken kommen.

»Was soll ich für Sie erledigen?«, fragte Thönnissen keck und bezog damit ein, dass Hundt offensichtlich Schwierigkeiten hatte.

»Wir müssen Heinrich Vogtländer zur Fahndung ausschreiben. Haben Sie das schon einmal gemacht?«

Theoretisch ja, dachte der Inselpolizist. Diese Funktionalität war ihm in einem Kursus vorgestellt worden. Praktisch hatte er diese Kenntnisse aber nie anwenden müssen. Auf Pellworm gab es so etwas nicht. Hier kannte er jeden etwaigen Verdächtigen. Dazu war keine Unterstützung eines Computersystems erforderlich.

»Ich kümmere mich darum«, sagte er und fuhr zu seinem Haus zurück.

Hundt ließ sich mit einem frisch aufgebrühten Kaffee und der Tageszeitung »bestechen«, so dass der Hauptkommissar ihm nicht über die Schulter sah, wie Thönnissen nach der Methode »try and error« die Funktion ausprobierte. Er besorgte sich zunächst die Daten des Gesuchten. Dann tippte er mühsam die Fahndung ein. Der Inselpolizist war froh, dass bei der Entwicklung der Computertastatur auch an die Lösch- und Korrekturtaste gedacht worden war. Eine segensreiche Erfindung.

Nachdem er die Arbeit mühsam abgeschlossen hatte, ertönte ein Klick, und ein Hinweistext erschien auf dem Bildschirm.

»Ein Fahndungsersuchen ist nicht möglich«, las er laut vor.

»Nicht einmal das können Sie«, grummelte Hundt, suchte

seine Lesebrille und beugte sich über den Bildschirm. Zumindest hatte der Hauptkommissar den strengen Geruch abgelegt, seitdem er über Wäsche zum Wechseln verfügte.

Mit Zufriedenheit stellte Thönnissen fest, dass Hundt ebenso ratlos auf das Display starrte.

»Ich hab's«, sagte der Inselpolizist plötzlich. »Logisch, dass die Fahndung nicht mehr möglich ist.«

Auch Hundt musste es entdeckt haben. »Konnten Sie das nicht vorher feststellen?« Es klang nicht nur wie ein Vorwurf.

»Das ist noch ganz frisch«, ging Thönnissen nicht auf die Stichelei ein und blätterte auf die nächste Funktion. »Da müssen wir nicht mehr aktiv werden.«

Hundt las den Text halblaut und murmelte den Inhalt der Nachricht vor sich hin.

Heinrich Vogtländer war tot. Er hatte gestern in der Nähe von Leipzig – Thönnissen tippte mit der Spitze eines Kugelschreibers auf die Textstelle – auf dem platten Land einen Überfall auf eine Spielhalle ausgeführt. Das Personal hatte sich aber nicht ergeben. Der Täter hatte eine Frau als Geisel genommen und sie mit einer Waffe bedroht. Kunden konnten entkommen und hatten die Polizei alarmiert. Als Vogtländer mit seiner Geisel fliehen wollte, musste es eine akute Bedrohungslage gegeben haben. Ein Scharfschütze des zur Verstärkung herbeigerufenen SEK hatte Vogtländer mit einem finalen Rettungsschuss niedergestreckt.

Das war eine Situation, vor der sich nicht nur Thönnissen, sondern jeder Polizist fürchtete. Kein Beamter setzte gern die Schusswaffe ein. Und ein Todesschuss bedeutete nicht nur komplexe Rechtfertigung gegenüber Vorgesetzten, Staatsanwaltschaft und Öffentlichkeit. Die inneren Gewissensqualen nahm dem Beamten niemand ab.

»Wir müssen nur noch den Nachweis erbringen, dass Vogtländer und Kopitzki gemeinschaftlich den Überfall auf die hiesige Sparkasse ausgeübt haben«, sagte Thönnissen.

»Das sind die kritischen Momente«, sinnierte Hundt mehr zu sich selbst. »Beide Täter sind tot. Noch fehlen uns gesicherte Beweise für die Täterschaft, und der Staatsanwaltschaft reicht es nicht, wenn ich ihr die Logik des Tatablaufs und die Hintergründe darlege.«

»Es geht nicht nur um den Überfall, sondern auch um den Mord«, erinnerte Thönnissen.

»Kein vernünftiger Mensch zweifelt daran, dass Vogtländer seinen Komplizen erschossen hat.«

Thönnissen unterdrückte ein Schmunzeln. Er verzichtete darauf, Hundt vorzuhalten, dass auch die Brüder Ipsen und Gastwirt Schnack zu den dringend der Tat Verdächtigen gezählt hatten.

»Was ist mit den Russen?«, fragte Thönnissen.

»Mit den Rus …? Hundt streckte sich und starrte den Inselpolizisten an. »Was soll mit denen sein?«

»Bisher galten sie als die Hauptverdächtigen«, wagte Thönnissen zu sagen.

»Ja, was ist mit den Russen? Die haben sich höchst merkwürdig verhalten.« Hundt sprach halblaut, als würde er mit sich selbst diskutieren. »Es ergibt keinen Sinn, dass sie den Leihwagen auf so merkwürdige Weise abstoßen.« Er runzelte die Stirn. »Fragen Sie in der Werkstatt nach, ob der BMW wirklich einen Defekt hat.«

Thönnissen setzte sich durch. Sie fuhren zur Werkstatt.

»Hast du schon den BMW untersucht?«, fragte er Lutz.

»Bin ich der Hexer? Andere Kunden warten auch auf ihre Fahrzeuge.«

»Was für einen Grund haben die BMW-Fahrer genannt, ich meine, weshalb sollte der Wagen in die Werkstatt?«

»Er läuft unrund. Vermutlich ist etwas mit der Einspritzung.«

»Du bist hier der Kfz-Fachmann«, lobte Thönnissen den Mechaniker. »Ist dir etwas aufgefallen, als du den Wagen von der Hooger Fähre zu dir in die Werkstatt gefahren hast?«

»Nee. Da lief er rund. Er schnurrte, wie man es von diesem Fabrikat kennt und erwartet.«

»Könnte es sein, dass die Russen sich geirrt haben, und der BMW ist okay?«

»Woher soll ich das wissen? Ich kann nicht mit jedem Auftraggeber diskutieren, ob er sich möglicherweise irrt.«

»Ist schon gut, Lutz. Auf den ersten Blick scheint der BMW in Ordnung.«

»Frag mich das noch einmal, wenn ich ihn mir angesehen habe.«

Thönnissen kratzte sich am Hinterkopf. »Für mich ist immer noch die Frage offen, warum die Russen diesen Weg beschritten haben. Wenn sie, aus welchem Grund auch immer, sich abgesetzt haben, wäre es doch logischer gewesen, den Wagen irgendwo abzustellen. Man hätte ihn verlassen vorgefunden. Aber was wollten die Russen mit dieser Inszenierung bezwecken?«

»In diesem verzwickten Fall muss man einmal mehr um die Ecke denken, Thönnissen«, erklärte Hundt. Der Hauptkommissar ließ den Inselpolizisten aber nicht an seinen weiterführenden Gedanken teilhaben. Thönnissen bezweifelte, dass Hundt über einen solchen verfügte.

»Wollen wir einen Blick in den Kofferraum werfen?«, fragte Thönnissen.

»Das hatte ich gerade vor«, behauptete der Hauptkommissar. Sie ließen sich von Lutz den Wagenschlüssel aushändigen. Thönnissen betätigte die Fernbedienung und sanft schwang der Kofferraumdeckel nach oben. Beide beugten sich gleichzeitig hinein und stießen dabei mit den Schultern zusammen.

»Passen Sie doch auf«, zischte Hundt. Nach einer Weile tauchte er wieder auf. »Leer«, sagte er enttäuscht.

»Hatten Sie erwartet, dass da noch eine Leiche liegt? Oder die Beute, die die reumütigen Täter zurückgegeben wollten?« Unerwähnt ließ Thönnissen, dass er sich nicht gewundert hätte, wenn Hundt den Mechaniker verhaftet hätte, weil er ihm unterstellte, er hätte sich an dem Geld aus dem Kofferraum bereichert. Der Inselpolizist schwieg lieber. Der Hauptkommissar war für Scherze dieser Art nicht empfänglich.

»Darf ich?«, fragte Thönnissen und tauchte ebenfalls in den Kofferraum hinein. Er hob den Teppich an, hielt ihn schräg und zog ihn schließlich heraus.

»Mensch!«, schrie Hundt. »Wieder einmal vernichten Sie Tatspuren.«

»Welche?«, fragte Thönnissen arglos und erhielt keine Antwort. Der Inselpolizist besah sich den Teppich und hielt ihn in verschiedenen Richtungen ins Licht. Dann besorgte er sich von Lutz eine helle Lampe, die der Mechaniker für Reparaturen unter den Fahrzeugböden einsetzte. »Sehen Sie mal«, forderte er Hundt auf. »Hier ist was.«

Widerwillig warf der Hauptkommissar einen Blick auf den Teppich.

Thönnissen ließ seinen Finger über den Fleck schweben, den er entdeckt hatte. Großflächig hatte sich eine dunkle Flüssigkeit ausgebreitet und war in das Textil eingedrungen.

»Könnte das Blut sein?«

Hundt hielt seine Nase über den Fleck. »Das ist nicht auszuschließen«, sagte er.

Warum kann er nicht zugeben, dass er etwas übersehen hat?, fragte sich Thönnissen. Wusste man auf der vorgesetzten

Dienststelle wirklich nicht, dass es Hundt offenbar an gewissen Qualitäten mangelte, über die ein guter und erfahrener Mordermittler verfügen sollte? Eine Mordkommission war stets ein schlagkräftiges Team geschulter Fachleute. Hundt gehörte nicht zu diesem Kreis. Ändern konnte der Inselpolizist an der Situation nichts. So nahm er die Gegebenheiten als unabänderlich hin.

»Der Wagen muss zur Kriminaltechnik nach Kiel«, erklärte Hundt. »Da kann der letzte Beweis erbracht werden. Ich gehe davon aus, dass die Russen Kopitzki erschossen haben. Das ist an einem Ort geschehen, den wir noch nicht kennen. Dann haben sie die Leiche in den BMW geladen und einen abgelegenen Platz gesucht, an dem sie den Toten verstecken wollten. Das musste alles schnell gehen, deshalb haben sie Kopitzki auch nicht ganz in den Graben geworfen, sondern so, dass dieser Eingeborene …«

»Jost Hansen«, fügte Thönnissen ein.

»Ist doch egal. Hansen hat die Leiche gefunden. Vielleicht sind die Russen gestört worden, als sie Kopitzki entsorgen wollten. Deshalb ist der Tote nicht ganz im Graben verschwunden. Und wenn die Täter das Gefühl hatten, sie seien beobachtet worden, ist es nicht verwunderlich, dass sie in Panik gerieten und das Auto schnell loswerden wollten. Deshalb haben sie es an dem abgelegenen Parkplatz …«

»Hooger Fähre«, half Thönnissen.

»Lassen Sie Nebensächlichkeiten weg. Dort haben die Russen den BMW abgestellt und sind zu Fuß geflüchtet. Einen geregelten öffentlichen Nahverkehr gibt es hier ja nicht.«

Thönnissen verzichtete darauf, Hundt zu widersprechen. Der Inselpolizist glaubte nicht daran, dass die Täter sich zu Fuß auf den Weg gemacht hatten.

Hundt holte sein Handy hervor und wies an, dass man den

BMW zur Kriminaltechnik nach Kiel überführen sollte. Dann wollte er gehen.

»Hallo«, rief ihm Lutz hinterher. »Sie haben vergessen, den Schlüssel zurückzugeben.«

»Der ist beschlagnahmt«, erklärte Hundt. »Und das Fahrzeug auch.«

»Warum? Und wer informiert den Besitzer?«

»Hast du eine Adresse?«, wollte Thönnissen wissen.

»Ich habe doch den Wagen.«

»Nicht mehr. Den haben wir jetzt.«

»Geht das denn?«

»Siehst du doch.«

»Mann. Das nennt sich Rechtsstaat«, beklagte sich Lutz.

»Weil wir das sind, verfolgen wir Straftaten und versuchen, die Täter zu überführen, damit sie zur Rechenschaft gezogen werden.«

Lutz rückte ein wenig näher heran. »Was haben die beiden denn verbrochen?«

»Kannst du alles in der Zeitung lesen.«

»Arschloch.«

Hundt hatte sein Telefonat inzwischen beendet. Zufrieden rieb er sich die Hände. »So! Die Fahndung läuft.«

»Sie sind der Überzeugung, dass die Männer die Insel verlassen haben?«

»Beweisen Sie mir das Gegenteil.« Dann forderte er Thönnissen auf, ihn zur Polizeistation zu bringen. Als sie ins Wohnzimmer traten, stutzte Hundt. »Können Sie nicht mal ein bisschen aufräumen? Wie soll man hier vernünftig arbeiten?«

»Jetzt reicht es aber«, platzte Thönnissen der Kragen. »Was glauben Sie eigentlich, wo Sie hier sind? Auch wenn Sie sich hier als Vorgesetzter aufspielen, erwarte ich von Ihnen, dass

Sie sich wie ein zivilisierter Mensch benehmen und das Gastrecht nicht überbeanspruchen. Bevor hier irgendwas passiert, sorgen Sie für klar Schiff.«

Hundt öffnete mehrfach den Mund. Er suchte nach einer Antwort, fand aber offenbar nicht die richtigen Worte. Thönnissen machte auf dem Absatz kehrt und ließ die Wohnzimmertür mit einem Knall hinter sich ins Schloss fallen. Warum hatte er nicht schon früher seinem Unmut freien Lauf gelassen?

Thönnissen wollte sich in sein Schlafzimmer zurückziehen, als es zaghaft an der Haustür klopfte und Jost Hansen erschien. Der Mann verbeugte sich leicht und deutete einen Diener an.

»Du hast mir gerade noch gefehlt«, sagte Thönnissen unfreundlich. »Hast du die Papiere mitgebracht?«

»Ja«, sagte Hansen und reichte dem Inselpolizisten die Zulassungsbescheinigung für den Opel Corsa. Thönnissen warf einen kurzen Blick drauf. »Scheint alles in Ordnung zu sein.«

»Da bin ich aber froh. Das war nicht nett, mich quer über die Insel zu scheuchen, nur weil ich meine Papiere vergessen hatte.«

»Warum bist du so blöde und verfolgst mich seit Tagen?« Thönnissen gab Hansen das Dokument zurück.

»Krieg ich jetzt den Autoschlüssel wieder?«

»Ja, wenn ich deinen Führerschein gesehen habe.«

»Aber … ich habe dir doch die Zulassung gezeigt.«

»Und ich habe gesagt, die ist sauber. Jetzt möchte ich noch die Fahrerlaubnis sehen, dann kannst du davonbrausen.«

»Die … habe ich vergessen«, stotterte Hansen.

»Kann ein Einzelner so bescheuert sein? Ich hab es dir doch klar und deutlich gesagt.«

Hansen trat von einem Bein aufs andere. »Mensch, Thönnissen. Du weißt doch, dass ich den Wisch habe. Du hast mich oft auf der Insel fahren sehen.«

»Aber noch nie deinen Führerschein.«

»Den habe ich in der Eile nicht gefunden«, behauptete Hansen.

»Gut. Ich komm dir entgegen.«

Ein Strahlen zeigte sich auf Hansens Gesicht. »Danke.« Er streckte die Hand aus.

»Ich werfe einen Blick in unsere Daten.«

»In welche Daten?«, fragte Hansen lauernd.

Thönnissen zeigte auf eine Stelle im Flur, von der aus Hansen nicht ins Wohnzimmer sehen konnte. »Warte da«, befahl er. Dann ging er in den Raum und unterdrückte ein Lachen, als er Hundt mit der Bettwäsche kämpfen sah. Wortlos setzte sich Thönnissen an den Computer, wartete, bis das System hochgefahren war, und tätigte eine Abfrage. Es dauerte eine Weile, bis die Antwort vorlag.

»Was machen Sie da?«, fragte Hundt neugierig, während er sich bemühte, das Bettlaken zusammenzufalten.

»Ich bin im Dienst. Eine Verkehrssache. Nur weil Sie hier aufgetaucht sind, hört der Alltag nicht auf zu existieren. Glauben Sie, ich hätte ohne Ihre Gegenwart nichts zu tun?«

»So habe ich das nicht gesagt.« Es klang fast ein wenig kleinlaut.

Thönnissen kehrte auf den Flur zurück und sah auf die Stelle, die er Hansen zum Warten zugewiesen hatte. Der Mann war weg. Die Haustür stand offen.

Thönnissen kehrte ins Haus zurück, setzte sich die Dienstmütze auf, knöpfte die Uniformjacke zu, verließ das Gebäude und startete den Golf. Langsam ließ er den Wagen die schmale Straße entlangrollen. Er lächelte. Von weitem sah er Hansen, der mit eingezogenem Kopf davoneilte.

Thönnissen hatte Zeit. Als er kurz hinter dem Mann war, verlangsamte er das Tempo. In einem Abstand von zehn Metern folgte er Hansen, der sich zwischendurch immer wieder gehetzt umsah. Der Inselpolizist ließ ihn noch einen weiteren Kilometer laufen, bis er überholte und neben ihm herfuhr. Durch die geöffnete Seitenscheibe sagte er:

»Na, Hansen. Übst du schon das Laufen? Dazu wirst du jetzt öfter Gelegenheit haben.«

Hansens Gesicht war puterrot vor Anstrengung. Er schnaufte und keuchte.

»Soll ich dich ein Stück mitnehmen?«

Nach weiteren einhundert Metern gab Hansen auf. Er blieb stehen, beugte sich vornüber und ließ die Arme neben seinem Oberkörper pendeln. Er sah aus wie ein olympischer Langstreckenläufer.

»Du bist nicht der Einzige, der mich für blöd verkaufen will«, sagte Thönnissen und öffnete die Beifahrertür. »Steig ein!«, forderte er Hansen auf.

Der Mann japste immer noch nach Luft.

»Wenn ich keinen Führerschein habe, verhalte ich mich unauffällig«, erklärte Thönnissen in belehrendem Ton. »Ich veranstalte keine Verfolgungsjagd hinter der Polizei her. Hättest du dich normal verhalten, wäre es nie herausgekommen.«

»Das hat sich so ergeben«, jammerte Hansen. »Ich habe das früher nie gemacht. Aber hier auf Pellworm … Ohne Auto bist du verloren. Ich bin auch nie auf dem Festland gefahren. Ehrlich.«

»Das interessiert mich nicht. Die Regel, dass man im Besitz einer gültigen Fahrerlaubnis sein muss, gilt auch für Pellworm.«

»Wie soll ich das denn machen? Du weißt doch, wo wir

wohnen. Das ist am Ende der Welt. Da muss man ein Auto haben.«

»Und einen Führerschein«, ergänzte Thönnissen.

»Ohne Auto … da läuft doch nichts mehr. Wir können nicht einmal unsere Einkäufe nach Hause bringen.«

»Ist das mein Problem?«

Hansen stöhnte laut auf. Plötzlich beugte er sich zu Thönnissen herüber. »Können wir das nicht anders regeln?«, fragte er.

»Zu den ganzen Delikten kommt jetzt auch noch versuchte Beamtenbestechung hinzu«, zählte Thönnissen auf. »Du solltest dich lieber zurückhalten.«

»Was bist du für ein Widerling!«, fluchte Hansen. »Was hast du davon, mich anzuschwärzen?«

»Es gibt Regeln. Man nennt sie Gesetze. Dafür, dass sie eingehalten werden, bin unter anderem ich zuständig.«

Hansen schlug mit den flachen Händen auf das Armaturenbrett. »Scheiße – Scheiße – Scheiße«, schimpfte er dabei.

Thönnissen ging nicht darauf ein. Er steuerte Hansens Wohnsitz an, einen ehemaligen Bauernhof. Der Vorbesitzer hatte seit langem die Landwirtschaft eingestellt. Wie überall fand auch auf Pellworm ein Konzentrationsprozess statt. Da das abseits gelegene Anwesen nicht verkäuflich war und auch nicht als Urlaubsdomizil für Feriengäste genutzt werden konnte, ohne dass umfangreiche Investitionen getätigt wurden, war Hansen mit Frau und Tochter dort zur Miete eingezogen. Irgendwie tat der Mann Thönnissen leid. Er war arbeitslos und fand auf Pellworm auch keine neue Anstellung. Früher arbeiteten solche Menschen beim Küstenschutz. Seitdem der Staat aber sparen musste, waren solche Jobs rar. Lediglich im Tourismus wurden während der Saison Mitarbeiter gesucht. Dafür war Hansen aber nicht geeignet.

Thönnissen stoppte vor dem Gebäude und schaltete den Motor aus. Er hielt Hansen am Ärmel fest, als der aussteigen wollte.

»Warum hast du mich seit Tagen verfolgt?«

»Stimmt gar nicht.«

»Schön. Du hast es nicht anders gewollt. Da rollt einiges auf dich zu.«

»Du willst mich fertigmachen. Was habe ich dir nur getan? Die ganze Insel spricht schon darüber, dass du und der andere schräge Vogel hier herumwüten. Ihr macht doch alles kaputt.«

»Das hat ein Ende, wenn die Täter gefasst sind. Und nebenbei gehen uns auch noch andere kleine Fische ins Netz, zum Beispiel jene, die sich nicht an die Gesetze halten.«

Hansen öffnete die Tür und stieg aus. »Das wird dir noch leidtun«, drohte er.

Thönnissen wollte den Motor starten, als er beim schuppenähnlichen Anbau eine zerbrochene Scheibe entdeckte. Merkwürdig, dachte er. Bei Feddersen war auch eine Scheibe zerborsten, als dort eingebrochen wurde. Er stieg aus und ging auf den Schuppen zu.

»Wo willst du hin?«, Hansen, der auf dem Weg zur Haustür war, blieb stehen.

»Mich interessiert dein Anbau«.

»Da ist nichts«, sagte Hansen, machte kehrt und versuchte, vor Thönnissen den Schuppen zu erreichen. »Der ist leer.«

Als Thönnissen näher kam, versuchte Hansen, sich ihm in den Weg zu stellen. Der Mann breitete die Arme aus.

»Für einen leeren Schuppen unternimmst du aber gewaltige Anstrengungen, um mir den Blick hinein zu verwehren.«

Noch einmal versuchte Hansen, Thönnissen daran zu hindern, in den Schuppen zu sehen. Der Inselpolizist ging zur windschiefen Tür. Erwartungsgemäß war sie nicht verschlossen. Es sah ohnehin so aus, als wäre nie ein Schlüssel in das Schlüsselloch gesteckt worden. Die Tür quietschte, als Thönnissen sie öffnete. Summend kam ihm ein Schwarm Fliegen aus dem Mief entgegen.

Im Inneren fand sich ein heilloses Durcheinander. Lauter Gerümpel. Alte Möbel, ein Sonnenschirm, eine Rolle Draht, leere Flaschen, verrostete Gartengeräte und mehr unnützes Zeug. Das Motorrad, das mittendrin stand, wirkte hingegen wie ein Fremdkörper.

Hansen war neben ihm aufgetaucht.

»Das habe ich noch nie gesehen«, stammelte er. »Noch nie.«

Der Mann konnte nicht lügen.

»Erzähl keine Märchen.« Thönnissen schüttelte den Kopf. »Hansen, du bist ja ein ganz dickes Kaliber.« Er klopfte ihm auf die Schulter. »Du kannst froh sein.« Dann zeigte Thönnissen auf das Motorrad. »Gemessen an dem, was man dir dafür aufbrummt, fällt das Fahren ohne Führerschein kaum ins Gewicht. Abgesehen davon, brauchst du den Lappen gar nicht mehr. Im Knast gibt es keine Straßen. Nee, das ist eine Einbahnstraße. Die führt nur hinein. Also.« Thönnissen streckte den Daumen in die Luft. »Erstens: Bankraub. Schwerer Bankraub«, schob er hinterher. »Hinzu kommt, dass ihr in der Sparkasse herumgeballert habt, um Melf Bahnsen und Lene Kriechbaum einzuschüchtern. Das wirkt strafverschärfend. Zweitens«, jetzt streckte Thönnissen den Zeigefinger in die Luft. »Mord aus Heimtücke. Dem Opfer wurde in den Hinterkopf geschossen. In diesem Fall wird das Gericht nicht zögern, die besondere Schwere der Schuld festzustellen. Das bedeutet, dass du auch bei guter Führung keine Aussicht auf vorzeitige Entlassung hast. Wie alt bist du jetzt? Und wie alt willst du werden? Rechne dir die Differenz in Jahren aus. So lange wirst du im Knast sitzen. Zwischen lauter schweren

Jungs. Macht nichts«, fügte Thönnissen an, »du bist selbst einer.«

»Mord? Ich? Nein!« Es war ein Aufschrei. »Ich könnte nie einen Menschen umbringen. Und dann in den Kopf schießen?« Hansen schüttelte sich. »Ich habe gar keine Waffe.«

»Das haben wir inzwischen herausgefunden. Wir wissen, wo du die Tatwaffe herhast. Jeder auf Pellworm weiß, dass Schnack ein Waffennarr ist und in seiner Bude ein ganzes Arsenal aufbewahrt. Wie einfach es ist, bei Schnack einzudringen und eine Pistole zu stehlen, muss ich dir nicht erzählen.«

»Ich bin kein Verbrecher.« Hansen klang weinerlich.

»Nicht nur ein Verbrecher. Du bist ein hundsgemeiner Mörder.«

Der Mann faltete die Hände, als würde er beten wollen. »Mit all dem habe ich nichts zu tun.«

Thönnissen hakte die beiden Daumen in seinem Hosengürtel ein. »Das ist purer Zufall, dass Tore Ipsens Motorrad hier steht, was?«

»Ja.«

Der Inselpolizist packte Hansen im Genick und drehte dessen Kopf im Kreise. »Sieh dir das noch einmal an. Es ist das letzte Mal, dass du es zu Gesicht bekommst.«

Hansen senkte den Kopf. »Ich hab Mist gebaut«, sagte er kaum hörbar. »Verdammt viel Mist.«

»Das glaube ich auch.«

Ruckartig fuhr der Kopf in die Höhe. Der Blick traf Thönnissen. »Aber mit dem Mord habe ich nichts zu tun. Ganz bestimmt nicht. Ich war erschrocken, als ich das mitbekam. Seitdem kann ich nicht mehr schlafen. Jede Nacht liege ich im Bett und horche, ob nicht jemand kommt. Immer wieder sehe ich den Toten vor meinen Augen. Wie er da liegt … Im Sielzug … Richtig tot.«

»Halbtot kann man nicht sein«, knurrte Thönnissen. »Woher wusstest du, wo der Tote lag?«

Hansen wischte sich mit dem Hemdsärmel über die Nase. »Ich habe einen Anruf erhalten.«

»Von einem Unbekannten?« Es sollte ironisch klingen.

»Genau. Der hat mir gesagt, wo die Leiche liegt. Ich bin dann hin. Mit dem Fahrrad.«

»Logisch«, merkte Thönnissen an. »Autofahren darfst du ja nicht. Du hast keinen Führerschein.«

Hansen bemerkte nicht den süffisanten Ton. »Richtig«, antwortete er geistesabwesend.

»Und dann?«

»Ich habe ihn gleich gefunden. Dann habe ich dich sofort angerufen.«

»Und mir gesagt, dass dort ein Toter liegt. Erschossen.«

Hansen schien etwas eingefallen zu sein. »Das muss man mir doch anrechnen, dass ich sofort die Polizei verständigt habe.«

»Das ist aber großzügig.«

»Das musst du mit erwähnen in deinem Bericht«, sagte Hansen.

»Und wie kommt der Täter dazu, dich anzurufen?«

Der Mann begann zu zittern. »Das war eine Warnung. Wenn ich etwas verrate, erginge es mir genauso, hat er gesagt.«

»Wer?«

»Der Mörder natürlich.«

»Und wer ist der Mörder?«

»Das weiß ich doch nicht. Zum Glück. Sonst hätte er mich auch umgebracht.«

»Ist das nicht eigenartig? Da ruft dich der große Unbekannte an, erzählt, wo du einen Toten findest, und droht dir?«

Hansen zitterte immer noch. »Solchen Leuten bin ich noch

nie begegnet. Die laufen hier nicht herum. Nicht auf Pellworm. Hier leben nur anständige Leute.«

»So wie du?« Thönnissen lachte laut auf.

Sein Gegenüber nickte nur.

»Du kanntest den Toten?«

Erneut nickte Hansen.

»Du wusstest, dass er die Sparkasse überfallen wollte?«

Es folgte ein drittes Nicken.

»Woher kanntest du Kopitzki?«

»Den Namen wusste ich nicht. Wir haben uns im Internet kennengelernt. Zunächst war alles ganz harmlos. Dann hat er gefragt, ob ich gern Krimis gucke. Klar, hab ich geantwortet. Im Fernsehen. Aber nicht lesen, das ist nicht mein Ding. Das sind alles clevere Kerlchen, die Gangster, hat der andere gemeint. Als ich widersprach, meinte er, ich würde so etwas nie hinbekommen. Nicht einmal theoretisch. Das wollte ich nicht auf mich sitzen lassen.«

»Auf mir!«, verbesserte Thönnissen.

Hansen sah ihn irritiert an. »Wieso auf dir?«

»Mach weiter.«

»So habe ich dem Internetfreund geschrieben, dass man auf unserer Insel ganz einfach die Sparkasse überfallen kann. Das sei risikolos. Hier gibt es keine Polizei.«

Als Thönnissen sich räusperte, korrigierte sich Hansen. »Na, ich meine, keine richtige.«

»So seid ihr auf die Idee gekommen, die Uthlande-Sparkasse zu überfallen.«

»Nicht ich – er.«

»Woher wussten die Täter, dass die Überwachungskamera außer Betrieb war?«

»Das habe ich ihm geschrieben«, gestand Hansen kleinlaut.

»Und der Tipp mit dem Motorrad?«

»Hier kann man nicht fliehen. Wohin denn? Ein fremdes Auto fällt auf. Damit kommt man nicht wieder von der Insel runter.«

»Wer ist auf die Idee mit dem Motorrad gekommen?«

»Der Unbekannte sagte, man müsse ein Auto für die Flucht klauen. Das funktioniert aber nicht. Nicht hier bei unseren wenigen Straßen.«

»Da hast du das Motorrad vorgeschlagen?«

Hansen nickte betreten. »Ich wollte doch nur beweisen, dass ich nicht blöd bin.«

»Und bei der Gelegenheit hast du auch erzählt, welches Motorrad die Gangster stehlen können, wo sie es finden und wo der Schlüssel steckt.«

»So ist es«, bestätigte Hansen.

»Wer ist nun der große Unbekannte?«

»Ich habe ihn nie gesehen«, beteuerte Hansen. »Ich bin auch froh darüber.« Er vollführte die Geste des Halsabschneidens. »Sonst wäre ich jetzt auch tot. So wie der aus dem Graben.«

»Du bist also mit zur Sparkasse, hast sie überfallen, und dann seid ihr mit Ipsens Motorrad hierher und habt die Maschine in deinem Schuppen versteckt?«

»Nein, um Gottes willen, ich war nicht dabei, als die Sparkasse ausgeraubt wurde. Ich war auch nicht zu Hause, als die Maschine im Schuppen abgestellt wurde.«

»Und deine Frau und Tochter?«

»Wir drei waren unterwegs. Im Imbiss am Leuchtturm. Ehrlich. Kannst nachfragen. Man kennt uns dort.«

»Weil du vorbeugen wolltest. Du hast dir ein Alibi verschafft.«

»Mich hat das alles überrollt. Ich habe das nicht gewollt. Das Ganze war doch nur Angeberei.«

»Und das alles soll ich dir glauben?«, fragte Thönnissen.

Hansen hob die rechte Hand zum Schwur. »Bei allem, was mir heilig ist. Das ist die Wahrheit.«

»Viel ist dir nicht heilig, Hansen. Ich glaube, wir müssen ein ernstes Wort miteinander reden.«

Dann fuhr Thönnissen nach Hause. Er war noch gar nicht ins Haus getreten, als er das Brummen eines Staubsaugers hörte. Vorsichtig öffnete er die Haustür und staunte, als er den Hauptkommissar im Wohnzimmer sah, wie er sich bemühte, den Raum zu säubern. Thönnissen lehnte sich in den Türrahmen und beobachtete die Aktion eine Weile. Als Hundt sich umdrehte und ihn erblickte, fuhr der Schreck in den Hauptkommissar. Er schaltete das Gerät ab.

»Mein Gott, ich habe Sie nicht kommen hören.« Hundt zeigte auf den Staubsauger. »Es ist Ihnen hoffentlich recht, dass ich ihn mir ausgeliehen habe.«

Thönnissen erteilte mit einer Handbewegung seinen Segen. Noch größer war sein Erstaunen, als er seine perfekt aufgeräumte Küche betrat. Das hatte er nicht erwartet.

»Wo waren Sie?«, fragte Hundt, der hinter ihn getreten war.

Thönnissen tat ihm nicht den Gefallen, sich zu bedanken. Er ignorierte Hundts Arbeitseinsatz. Genauso verhielt sich stets der Hauptkommissar. Man sollte meinen, er hätte irgendwo gelernt, dass jedes Wort der Anerkennung überflüssig sei. Thönnissen griff zur gläsernen Kaffeekanne, die Hundt ausgespült hatte, schüttelte sie und sagte überflüssigerweise: »Leer.« Es gelang ihm sogar, einen leichten Vorwurf mitklingen zu lassen.

»Wo waren Sie?«, wurde der Hauptkommissar wieder dienstlich und wiederholte seine Frage.

»Ich habe nach dem Motorrad gesucht.«

»Sind Sie weitergekommen?«

»Noch ist es verschwunden. Ich habe aber ein paar gute Freunde um Hilfe gebeten.«

»Wollen Sie damit sagen, Sie hätten ein bürgerliches Hilfskorps requiriert?«

Thönnissen lächelte. »Bei uns nennt man das anders. Gibt es bei Ihnen neue Erkenntnisse?«

Hundt gab sich nicht die Blöße einer Entschuldigung, dass er mit Hausarbeiten beschäftigt gewesen war. »Ich habe eine Reihe von Maßnahmen eingeleitet«, sagte er ausweichend.

Thönnissen fragte nicht nach. Er sah den Poststapel durch, als das Diensttelefon klingelte.

»Herr Thönnissen. Richtig?«

Er bestätigte es.

»Schneeberger. Wir wohnen im Neubaugebiet Tammensiel.«

Der Name sagte ihm nichts.

»Wir sind im letzten Jahr nach Pellworm gezogen, nachdem mein Mann in Rente gegangen ist. Vorher haben wir hier viele Jahre Urlaub gemacht.«

»Was kann ich für Sie tun?«, fragte er die Frau mit dem Pfälzer Dialekt.

»Ich bin mir nicht sicher, ob ich richtig handele. Man möchte sich nicht in die Angelegenheiten der Nachbarn einmischen, insbesondere nicht, weil wir erst seit Kurzem hier leben.«

»Sagen Sie mir der Einfachheit halber, was Sie beobachtet haben.«

»Nichts. Nur gehört.«

Thönnissen seufzte. »Sie haben etwas vom Hörensagen aufgeschnappt?«

»Nein. Ich höre es direkt. Da!« Ein Augenblick war Stille im Hörer. »Haben Sie das mitbekommen?«

»Die Technik unterdrückt Nebengeräusche beim Telefonieren.«

»Ich sag's nur ungern, aber nebenan scheint sich ein Ehestreit zuzuspitzen. Hoffentlich ist es richtig, dass ich Sie angerufen habe«, sagte Frau Schneeberger zweifelnd.

»Ich werde vorbeifahren«, erklärte Thönnissen. »Welche Adresse ist das?«

»Da wohnt der Mann von der Sparkasse.«

»Petersen?«, fragte Thönnissen ungläubig.

»Nein, die heißen anders. Der von der Bank, die überfallen wurde.«

»Familie Bahnsen.«

»Ja. Richtig.«

Thönnissen informierte Hundt. »Ich habe einen Einsatz. Möglicherweise häusliche Gewalt«, sagte er und fuhr in die Neubausiedlung. In einem der schmucken Häuser hatte sich der Zweigstellenleiter der Uthlande-Sparkasse mit seiner Familie angesiedelt.

Der Inselpolizist war kaum ausgestiegen, als er die lautstark geführte Auseinandersetzung vernahm. Ein Seitenblick zeigte ihm, dass hinter der Gardine des Nebenhauses eine weißhaarige Frau hervorlugte. Er klingelte. Augenblicklich verstummte das Geschrei. Die Haustür wurde vorsichtig einen Spalt geöffnete. Eine Gesichtshälfte des Zweigstellenleiters tauchte auf.

»Ja?« Als Bahnsen den Polizisten erblickte, sagte er entschuldigend: »Das passt gerade nicht.«

»Ich komme immer unpassend, wenn etwas aus dem Lot läuft«, sagte Thönnissen. »Was geht hier vor?«

»Wieso?« Bahnsen versuchte den Unwissenden zu spielen.

»Euren Streit hört man bis zur Nordspitze.«

»Blödsinn. Ah!« Bahnsen zog die Augenbraue in die Höhe

und deutete ein erkennendes Nicken an. »Die neugierige Alte von nebenan hat dich gerufen.«

Thönnissen ging nicht darauf ein. »Mach auf«, sagte er.

»Wirklich, Frerk. Hier ist alles in Butter. Ehrlich.«

»Los. Du lässt mich jetzt rein, oder ich muss dienstlich werden. Ich glaube, der ruhige Weg ist der bessere.«

Bahnsen ließ sich einschüchtern und öffnete die Tür. So hatte Thönnissen den stets korrekt auftretenden Sparkassenangestellten noch nie gesehen. Die Haare waren zerwühlt, vom offenstehenden Hemd waren zwei Knöpfe abgerissen, über die Wange liefen blutige Striemen.

»Willst du wirklich behaupten, hier wäre alles ruhig?«, fragte Thönnissen. »Erzähl mir nicht, du wärst die Treppe heruntergefallen.«

»Das ist nichts von Bedeutung«, versuchte Bahnsen abzuwiegeln.

Thönnissen drückte die Tür auf. Der Hausherr ließ es geschehen.

»Ich muss Wanda sehen«, sagte der Polizist.

»Du kennst sie doch. Lass sie bloß zufrieden.«

»Hier gab es offensichtlich eine körperliche Auseinandersetzung. Ist Wanda verletzt? Wie geht es ihr?«

»Saublöde Frage.«

»Nein!« Thönnissen zwängte sich an Bahnsen vorbei, sah sich um und ging in Richtung der halb geöffneten Tür mit dem Riffelglas. Er stieß sie vorsichtig an.

»Hau ab«, ertönte Wandas tiefe Stimme. Bahnsens Ehefrau hockte auf der Lehne eines Sessels. Als sie Thönnissen erblickte, griff sie zu einer Weinflasche, setzte sie an und nahm einen tiefen Schluck.

»Ist bei dir alles okay?« Thönnissen ging auf sie sie zu und betrachtete die Frau. Äußerlich war nichts zu erkennen. Die tiefschwarzen Haare standen wie üblich vom Kopf ab. Sie verliehen der Frau eine voluminöse Haarpracht. Es passte zu ihrer sonstigen Üppigkeit. Die Bluse war nicht bis oben geschlossen und gab einen unfreiwilligen Blick auf den Taleinschnitt inmitten zweier prächtiger Hügel frei, die mehr als ein Mittelgebirge waren.

»Melf ist ein Arsch«, sagte Wanda und trank erneut aus der Weinflasche.

»Hat er dich geschlagen?«, fragte Thönnissen und warf einen Blick auf den Zweigstellenleiter, der im Türrahmen stehen geblieben war.

»Das soll er wagen«, zischte Wanda aus zusammengepressten Lippen hervor. Ein wütender Blick traf ihren Ehemann.

Thönnissen war sich sicher, dass in diesem Fall der Mann das Opfer war. Wanda musste kräftig auf ihn eingedroschen haben.

»Bist du verletzt?«, wollte der Inselpolizist von Bahnsen wissen.

»Nein!«, behauptete der und stöhnte im gleichen Moment unfreiwillig auf.

»Willst du Anzeige erstatten? Auch Männer dürfen das, wenn sie Opfer von häuslicher Gewalt geworden sind.«

»Das wagt er nicht«, fuhr Wanda dazwischen.

Sie hat recht, dachte Thönnissen. Die Anzeige würde nicht vertraulich bleiben. Bahnsen wäre erledigt – er würde zum Gespött der Insulaner werden. In den Köpfen der Menschen war fest verankert, dass nur Frauen von ihren Männern verprügelt wurden. Für ihren Schutz hatte man Frauenhäuser eingerichtet. Das hatte seine Berechtigung. Aber was geschah mit Männern, die unter den Gewaltausbrüchen ihrer Partnerinnen litten?

»Was ist, Melf. Die Entscheidung liegt bei dir.«

»Das ist alles nur ein Missverständnis«, versuchte Bahnsen abzuwiegeln.

»So nennst du das, du verlogenes Miststück?«, fauchte Wanda und verschluckte sich an dem Wein, den sie zuvor getrunken hatte. »Du hast mich hintergangen.«

»Das stimmt nicht.« Bahnsen streckte hilflos die Hände vor und machte einen Schritt auf seine Frau zu. Erschrocken hielt er inne und trat sofort den Rückzug an, als Wanda schrie.

»Hörst du, Polizist? Er will einfach nicht mit der Wahrheit rausrücken.«

»Das geht nur uns etwas an«, sagte Bahnsen in beschwichtigendem Ton. »Andere interessiert es nicht.«

»Dann sag's mir. Sag's mir. Los!«, rief Wanda aufgebracht. Sie stand auf. Unter der Jeans, die wie eine zu enge zweite Haut saß, zeichneten sich ihre Konturen taillenabwärts ab. Wanda wankte auf Thönnissen zu. »Ich blöde Kuh, ich«, lallte sie. »Ich tu und mach, ich reiß mir hier den Arsch auf, damit wir es gemütlich haben. Der Herr Bankdirektor«, dabei schwenkte sie die Weinflasche durch die Luft, »hält es nicht für nötig, auch nur einen Finger im Haushalt krumm zu machen.«

»Ich habe einen harten Job«, warf Bahnsen zaghaft ein.

»Ha! Erzähl das einem Doofen. Du hockst den ganzen Tag mit dieser aufgebrezelten Kuh …«

Thönnissen lachte auf. »Du unterstellst deinem Mann ein Verhältnis mit Lene Kriechbaum? Die ist doppelt so alt wie Melf.«

»Na und? Die hat sich in den letzten Tagen herausgeputzt. Die alte Hexe kann doch das ganze Geld, das sie verdient, gar nicht ausgeben. Was macht sie damit? Sie hat es gespart. Und jetzt steckt sie es Melf zu, damit er mit ihr …«, ließ Wanda das Ende offen.

Thönnissen verschluckte sich bei dem Lachanfall. Als er wieder Luft bekam, sagte er glucksend: »Du glaubst wirklich, Lene kauft sich Zuneigung bei deinem Mann?«

»Jawohl«, antwortete Wanda, der das Sprechen zunehmend schwerfiel.

»Das ist absurd«, erklärte Thönnissen, der immer noch lachte. »Ich werde jetzt gehen. Wenn ich das Haus verlasse, ist hier Ruhe. Sonst spreche ich ein Platzverbot aus. Für dich, Wanda«, sagte er zur Frau gewandt und drohte mit dem Finger.

»Lächerlich. Das ist mein Haus.«

»Das ist unerheblich.«

»Das sagt du so.« Sie kam noch ein wenig näher an Thönnissen heran. Jetzt konnte er deutlich die Alkoholfahne wahrnehmen.

»Kannst du mir erklären, wie er an das Geld gekommen ist?«

»Wanda!«, mischte sich Bahnsen energisch ein. »Das reicht jetzt. Du bist betrunken.« Er kam näher und wollte ihr die Flasche entwenden. Die Frau wich aus.

»Hoppla«, lallte sie, als sie Thönnissen leicht streifte. Dann reichte sie ihm die Flasche. »Nimm. Ich habe genug Geld, um mir ganz viele neue zu kaufen.« Sie streckte die Hand aus und zeigte auf Bahnsen. »Hab ich in seinem Sakko gefunden, das er zur Arbeit trägt. Viertausend Euro.« Sie klopfte Thönnissen auf die Schulter. »Ist eine Menge Kies für Leute wie uns.« Sie lachte schrill. »Ist doch putzig, oder? Arbeitet dein Mann bei der Sparkasse, und wir selbst müssen herumknapsen. Geht alles für das Haus drauf.«

Thönnissen drehte sich um. »Gibt es eine Erklärung für den unverhofften Geldsegen?«

Bahnsen war kreidebleich geworden. »Das ist doch nicht viel. Ein paar persönliche Ersparnisse.«

»Die hast du von deinem Konto abgehoben. Dafür kannst du sicher einen Beleg vorweisen.«

Der Zweigstellenleiter schluckte hefig. Dabei hüpfte der Adamsapfel auf und ab.

»Nicht direkt«, sagte er leise. »Alle Geldbewegungen der Angestellten werden aufmerksam beobachtet. Niemand spricht darüber. Ich hielt es für ratsamer, das, was am Monatsende übrig war, in eine Spardose zu stecken.«

»Heuchler«, lallte Wanda. »Die hätte ich schon lange entdeckt.«

»Darum habe ich das Geld auch in der Bank verwahrt.«

»Was wäre geschehen, wenn die Bankräuber beim Überfall das Geld mitgenommen hätten?«, fragte Thönnissen.

»Dann … dann …« Bahnsen unterdrückte die Antwort.

Merkwürdig, dachte Thönnissen. Plötzlich waren viele Mitbürger zu Geld gekommen. Tore Ipsen fuhr einen neuen Lkw, Lene Kriechbaum hatte sich neu einkleidet, Melf Bahnsen hatte sein mühsam Erspartes hervorholt, Schnack wollte angeblich die Fenster erneuern. Und bei Feddersen war eingebrochen worden, auch wenn der Hotelier das nicht zugeben wollte.

»Das wirst du mir noch einmal erklären müssen«, sagte Thönnissen. »Und wenn ich noch einen Ton aus diesem Haus höre, dann fahre ich das große Geschütz auf. Habt ihr mich verstanden?«

Ergeben nickte das Ehepaar.

Thönnissen drehte sich um und bekam mit, wie Wanda auf Melf zuwankte und in seine ausgebreiteten Arme fiel.

»Mein lieber dummer Schatz«, sagte sie mit schwerer Zunge. »Das hättest du mir doch sagen können.«

»Es sollte doch eine Überraschung sein«, antwortete Bahnsen mit belegter Zunge. »Ich habe das Geld für dich gespart.

Damit wollte ich dir eine Freude bereiten. Du sollst dir etwas Schönes davon kaufen.«

»O Melf«, waren die letzten Worte, die Thönnissen vernahm, als er das Haus verließ.

Pellworms Straßen sind eng und kurvig. Niemand stört es. Die Wege sind kurz und Raserei bringt keinen Zeitgewinn. Selbst Ortsfremde, die ihr Fahrzeug beschaulich über den Asphalt rollen lassen, werden nicht überholt. Wie sollte man auch? Es gab wenig Stellen, die dafür geeignet waren.

Thönnissen fuhr mit knapp fünfzig Stundenkilometern den Nordermitteldeich entlang, bremste zwischendurch, um routinemäßig einen Blick auf eines der Grundstücke zu werfen, einem Insulaner zuzuwinken oder gemächlich am lebhaften Platz mit dem zweiten Kaufmannsladen vorbeizufahren.

Man hatte Zeit. Auch Urlaubsgäste genossen die Entschleunigung als willkommene Beigabe der Urlaubsfreuden. So war Thönnissen erstaunt, als sich von hinten ein größeres Fahrzeug schnell näherte. Erst im letzten Moment verlangsamte der Porsche Cayenne das Tempo. Im Rückspiegel erkannte er die blonde Begleiterin Dr. Ahlmanns, dem er auf dem Parkplatz vor Schnacks Gasthof begegnet war.

Thönnissen reduzierte das Tempo und ließ den Golf zwischen zwanzig und dreißig Stundenkilometer gemächlich dahinrollen. Belustigt registrierte er, wie die Blonde die Arme in die Luft warf, wild gestikulierte und sich über ihn aufregte. Schließlich betätigte sie die Lichthupe und ließ das Xenonlicht wie wild aufblitzen. Als Thönnissen nicht reagierte, drückte sie zusätzlich auf die Hupe. Sie musste sein breites Grinsen im Rückspiegel gesehen haben. Er ließ sich nicht beirren und behielt sein Schleichtempo bei. Mit einem Dauerton riss sie das

Lenkrad herum und wollte ihn überholen, scherte aber sofort wieder hinter ihm ein, als sie den Müllwagen bemerkte, der auf der anderen Seite entgegenkam. Die Frau schien kurz vor dem Explodieren zu sein. Wie gut, dass er nicht hören konnte, welche wüsten Beschimpfungen sie von sich gab. Kurz vor der Einfahrt in die verkehrsberuhigte Zone nach Tammensiel setzte Thönnissen den Blinker. Noch einmal sah er, wie die Blonde beide Hände auf das Lenkrad legte und sich abstützte. Gleich würde sie das Gaspedal durchdrücken und ihren Frust dadurch abzubauen versuchen, indem sie die Kraft des Porsches nutzte und wild beschleunigte.

Thönnissen machte sich starr. Er drückte das Kreuz durch, presste die Hände fest um das Lenkrad und spannte die Muskeln an. Dann trat er auf die Bremse, ohne den Golf zu blockieren. In diesem Moment krachte es. Er bekam einen Schlag und wurde nach vorne geschleudert. Obwohl er darauf vorbereitet war, war der Stoß heftiger, als er erwartet hatte.

Dann war Stille.

Thönnissen ließ ein paar Sekunden vergehen, bevor er ausstieg. Die Blonde starrte ihn aus großen Augen an.

Ganz langsam schritt er auf den Porsche zu. Gary Cooper hatte es in dem Klassiker »12 Uhr mittags« auch nicht eindrucksvoller gemacht, überlegte er. Als er auf der Höhe der Vorderachse des Porsches war, riss die Blonde die Tür auf und kletterte aus dem Cayenne.

»Sie verdammter Idiot!«, schrie sie mit sich überschlagender Stimme. »Sie sind zu bescheuert, um Auto zu fahren.« Wütend schlug sie sich gegen die Stirn. »Wieso treten Sie auf die Bremse? Sie Arschloch!«

Thönnissen sah sich um und stellte befriedigt fest, dass der Fahrer eines entgegenkommenden Wagens, der angehalten und die Scheibe herabgelassen hatte, die Tirade mitbekam.

Zum Glück handelte es sich um einen Ortsfremden, so dass niemand an dessen Objektivität zweifeln würde.

»Das ist eine Insel. Donnerwetter. Hier ist was los«, freute sich der Zeuge und beugte sich kurz zu seiner Beifahrerin hinüber. »Was, Mutti? Erst überfallen sie eine Sparkasse, dann wird einer umgebracht. Und jetzt tobt hier die ausgeflippte Alte. Na ja, die ist blond.«

Die Blondine fegte auf das Auto zu und versuchte, auf den Autofahrer einzuschlagen. »Du Machoarsch, du blöder! Dein Verstand sitzt bei dir auch zwischen deinen Eiern.«

»He, he«, schimpfte der Mann, ohne die Deckung seines Autos zu verlassen, »das ist eine üble Beleidigung. Haben Sie das gehört, Herr Wachtmeister?«

»Ich habe alles mitbekommen«, mischte sich ein Radfahrer ein. »Die tickt doch nicht sauber, die Alte.«

»Genau«, bestätigte der Autofahrer. »Ihr Macker muss die mal ordentlich …«

»Karl-Friedrich!«, ertönte ein schriller Ordnungsruf vom Beifahrersitz, der den Mann mitten im Satz verstummen ließ.

»Ist doch wahr«, grummelte er.

Thönnissen baute sich vor der Blonden auf.

»Was hat Sie veranlasst, mir hinten reinzufahren?«, fragte er. Leise fügte er an. »Hat das etwas mit Ihrer Entgleisung von neulich zu tun? War das ein bewusster tätlicher Angriff auf einen Polizeibeamten?«

»Was?«, schrie sie. »Ich soll das absichtlich getan haben, du Sackgesicht?«

»Wenn Sie sich nicht mäßigen, werde ich Ihnen Handschellen anlegen«, drohte Thönnissen.

Die Frau machte einen Schritt auf ihn zu und hob ihre Hand. Der erwartete Hieb blieb aus. Das lag sicher auch daran, dass sie leichte Unsicherheiten zeigte. Ihre Standfestigkeit war unvollkommen.

Thönnissen beugte sich vor. »Haben Sie getrunken?«

Die Frau sah sich in der inzwischen angewachsenen Runde um. »Der Dorfdödel sagt, ich bin besoffen«, sagte sie.

»Die Schnepfe hat aber ordentlich getankt«, stellte ein Zuschauer fest.

»Die ist total zugedröhnt«, bauschte der Nächste das auf. »Kein Wunder, dass die dem Bullen reingekachelt ist.«

»Blau, blau, kornblumenblau«, stimmte jemand an.

»Ihr tickt doch nicht richtig«, schrie die Blonde. »Ihr seid doch nicht ganz dicht. Glaubt ja nicht, dass ich jemals wiederkomme in dieses verdammte Nest.«

»Nee«, sagte der »Sänger«. »Ist ein bisschen schwierig, Pellworm mit dem Fahrrad zu erreichen. Den Schein bist du wohl erst mal los.«

»Das ist hier ein Gemeinschaftsklo«, fluchte die Frau. »Lauter Arschlöcher.«

Sogleich tat sich lautstarker Protest der Umstehenden auf.

Thönnissen hatte das Geplänkel genutzt, um den Zündschlüssel des Porsches sicherzustellen.

»Gib sofort den Schlüssel her«, schrie die Frau und versuchte, danach zu greifen. Doch der Polizist war schneller und entzog sich ihrem Zugriff mit einer Körperdrehung.

»Sind Sie bereit, sich freiwillig einem Alkoholtest zu unterziehen?«

»Was soll der Mist?« Die Blonde zeigte keine Einsicht. »Ich habe nur ein wenig Champagner getrunken. Hat ein Typ wie Sie eine Ahnung davon? Glauben Sie, der Hummercocktail schmeckt mit Zitronenbrause? Wenn ein Prolet wie Sie sich nur Marmelade reinfegt, ist das nicht meine Sache. Das ist reiner Sozialneid. Jawohl!« Dann rülpste sie vernehmlich.

»Ich geh jetzt«, stellte sie fest.

Thönnissen packte sie am Ärmel. »Sie kommen mit zum Arzt und unterziehen sich einer Blutentnahme.«

»Ich werde einen Scheißdreck machen.«

»Wenn Sie mir nicht freiwillig folgen, muss ich Zwang anwenden.«

»Haben Sie das gehört?«, schrie sie in die Runde. »Der Sausack droht mir.«

Thönnissen hatte sein Handy hervorgeholt und den Arzt angerufen.

»Annemieke«, sagte er, als sich die Arztfrau meldete. »Fiete muss herkommen. Wir brauchen eine Blutentnahme von einem Randalierer.«

»Bist du doof?«, empörte sich Annemieke. »Soll Fiete sich verprügeln lassen?«

»Keine Sorge, das ist nur eine betrunkene Autofahrerin.«

»Was?«, staunte Annemieke. »Frauen tun so was auch machen?«

»Aber heftig«, erwiderte Thönnissen.

»Gut. Fiete kommt vorbei. Sag mal, warum bringst du die Frau nicht einfach zu uns in die Praxis?«

»Geht nicht. Die Fahrerin hat meinen Wagen demoliert.«

Die Blonde hatte inzwischen den Schaden am Porsche in Augenschein genommen.

»Au Backe«, sagte sie. »Da wird das Schnuckelchen aber sauer sein.« Sie drehte sich zu Thönnissen um. »Auf Sie! Sie waren das!«

»Das glaubst du nicht«, sagte der Autofahrer, dessen »Muttchen« den Überschwang gebremst hatte. »Da saust die mit Schmackes in den Polizeiwagen rein. Dabei war der im Einsatz. Das habe ich genau gesehen. Du auch, Muttchen?«

Die Antwort seiner Begleiterin war nicht zu hören.

Thönnissen sammelte in der Zwischenzeit die Namen und Adressen der Zeugen ein. Er war erstaunt, wie bereitwillig die Leute sich zur Verfügung stellten.

Jemand meldete sich aus dem Hintergrund. »Ich will auch als Zeuge aussagen«, erklärte der Mann. »Wenn wir vor Gericht erscheinen müssen, bezahlt man uns doch die Reise nach Pellworm, oder?«

Thönnissen unterließ es zu antworten. Es war unbedeutend, dass es auf der Insel kein Gericht gab. Wichtig erschien ihm, möglichst viele Namen zusammenzubekommen.

Die Blonde hatte eine Packung Zigaretten aus ihrer Handtasche hervorgekramt und sich gegen den Porsche gelehnt. Sie rauchte.

»Jetzt möchte ich Ihre Papiere sehen«, forderte Thönnissen sie auf.

Sie zeigte auf die Handtasche, die auf dem Fahrersitz lag.

»Die Dokumente müssen Sie schon selbst herausholen«, erklärte Thönnissen.

»Reine Schikane«, sagte die Frau, bequemte sich aber doch, Thönnissen den Führerschein auszuhändigen.

Sie hieß Gunnilla Pechmeier.

»Wenigstens der Name passt«, sagte Thönnissen und steckte den Führerschein in die Tasche der Uniformjacke.

Sie griff danach. »Das ist meiner. Ich will ihn wiederhaben«, forderte sie.

»Natürlich. Den können Sie in einem Jahr beim zuständigen Amt Ihrer Heimatgemeinde abholen. Vielleicht«, ergänzte Thönnissen. »Darüber befindet das Gericht.«

»Welches Gericht?«

Der Inselpolizist winkte ab.

Inzwischen war Dr. Johannsen eingetroffen. »Wer ist der Delinquent?«, fragte er gutgelaunt.

Thönnissen zeigte auf Frau Pechmeier.

»Na, dann wollen wir mal«, sagte der Arzt und öffnete seine Tasche.

Zu Thönnissens Überraschung zeigte die Blonde keinen Widerstand und ließ die Blutentnahme schweigend über sich ergehen, nachdem sie zuvor den Arzt angegiftet hatte: »Den anderen Arm. Mit rechts rauche ich.«

»Die Blutprobe geht direkt zur Rechtsmedizin nach Kiel«, sagte Thönnissen. »Machst du das?«

»Ich?«, zeigte sich der Arzt erstaunt.

»Bitte.«

Fiete Johannsen nickte. »Gut. Geht in Ordnung.«

Thönnissen atmete tief durch. Er wollte nicht noch einmal in den Verdacht geraten, Blutproben zu manipulieren.

»Wer bringt mich jetzt nach Hause?«, fragte Gunnilla Pechmeier.

»Sie werden eine Möglichkeit finden«, antworte Thönnissen.

»Welche Telefonnummer hat die Taxizentrale?«

»So etwas gibt es hier nicht.«

»Was? Wie soll mein Schnuckelchen hierherkommen?« Sie sah sich um. »Wo sind wir überhaupt?«

Thönnissen lachte. »Auf Pellworm.«

Die Blonde zog sich ein Stück zurück und telefonierte. Aus ihrer Gestik und der immer lauter werdenden Stimme war zu entnehmen, dass ihr Gespräch mit Dr. Ahlmann mit Sicherheit kein Austausch von Liebenswürdigkeiten war. Thönnissen vermutete, dass sie den Besitzer des Porsches hierherbestellte. Gern hätte der Inselpolizist noch eine Weile gewartet, um zu prüfen, ob der streitsüchtige Dr. Ahlmann seinen Hummercocktail ebenfalls mit Champagner heruntergespült hatte. Doch dazu reichte die Zeit nicht.

Thönnissen fotografierte noch einmal die beiden Fahrzeuge, die sichtbaren Schäden und die Position auf der Straße. Er vergaß auch nicht, mehrere Aufnahmen von der Blonden zu machen. Das quittierte Gunnilla Pechmeier mit einem weiteren Wutanfall.

Thönnissen fuhr den Porsche an die Seite und händigte der Frau die Wagenschlüssel aus. »Wenn ich Sie erwische, dass Sie das Fahrzeug bewegen, hat das böse Folgen für Sie«, drohte er und erhielt als Antwort ein grimmiges Zischen.

Der Inselpolizist steuerte direkt die Werkstatt an.

»Mit wem hattest du Streit?«, fragte Lutz, der Mechaniker. »Wer wollte bei dir hinten rein?«

»Eine Blondine.«

Lutz lachte. »Das erklärt alles.« Dann besah er sich den Schaden. »Das wird mehr, als auf den ersten Blick zu sehen ist.« Der Mechaniker rümpfte die Nase. »Sag mal, ist dir vorher schon mal einer reingefahren? Sieht fast so aus.«

»Nein. Da war alles in Ordnung«, behauptete Thönnissen und erkundigte sich, wie lange die Reparatur dauern würde.

»Dafür benötige ich eine Weile.«

»Das ist schlecht. Ohne fahrbaren Untersatz bin ich aufgeschmissen. Gerade jetzt, wo wir mitten in einem schwierigen Fall stecken. Hast du für die Zeit ein Ersatzfahrzeug für mich?«

Erneut lachte Lutz. »Für wen hältst du mich?«

»Muss ja nicht komfortabel sein. Aber ich brauche ein Auto. Unbedingt. Ist egal, was für eins.«

»Tja.« Lutz dehnte das Wort unendlich. »Hinterm Haus steht ein alter Fiat Panda.«

»Du hast keinen anderen?«

»Nee.«

»Was willst du dafür als Mietpreis haben? Das zahlt ohnehin die gegnerische Versicherung.«

Lutz kratzte sich den Haaransatz und zog die Stirn kraus. »Das ist nicht das Problem.«

»Sondern?«

»Die Kiste ist nicht angemeldet.«

Thönnissen zeigte sich enttäuscht. »Mist«, fluchte er.

»Allerdings«, sagte Lutz und wartete mit der Fortsetzung, bis Thönnissen ihn ansah. »Wer kontrolliert das auf Pellworm? Die Polizei. Und wer ist das?«

»Hältst du den Mund?«, antwortete Thönnissen mit einer Gegenfrage.

Lutz nickte. Wenig später waren die Nummernschilder vom Golf an den Panda montiert und der Wagen betankt.

»Was ist das für ein Baujahr?«, wollte Thönnissen wissen, da Lutz ihm keine Papiere aushändigen wollte.

Der Mechaniker murmelte etwas Unverständliches.

»Lauter!«

»Ist doch egal.« Als Thönnissen sich damit nicht zufriedengab, ergänzte Lutz: »Zweiundneunzig.«

Das schien nicht gelogen zu sein. So sah der Wagen aus. Innen. Außen. So roch er. So fuhr er.

Obwohl der ehemalige Streifenwagen auch betagt war, erfuhr Thönnissen im Uralt-Fiat im wahrsten Sinne des Wortes ein völlig anderes Fahrgefühl. Das aufheulende Geräusch des zweiundzwanzig PS-starken Motors wurde durch das Klappern überdeckt. Längere Distanzen hätte er mit dem Wagen nicht zurücklegen wollen.

Er stellte den Fiat vor der Tür ab und traf Hundt im Wohnzimmer an. Der Hauptkommissar hatte sein Notebook aufgebaut. Daneben lag ein Collegeblock, auf dem er zahlreiche Notizen angefertigt hatte.

»Wo kommen Sie jetzt her?«

»Sie haben mitbekommen, dass ich zu einem Einsatz gerufen wurde. Auch wenn Bankraub und Mord Priorität haben, bin ich als Polizist für die anderen Dinge verantwortlich, zu denen ich gerufen werde.«

»Was war das für ein Einsatz?« Hundt sah nicht von seinem Notebook auf. Die Frage klang eher beiläufig.

»Eine familiäre Auseinandersetzung«, sagte Thönnissen lapidar, ohne auf Einzelheiten einzugehen.

»Es ist lächerlich, mit welchem Kleinkram sich die Polizei auseinandersetzen muss.«

»Außerdem hatte ich noch einen Unfall.«

»So, so.«

Thönnissen sah Hundt an, den das aber nicht zu interessieren schien.

»Mir ist eine betrunkene Frau hinten in den Golf hineingefahren.«

»Hier? Auf Pellworm?«

Gern hätte Thönnissen geantwortet: Nein. Ich habe zwischendurch die Alpen überquert. Und auf dem Großglockner … Da ist es passiert.

»Es hat eine Weile gedauert, bis ich den Unfall aufgenommen hatte, die Personalien festgestellt waren, die Unfallbeteiligte zur Blutentnahme verbracht wurde und der Golf in die Werkstatt kam.«

»Soll das heißen, Sie sind jetzt ohne Auto?«

»Ich habe Ersatz. Nicht sehr komfortabel, aber zweckmäßig«, umschrieb Thönnissen den Leihwagen. Dann räusperte er sich. Als Hundt nicht darauf einging, wiederholte er es kräftiger. Der Hauptkommissar ignorierte es.

»Ist noch etwas?«

»Ja. Eine gute Nachricht. Für Sie persönlich.«

»Kann ich mir nicht vorstellen, dass Sie etwas Positives zu verkünden haben.«

»Beim Auffahrunfall wurde mein Wagen an der Heckpartie getroffen. Ziemlich heftig.«

Hundt sah auf. »Hinten? Das ist die Stelle, wo neulich der äh … Schaden eingetreten war«, umschrieb er das nächtliche Ereignis auf dem Hotelparkplatz.

»Das ist zutreffend«, bestätigte Thönnissen.

»Sie waren zuvor noch nicht in der Werkstatt?«

»Dazu hatte ich noch keine Gelegenheit.«

»Dann liegt jetzt ein Primärschaden vor«, fabulierte Hundt. »Der überdeckt sozusagen eventuell früher vorhandene Kratzer. Damit entfällt eine Regelung des früheren Missgeschicks.«

Du trägst deinen Namen zu recht, dachte Thönnissen. So ein gerissener Hund. Auf diese Weise drückte sich der Hauptkommissar vor den Folgen. Brachte es etwas, mit ihm darüber zu diskutieren? Thönnissen war sich nicht sicher. Als Druckmittel gegen den Hauptkommissar konnte er immer noch Feddersen und dessen beschädigten Geländewagen verwenden. Deshalb beließ er es dabei.

»Während Ihrer langen Abwesenheit ist hier ein langhaariger Typ aufgetaucht.«

»Was wollte er?«

»Hat er nicht gesagt. Er wollte nur mit Ihnen sprechen.«

»Wie hieß er?«

»Quern. Seine Telefonnummer ist …« Hundt nannte eine vierstellige Ziffernfolge.

Thönnissen tippte die Nummern ein.

»Ja?«, meldete sich eine rauchige Stimme.

»Thönnissen. Polizei. Du wolltest etwas von mir?«

»Ich habe was beobachtet. Was Wichtiges. Gibt's dafür eine Belohnung?«

»Klar«, sagte Thönnissen. »Du wirst nicht bestraft für die Unterdrückung einer Gesetzwidrigkeit.«

»Müsst ihr immer so bürokratisch sein?«

»Stell dir vor, hier würden italienische Verhältnisse herrschen und ein Verwaltungsakt ist nur eine Frage des Geldes.«

»Wieso Verwaltungsakt? Ich habe ein krummes Ding gesehen.«

»Lass hören! Als Zeuge musst du aussagen.«

»Das ist mir gar nicht recht. Ich will nicht als Denunziant dastehen. Garantierst du mir, meinen Namen rauszulassen?«

»Das hängt davon ab, was du gesehen hast.«

»Ihr sucht doch das Motorrad, mit dem die Bankräuber abgehauen sind?«

Thönnissen schaltete die Freisprecheinrichtung ein, damit Hundt mithören konnte. »Du hast das Motorrad gefunden?«

»Nicht gefunden, aber ich weiß, wo es ist. Rein zufällig.«

»Wie, zufällig?«

»Da will ich nicht drüber reden. Aber wenn du das Motorrad haben willst … Wirf mal einen Blick in Ipsens Schuppen.«

»Welcher Ipsen?«

»Tore.«

Thönnissen schaltete die Mithöreinrichtung ab.

»Woher weißt du das? Raus mit der Sprache.«

»Will nicht.«

»Dann muss ich dich offiziell vorladen.«

»Mensch, ich bin ein Gutmensch und will euch helfen, und dann so was. Ich denke nicht daran, dir jemals wieder einen Tipp zu geben.«

»Ich muss nur wissen, ob du in der Sache mit drinhängst. Es ist in deinem Interesse.«

»Wird das öffentlich?«, fragte Quern ängstlich.

»Kommt drauf an. Sag die Wahrheit, und dann sehen wir weiter. Denk an die Vorladung.«

»Au Backe, das würde Kreise ziehen.« Quern benötigte einen Moment zum Nachdenken. »Ich vertraue dir«, sagte er schließlich. »Bleibt das unter uns?«

»Ich versuche es.«

»Schön. Ist schon eine Weile her, da habe ich die Dicke gesehen, die in dem einen Laden bedient.«

»Du meinst eine zur Rundlichkeit neigende Mitarbeiterin eines ortsansässigen Geschäfts.«

»Laden, Kneipe, Imbiss … Ist doch egal. Die hat sich in der Mittagspause über Ipsens Hof geschlichen und dabei immer über die Schulter gepliert. Ich habe gedacht, die Sache ist nicht ganz koscher und ein Auge drauf geworfen. Die Dicke also, die ist in die Garage rein.«

»Und dann?«

»Ich dachte, die klaut was. Nee.« Quern ließ ein schäbiges Lachen hören. »Die hat was gekriegt. Von Ipsen. Nachdem der Typ seine Ladung vom Lkw über die Insel verteilt hatte, hat er der Dicken noch eine ganz spezielle verpasst. Aber nicht nur einmal. Die Dicke schleicht öfter zu ihm. Na ja. Ist vielleicht besser, die Mittagspause so zu verbringen, als in der Zeit etwas zu futtern.«

»Hat Ipsen dir das erzählt?«, fragte Thönnissen.

»Natürlich nicht. Ich bin doch der Dicken hinterher und habe durch das Seitenfenster in die Garage gesehen.«

»Das lässt du sofort nach«, sagte Thönnissen im Befehlston. »Augenblicklich.«

»Schade«, erwiderte Quern. »So eine richtige Peepshow … Das fehlt uns hier auf Pellworm.« Dann wurde aufgelegt.

»War das Quern?«, fragte Hundt.

Thönnissen nickte.

»Und warum hat er mir nichts gesagt?«

»Er kennt Sie nicht. Und die Information war vertraulich.

Schließlich kann ein aufmerksamer Bürger wie Quern nicht einschätzen, wie wichtig seine Beobachtung ist. Ihm ist zudem nicht daran gelegen, jemanden zu denunzieren.«

»Also doch Ipsen. Ich hab es gleich gesagt«, stellte Hundt zufrieden fest. »Also los. Schnappen wir uns den Burschen.«

Thönnissen nickte ergeben.

Vor der Tür blieb der Hauptkommissar stehen und sah sich suchend um. »Wo ist Ihr Wagen?«

»Hab ich doch erzählt. Der ist in der Werkstatt.«

Es war ein untrüglicher Beweis dafür, dass Hundt ihm nicht zugehört hatte.

Thönnissen ging zum Fiat, sagte unterwegs: »Ist offen«, zeigte auf die Beifahrertür und stieg ein.

»Da haben Sie sich aber einen repräsentativen Leihwagen angelacht«, kommentierte Hundt und suchte vergeblich den Sicherheitsgurt. »Der Wagen ist nicht verkehrstüchtig.«

Thönnissen, der schon ein paar Meter gerollt war, hielt an. »Da kann ich nichts dran ändern. Ich bitte Sie, auszusteigen und nach einer anderen Transportmöglichkeit Ausschau zu halten.«

Der Hauptkommissar blieb stur sitzen. »Fahren Sie schon!«, befahl er dem Inselpolizisten.

Hoffentlich fällt Hundt nicht die Manipulation mit den Kennzeichen auf, dachte Thönnissen. Er hatte Glück. Der Hauptkommissar interessierte sich nicht dafür. Ihn hatte das Jagdfieber gepackt. Er unterließ es auch, während der Fahrt abfällige Bemerkungen über das Auto zu machen.

Ipsens Lkw stand auf dem Hof. Von ihm selbst war nichts zu sehen. Nach dem Aussteigen gingen die beiden Beamten direkt zur Garage. Thönnissen ließ Hundt den Vortritt und rempelte den Hauptkommissar an, als der abrupt stehenblieb.

»Das ist dreist«, sagte Hundt. »So viel Kaltschnäuzigkeit habe ich noch nicht erlebt. Für wie naiv hält uns dieser Ipsen? Glaubt der, weil wir früher schon einmal einen Blick in seine Garage geworfen habe, ist ihm Absolution erteilt?« Gebannt starrte Hundt auf das Motorrad. »Können Sie bestätigen, dass es Ipsens Maschine ist?«

»Hundertprozentig.«

»Dann werden wir uns den Herrn vorknöpfen.« Hundt hatte einen grimmigen Gesichtsausdruck aufgesetzt und marschierte Richtung Wohnhaus. Im selben Augenblick erschien Tore Ipsen.

»Das ist eine Frechheit, dass ihr schon wieder auf meinem Grundstück herumschnüffelt«, sagte er erregt. »Jetzt reicht es aber. Gibt es keine Gesetze mehr?«

»Doch«, entgegnete Hundt. »Und die besagen, dass Bankraub schwer bestraft wird.«

»Das ist auch gut so. Aber was berührt mich das?«

Der Hauptkommissar zeigte auf die Garage. »Erklären Sie mir bitte, wie das Motorrad da wieder hineingekommen ist?«

»Häh?« Ipsen war sprachlos. Er marschierte auf den Unterstand zu und sah hinein. »Das … verstehe … ich … nicht.«

»Sie sind der Einzige, der das erklären kann.«

»Ich …« Ipsen winkte ab. »Das ist mir ein Rätsel. Keine Ahnung.«

»Ich will das aber wissen.«

»Dann fragen Sie den, der das hineingestellt hat. Vielleicht ist es der, der es auch geklaut hat.«

»Der große Unbekannte.« Hundt schüttelte den Kopf. »Solche Sprüche höre ich oft.«

Ipsen hatte sich ein wenig gefasst. »Dann kennen Sie es ja.« Er zeigte in Richtung Straße. »Suchen Sie den, der dafür verantwortlich ist.«

»So läuft das nicht. Sie bleiben hier«, sagte Hundt mit schneidender Stimme, als der Spediteur sich umdrehte.

»Nein. Ich spiele nicht mit. Das ist doch bescheuert.«

»Herr Ipsen!«, schrie der Hauptkommissar, aber der Mann verschwand wortlos ins Haus.

»Sofort vorläufig festnehmen«, befahl Hundt.

»Natürlich, wenn Sie das anordnen«, erwiderte Thönnissen. »Und dann?«

Der Hauptkommissar sah ihn ratlos an.

»Wir müssten Ipsen aufs Festland bringen lassen. Was können wir ihm beweisen? Das Motorrad könnte auch jemand anderes dort abgestellt haben. Vielleicht wäre es besser, wenn wir es sicherstellen und von der Kriminaltechnik auf Spuren untersuchen lassen? Dann hätten wir gerichtsfeste Beweise.«

Hundt zog die Stirn kraus. »Die Leute, die den BMW abholen, sollen auch das Motorrad mitnehmen. Kümmern Sie sich darum«, wies er an, kehrte zum Fiat zurück und setzte sich in den Kleinwagen.

Thönnissen seufzte und erledigte den Auftrag.

»Wie weit seid ihr?«, wollte der Beamte in Husum wissen, dem er Hundts Anweisung übermittelte.

»Wir kommen in einem schwierigen Umfeld voran. Immerhin haben wir das Fluchtfahrzeug gefunden.«

Der Husumer lachte schallend. »Das ist aber schwer auf einem Minieiland wie Pellworm.« Aus seiner Stimme troff der Hohn.

»Es soll Schreibtischtäter geben, die finden die Büroklammer in der eigenen Schublade nicht wieder«, sagte Thönnissen.

Der Beamte in der vorgesetzten Dienststelle blieb gelassen. »Dann unseren beiden einsamen Wölfen weiterhin Jagdglück im Wattenmeer.«

Thönnissen stieg in den Fiat ein und wollte den Motor starten, als Ipsen zurückkehrte. Er ruderte wild mit seinen Armen herum.

»Wo ist der Schlüssel für mein Motorrad?«, fragte er aufgebracht.

»Der steckt. Du darfst aber nicht damit fahren«, erklärte Thönnissen. »Das Krad ist sichergestellt und wird nach Kiel zur kriminaltechnischen Untersuchung gebracht. Die Leute holen es hier ab.«

»Das wird immer wilder. Ich brauche die Maschine. Es ist meine. Habt ihr das verstanden? Meine! Ich will nicht, dass die nach Kiel oder Timbuktu gebracht wird. Wie ich euch kenne, muss ich sie da selbst wieder abholen. Oder?« Ipsen sah Hundt an. Der wich dem Blick aus.

»Tore, du solltest das Motorrad nicht anfassen. Wir müssen es auf Spuren untersuchen. Das geschieht auch in deinem Interesse. Wenn wir andere Hinweise finden, bist du automatisch entlastet. Es wäre klug, wenn du uns unterstützen würdest.«

»Es reicht«, unterband Hundt den Dialog. »Fahren Sie, Obermeister. Und Sie«, sagte er zu Ipsen gewandt, »tun das, was Ihnen der örtliche Polizist aufgetragen hat.«

»Für die Maschine zahle ich Kfz-Steuern. Was habe ich davon, wenn ich nicht fahren kann? Ihr erstattet mir doch keinen Cent. Gauner. Jawohl! Gauner seid ihr.«

Thönnissen startete den Motor und fuhr langsam davon. Sie hatten den Hofplatz noch nicht verlassen, als Hundt ihn maßregelte: »Sie boykottieren die Ermittlungen. Ist Ihnen das nicht bewusst? Das ist Strafvereitelung im Amt.«

Der Inselpolizist trat auf die Bremse. Erschrocken sah er Hundt an.

»Wie meinen Sie das?«

»Sie merken es nicht einmal.« Hundt schüttelte theatralisch den Kopf. »Ich verfüge über genug Menschenkenntnis, um zu sehen, dass es wirklich kein Vorsatz ist. Sie haben Ipsen soeben geraten, alle Spuren am Motorrad zu beseitigen.«

»Aber«, antwortete Thönnissen, »genau das Gegenteil war der Fall. Sie haben ihn doch erst darauf aufmerksam gemacht.«

»Dann müsste Ipsen aber weit um die Ecke denken«, gab der Inselpolizist zu bedenken.

Der Hauptkommissar gab sich damit zufrieden. »Das stimmt allerdings. Dazu ist die Mehrheit der Leute, die ich hier kennengelernt habe, nicht fähig.«

Thönnissen verzichtete auf eine Erwiderung. Hundts Einschätzung war ihm im Augenblick ganz lieb.

»Und nun?«, fragte Thönnissen.

»Auf die Dienststelle.«

Aha, dachte der Inselpolizist. Mein Haus ist mittlerweile zu einer Amtsstube degeneriert. Erleichtert fuhr er nach Hause.

Während Thönnissen Kaffee kochte, hörte er den Hauptkommissar telefonieren. Zwischendurch beschäftigte sich Hundt mit seinem Notebook, murmelte Unverständliches, griff wieder zum Telefon und wurde immer hektischer. Mechanisch griff er zur Kaffeetasse, die Thönnissen bereitgestellt hatte, und nippte am schwarzen Gebräu.

Der Inselpolizist hatte sich dazu gesetzt und beobachtete den Hauptkommissar. Den hatte das Jagdfieber gepackt. Röte überzog sein Gesicht. Immer wieder fuhr sich Hundt mit der Zungenspitze über die Lippen. Zwischendurch notierte er etwas auf einem bereitgelegten Block, strich einige Passagen wieder durch. Im Eifer bemerkte der Hauptkommissar nicht, dass Thönnissen ihm durch permanentes Nachschenken bereits vier Tassen Kaffee verabreicht hatte.

Hundts Mundwinkel zuckten, er fuhr sich mit gespreizten Fingern durch die Haare, rieb sich die Nasenspitze und nestelte an seinem Hemdkragen. Er schien Thönnissen vergessen zu haben. Nach fast zwei Stunden sprang er plötzlich in die Höhe, stieß fast den Tisch um und rannte aus dem Zimmer. Dann hörte Thönnissen es rauschen wie bei einem sommerlichen Gewitterregen.

Der Kaffee zeigte seine Wirkung.

Es dauerte Minuten, bis Hundt zurückkehrte. Thönnissen griff zur Thermoskanne und wollte nachschenken.

»Lassen Sie das«, schrie Hund aufgebracht. »Ich habe schon lange genug. Wollen Sie mich umbringen?«

»Ich habe Ihnen nur assistiert«, sagte der Inselpolizist. »Ihnen war anzusehen, dass Sie in der entscheidenden Phase der Ermittlungen sind.« Er rückte ein wenig näher an Hundt heran. »Man hat auf diesem Dienstposten nicht oft Gelegenheit, einem Profi über die Schulter zu blicken. Es ist faszinierend, mit welchem Gespür Sie den Tätern auf die Schliche kommen, ihre noch so gerissen angelegten Täuschungsmanöver entlarven und ihnen die Maske vom Gesicht reißen.«

»So ist es«, antwortete Hundt selbstzufrieden. Dabei konnte er es nicht vermeiden, dass seine Gesichtsmuskeln unentwegt zuckten, die Hände in stetiger Bewegung waren und er auf den Zehenspitzen wiegte, als würde er einen unhörbaren Takt begleiten.

Das war die zweite Wirkung des Kaffees. Thönnissen war zufrieden.

»Ich lasse mich nicht hinters Licht führen«, erklärte der Hauptkommissar und lehnte sich zurück. »Es hat mir keine Ruhe gelassen. Zunächst einmal habe ich die Bestätigung, dass Ihr System nicht funktioniert. Wie heißt der Blockwart auf der Fähre?«

»Sie meinen Peter-Jakob.«

»Auf den ist genauso wenig Verlass wie auf Sie oder andere. Wollte er sich nicht melden, wenn die Russen die Insel verlassen?«

»Das hatte Peter-Jakob zugesichert. Allerdings hat er auch mal frei. Und wenn ein ganzer Pulk von Fußpassagieren …«

»Von was?«, unterbrach Hundt.

»Fahrgästen, die zu Fuß auf die Fähre gehen. Häufig warten zahlreiche Leute samt Gepäck darauf, dass der Zugang zur Fähre vom Personal freigegeben wird. Dann kann es vorkommen, dass jemand übersehen wird.«

Der Hauptkommissar schüttelte den Kopf. »Das stimmt nicht. Die Decksleute kontrollieren die Fahrkarten von jedem Einzelnen.«

»Das trifft zu. Aber ein anderes Besatzungsmitglied weist die Fahrzeuge ein, teilt ihnen die Parkposition zu und sorgt dafür, dass die Autos dicht an dicht halten.«

»Sie wollen mir wortreich erklären, dass auf Ihre Quelle Peter-Jakob aus den verschiedensten Gründen kein Verlass ist«, sagte der Hauptkommissar schnippisch.

Thönnissen beließ es bei einem Schulterzucken.

Hundt hielt seine Hand in die Luft. »Meine Skepsis ist bestätigt worden. Die Kollegen, die ich beauftragt habe, sind fündig geworden. Iwanow und Jelzin sind entkommen. Vermutlich sind sie mit dem Inselbus zum Tiefwasseranleger gefahren, haben die Fähre genommen und sind drüben in Strucklahnungshörn in den Zubringer nach Husum gestiegen.«

»Woher wollen Sie das wissen?«, fragte Thönnissen staunend.

Hundt tippte sich mit der Spitze eines Kugelschreibers an die Stirn. Er hatte vergessen, die Mine einzufahren. Ein kleiner blauer Streifen markierte die Stelle. »Logik«, erklärte er dabei. »In Husum sind die beiden unbehelligt samt Gepäck ins Reisezentrum im Bahnhof gestiefelt und haben zwei Fahrkarten erster Klasse nach Hamburg gelöst.«

»Daran konnten sich die Bahnmitarbeiter erinnern?«

»Die Russen sind Profis. Eiskalt und unverfroren.« Es klang, als würde ein Hauch Anerkennung mitschwingen. »Die haben mit ihrer Kreditkarte bezahlt und sich nicht der Mühe unterzogen, sich zu tarnen.«

»Dann müssen wir die Hamburger Kripo einschalten«, schlug Thönnissen vor.

»Was meinen Sie, wer die Spur in Hamburg weiterverfolgt hat? Es ist nicht gelungen, einen Taxifahrer ausfindig zu machen, mit dem die Russen vom Bahnhof weitergefahren sind.«

»Und wenn sie von einem Komplizen aufgegabelt wurden?«, warf Thönnissen ein.

Hundt schüttelte heftig den Kopf. »Die Fantasie geht mit Ihnen durch. Wie groß soll die Organisation sein, um für eine bescheidene Beute, die auf Pellworm zu erwarten war, hinter den Kulissen die Logistik abzuwickeln?«

»Ist das nicht ein Widerspruch«, wagte Thönnissen zu behaupten. »Sie erzählen die ganze Zeit, dass Iwanow und Jelzin hartgesottene Berufsverbrecher sind. Gleichzeitig zweifeln Sie daran, dass es Unterstützer gab.«

Der Hauptkommissar bewegte die Hand auf und ab, als wolle er den Inselpolizisten dämpfen. »Langsam. Immer der Reihe nach. Nicht nur in Husum gibt es pfiffige Ermittler. Die Spur der beiden findet sich wieder am Flughafen Fuhlsbüttel. Von dort haben sie ungehindert Tickets nach Moskau gebucht.«

»Und niemand hat sie aufgehalten?«, sagte Thönnissen empört. »Schließlich hatten Sie die Russen schon lange in Verdacht.«

»Man kann nicht …« Der Hauptkommissar brach mitten im Satz ab. Er hatte selbst festgestellt, dass er sich verteidigen wollte.

Sicher, dachte Thönnissen. Unter diesen Umständen hätte Hundt ein Reiseverbot für die halbe Insel aussprechen müssen. Wen hatte er nicht alles verdächtigt?

Der Inselpolizist rümpfte die Nase. »So viel Aufwand für einen Bankraub mit wenig Beute? Das verstehe ich nicht.« Thönnissen hatte Zweifel.

»Rational ist eben nichts.«

»Und was ist mit dem Münchener Leihwagen? Den haben die Russen auf Pellworm zurückgelassen.«

»Kümmert das solche Verbrecher? Die haben andere Sorgen gehabt als an die korrekte Rückgabe eines Leihwagens zu denken. Die haben kein schlechtes Gewissen. Nein! Die haben gar kein Gewissen.«

»Das heißt, die Täter sind entkommen.«

»Vorläufig haben sie sich dem Zugriff der deutschen Justiz entzogen. Dank meiner Vorarbeit liegen aber handfeste Beweise vor. Die Staatsanwaltschaft wird ein Rechtshilfeersuchen an Russland schicken und um die Auslieferung bitten.«

»Hat das Aussicht auf Erfolg?«

»Das weiß ich nicht«, gestand der Hauptkommissar ehrlich ein. »Es schmerzt einen altgedienten Kämpfer für Recht und Gesetz natürlich, wenn sich die Täter der Bestrafung entziehen. Zumindest ist der Fall aber aufgeklärt, auch wenn es zunächst Verwirrungen gab. Dazu haben Sie nicht unwesentlich beigetragen.«

»Ich?«, fragte Thönnissen erstaunt.

Der Hauptkommissar nickte nur, ohne es näher zu begründen.

Thönnissen setzte sich in den Sessel, schlug die Beine übereinander und nippte vom Kaffee. Dabei zeigte er auf die Tasse. »Möchten Sie noch eine?«

»Lassen Sie mich damit in Ruhe.« Hundt schrie es fast heraus und fuchtelte wild in der Luft herum. »Ich kann das Zeug nicht mehr sehen.«

»Wie haben Sie die Russen überführt?«, fragte Thönnissen neugierig und beugte sich zum Hauptkommissar hinüber. »Die Auflösung ist ein bisschen geheimnisvoll verlaufen, nachdem sich zuvor eine ganze Reihe von Leuten verdächtig gemacht hatten.«

»Das war in der Tat verwirrend. Es gab viele Zufälle, die in falsche Richtungen führten. Das heißt, eigentlich nicht.«

Thönnissen schüttelte den Kopf. »Jetzt kann ich Ihnen nicht folgen. Tore Ipsen, Schnack. Wenn sich jetzt deren Unschuld erwiesen hat, weshalb war das für die Auflösung dienlich?«

»Nun jaa«, dehnte Hundt die Antwort übermäßig. »Jede falsche Spur wies an ihrem Ende auf jemanden, der auf unerklärliche Weise zu Geld gekommen war. Kein einziger Fall entsprach der Normalität, etwa in der Weise, dass die Leute Erspartes vom Konto abgehoben oder einen Kredit aufgenommen haben. Davon hatten wir gleich mehrere. Also lag es fast nahe, dass die Täter an anderer Stelle zu suchen waren. Ich habe das Augenmerk darauf gelegt, was sie von anderen unterscheidet.«

Der Hauptkommissar sprach in einem belehrenden Ton. Er schien sich in der Rolle des Dozierenden zu gefallen.

»Pellworm ist eine Urlaubsinsel, wie die ganze Gegend drum herum. Na ja«, sagte Hundt mehr zu sich selbst, »sonst gibt es hier ja auch nichts. Zugegeben! Das Weltnaturerbe Wattenmeer, die Landschaft, die reine Seeluft … All das ist reizvoll und lockt die Menschen an, die Ferien hier zu verleben. Natürlich sind mir die Autokennzeichen aufgefallen, die auf eine Herkunft aus vielen deutschen Regionen verweisen, aber auch auf die zahlreichen Schweizer, ein paar Österreicher und sogar Italiener.«

»Wir sind ein anerkanntes Seeheilbad«, warf Thönnissen ein.

»Mag sein. Doch das spielt für unseren Fall keine Rolle. Nicht so richtig. Ich habe schon aufgezählt, woher die Touristen kommen. Aber russische Urlauber? Sicher nicht. Auf Pellworm geht es familiär zu. Sie werden mir nicht widersprechen, wenn ich die Insel nicht als mondän bezeichnen würde. Seien Sie froh. Die Schickimicki-Gesellschaft bedeutet nicht unbedingt Lebensqualität. Wo war ich stehengeblieben?«

»Bei den russischen Touristen.«

»Richtig. Normale Bürger aus Russland werden kaum hierherkommen. Man hört von den Reichen und Superreichen, die gefürchtet sind, wenn sie einfallen. Auch wenn sie viel Geld ausgeben, werden andere Urlauber durch das Auftreten dieser Leute oft vergrault. Diese besondere Spezies von Gästen ruiniert das Geschäft. Es ist ein kurzer Boom, dann war es das. Sehen Sie sich um. Baden-Baden ist gefürchtet. Aber Pellworm? Der Aufenthalt der beiden Männer musste einen anderen Grund haben.«

»Und Sie vermuten, dass sie hierhergekommen sind, um die Uthlande-Sparkasse zu überfallen? Ich frage mich oft, ob für die zu erwartende Beute der zuvor betriebene Aufwand nicht zu groß war?«

»Ihr Einwand ist berechtigt«, erklärte Hundt gönnerhaft. »Aber dafür findet sich eine Erklärung. Eiskalte Profis wie Jelzin und Iwanow wissen natürlich, dass ein Banküberfall dank ausgefeilter Sicherheitstechnik kaum noch möglich ist. Zumindest nicht in Deutschland. Aber wie sieht es in anderen Ländern aus?«

»Davon verstehe ich nichts«, sagte Thönnissen ratlos. »Mir fehlt der Überblick.«

»Sehen Sie. Es ist nicht auszuschließen, dass die Russen ein Trainingsobjekt gesucht haben. Möglicherweise sind die beiden in der Hierarchie der Russenmafia weiter oben angesiedelt, strategische Planer. Das schmutzige Geschäft lassen sie andere ausführen.«

»So weit kann ich Ihnen folgen«, gab Thönnissen zu bedenken. »Aber warum haben Jelzin und Iwanow es nicht bei der Inaugenscheinnahme belassen?«

»Die zwei würden für eine so geringe Beute nichts riskieren. Aber Pellworm ist auch kein gefährliches Pflaster für Bankräuber. Die ganze Ordnungsmacht besteht aus einem Polizisten. Und, das kommt erschwerend hinzu: Das sind Sie.« Hundt zog die Nase hoch. »Also – ein risikoloses Geschäft.«

»Ich weiß nicht«, zeigte sich Thönnissen skeptisch. »Das ist eine gewagte Theorie.«

»Weisen Sie mir nach, dass ich an einer Stelle irre«, forderte der Hauptkommissar ihn auf.

Wie denn?, dachte Thönnissen. Deine ganzen Überlegungen sind ohne jeden stichhaltigen Beweis. Wie kann man ein Luftschloss einreißen?

»Die Täter fühlten sich in Anbetracht der Rahmenbedingungen sicher.«

»Auf mich wirkte der Plan aber nicht genial.«

»Hierin liegt Ihr Denkfehler. Die Großartigkeit des Banküberfalls lag in der Einfachheit. Sie haben es bemerkt, wie die Täter gerade Sie an der Nase herumgeführt haben. Ich denke an die Sache mit dem Motorrad. Wenn nicht ein glücklicher Umstand auf den Verbleib des Motorrads verwiesen hätte, würden Sie jetzt noch orientierungslos über die Insel streifen und danach suchen. Bei Schulungsmaßnahmen hören Sie immer wieder, dass Taschendiebe in Gruppen auftreten. Einer zieht, das heißt, er bestiehlt das Opfer und gibt die Beute im selben Moment an einen Komplizen weiter. Selbst wenn der Bestohlene es bemerkt, kann er dem Täter nichts beweisen. Die Vorgehensweise ist schlicht und einfach, aber effizient.«

»Den Russen kam es gar nicht auf die Beute an. Unglaublich. Darauf muss man erst einmal kommen«, staunte Thönnissen.

»Um das zu erkennen, bedarf es einer langjährigen Erfahrung. Ich könnte mir zudem vorstellen, dass die beiden mit ihrem Coup ihre Clan-Chefs zusätzlich überzeugen wollten, indem sie ihn selbst verübten.«

»Donnerwetter. Pellworm im Fadenkreuz der Mafia. Das glaubt niemand.«

»Da sehen Sie, wie clever die Leute sind. Weil es so unwahrscheinlich klingt, führen sie die Tat hier aus.«

Thönnissen schenkte sich Kaffee nach. Auch Hundts Tasse füllte er auf, ohne zu fragen. Automatisch griff der Hauptkommissar zu und nahm einen tiefen Schluck.

»Waren Kopitzki und Vogtländer Handlanger der Russen? Oder welche Rolle spielten die zwei schrägen Vögel?«

»Da geht irgendwo in den Alpen eine Lawine ab und begräbt ein Haus unter sich. Eine vierköpfige Familie, die erst am Vortag dort ihren Urlaub begonnen hat, kommt dabei ums Leben. Glauben Sie, der Bürgermeister des Alpenortes hätte mit der Lawine extra bis zu diesem Augenblick gewartet?«

Thönnissen starrte den Hauptkommissar irritiert an. »Blödsinn. Das ist ein ungeplanter Zufall.«

»Sie sind überzeugt, dass es so etwas gibt?«

»Absolut.«

»Das glauben wir alle. Was heißt glauben. Wir wissen es.« Hundt leerte seine Tasse. »Von Kopitzki und Vogtländer kennen wir das Vorstrafenregister. Die Männer haben solche Taten schon öfter begangen. Sie sind knapp bei Kasse, haben aber bei aller Dummheit die leidvolle Erfahrung machen müssen, dass man ihnen in ihrer Heimatregion sehr schnell auf die Schliche kommt. So verfallen sie der aberwitzigen Idee, es woanders zu versuchen. Sie glauben, auf einer Insel am Rande Deutschlands wäre es einfacher. Warum hier? Sylt erschien ihnen zu prominent; von den anderen Inseln haben sie möglicherweise schon einmal etwas gehört. Pellworm ist die große Unbekannte. Sie bereiten ihren Aufenthalt vor. Immerhin sind sie so klug und buchen ein Hotel. Sonst wäre es ihnen wie mir ergangen. Natürlich liegen Welten zwischen ihnen und den Russen. Vogtländer benutzt noch einen Tarnnamen, aber Kopitzki versäumt auch dieses. Ebenso unklug ist es, im selben Hotel unterzukommen. Die beiden entdecken zufällig das Motorrad und benutzen es für den Überfall.«

»Da ergeben sich für mich ein paar Fragen«, unterbrach Thönnissen. »Das Motorrad im Schuppen zu entdecken ist denkbar. Das ist in Hafennähe, der Raum ist nicht abgeschlossen, aber woher wissen sie, wo sie die Schlüssel finden?«

»Thönnissen«, sagte Hundt herablassend. »Wo bewahrt der typische Deutsche seine Schlüssel auf? Was finden Sie in jedem Haushaltswarengeschäft?«

»Einen Schlüsselkasten oder eine Schlüsselleiste«, riet der Inselpolizist.

»Die befindet sich wo im Haushalt?«

Thönnissen seufzte. »Neben der Eingangstür.«

»So einfach ist das. Kopitzki und Vogtländer stehlen das Motorrad und wollen damit die Sparkasse überfallen. Das Gleiche planen aber auch die Russen.«

»Am selben Tag? Zur selben Zeit? Genau die Uthlande-Sparkasse? Ist das möglich?«, sagte der Inselpolizist staunend.

»Deshalb habe ich Ihnen das Beispiel mit der Lawine erzählt. Warum mussten alle Familienmitglieder sterben? Die Mutter hätte gerade Brötchen holen können, ein Kind vielleicht abseits des Hauses einen Schneemann gebaut. Nein! Das Schicksal ist unerbittlich. Alle vier sterben. Ein bitterer Zufall.«

Thönnissen nahm einen Schluck Kaffee und sah nachdenklich auf den Boden des leeren Trinkgefäßes. »Wo hat sich dieses Unglück ereignet?«

»Das war in … in …« Hundt sprang in die Höhe. »Sind Sie so dumm? Ich habe es nur als Beispiel angeführt, um Ihnen begreiflich zu machen, was ein Zufall ist.«

»Und so einer hat sich auf Pellworm zugetragen?«

»Ja, verdammt noch mal.« Hundt hielt Thönnissen die Kaffeetasse hin.

Der Inselpolizist wollte nachschenken, stellte aber fest, dass die Kanne leer war. »Ich koche neu«, sagte er und stand auf.

»Ich *will* nicht mehr«, rief der Hauptkommissar gereizt. »Lassen Sie mich mit Ihrem Gesöff zufrieden.«

»Darf ich Ihnen einen Schnaps anbieten? Das ist bekömmlich für den Magen.« Und beruhigt – ergänzte Thönnissen im Stillen.

Nachdem Hundt energisch verneint hatte, fuhr der Inselpolizist fort: »Die beiden deutschen Ganoven und die Russen treffen also zur selben Zeit bei der Sparkasse ein.«

»Ja.«

»Die Russen waren aber etwas schneller. Sie sind schon im Geldinstitut und begehen den Raub, als Kopitzki und Vogtländer dazu stoßen.«

»So kann es gewesen sein.«

»Die beiden Russen verlassen die Sparkasse und flüchten. Das beobachten Kopitzki und Vogtländer.«

»Endlich haben Sie es begriffen.«

»Tja«, sagte Thönnissen gedehnt. »Wie sind die Russen geflüchtet? Wir waren bisher davon ausgegangen, dass die Täter dazu Ipsens Motorrad benutzt haben.«

»Das ist das Vertrackte an diesem Fall. Es deutete alles darauf hin. Zu der Zeit war noch nicht bekannt, dass wir es mit zwei Täterpaaren zu tun haben.«

»Die Zeugen sprachen aber davon, dass die Täter mit dem Motorrad geflüchtet sind.«

»Was haben die Zeugen gesehen? Es ist ein Phänomen, was die Leute beobachtet haben und welche Schlüsse sie daraus ziehen. Den Menschen wurde in unzähligen Krimis gezeigt, dass die Täter mit einem Motorrad flüchten. Sie sehen kurz nach der Tat ein solches auf Pellworm und …«

»… schließen daraus, dass es sich nur um die Bankräuber handeln kann«, ergänzte Thönnissen.

»So ist es. Tatsächlich hat niemand den Bankraub beobachtet. Keiner steht vor der Tür und wartet darauf, dass die Täter das Geldinstitut wieder verlassen. Jelzin und Iwanow konnten in aller Seelenruhe wieder auf die Straße treten, gelassen in den BMW steigen und davonfahren. Sie durften sicher sein, dass sie niemand beachten würde. Sie selbst sind ja auch erst Stunden nach dem Überfall bei der Sparkasse eingetroffen.«

Tage!, dachte Thönnissen grimmig. Es war wie beim Angeln. Der gefangene Fisch wurde immer größer, die Zeitdifferenz immer gewaltiger.

»Bahnsen und Lene Kriechbaum haben ausgesagt, dass die Täter Motorradkleidung trugen«, warf Thönnissen ein.

»Die Russen sind gut«, erklärte Hundt. »Mit wenigen Mitteln haben sie absolute Verwirrung gestiftet. Fast hätten sie es geschafft, auch mich zu blenden. Der dumme Zufall und das Geschick der Russen waren nicht leicht zu durchschauen.«

»Sie meinen, die Bikerkluft war ein Trick?«

»Sicher, Thönnissen. Jemand, der mit Kapuzenpulli und Sturmhaube durch Tammensiel läuft, fällt auf. Aber Motorradfahrer nicht.«

Der Inselpolizist musste dem zustimmen.

»Und wie ging es weiter?« Thönnissen fühlte sich wie das Enkelkind, das mit weit aufgerissenen Augen am Tisch sitzt und Opas spannenden Erzählungen lauscht.

»Kopitzki und Vogtländer kamen einen Tick zu spät. Sie mussten staunend miterleben, wie ihnen die Russen zuvorkamen. Da es sich um hartgesottene Verbrecher handelte, gaben sie nicht einfach auf, sondern verfolgten die Russen. Ob die es bemerkten, können wir nicht mit Sicherheit sagen. Es ist aber anzunehmen.«

»Niemand hat davon erzählt.«

Hundt stöhnte laut auf. »Das habe ich Ihnen gerade klarzumachen versucht. Alles konzentrierte sich auf das Motorrad. Niemand hat den BMW beachtet.« Plötzlich sprang Hundt erneut auf. Er störte ihn nicht, dass er gegen den Tisch stieß und das Geschirr klapperte. Hastig rannte er in Richtung Bad, aus dem kurz darauf ein Seufzer der Erleichterung drang. Es dauerte annähernd zehn Minuten, bis er zurückkehrte.

»Wir waren bei der Flucht«, erinnerte Thönnissen an die Unterbrechung.

»Flucht. Ah ja«, murmelte Hundt. »Hier liegen die Dinge noch im Dunklen. Die Rechtsmedizin wird uns Aufschluss darüber geben, wann Kopitzki ermordet wurde. Ich vermute, Vogtländer alias Meyer sieht ein, dass ihr Plan schiefgegangen ist. Er reist deprimiert am nächsten Tag ab, ohne Beute und vermutlich auch nahezu mittellos. Deshalb hat er – wohl mehr aus Verzweiflung – im direkten Anschluss eine Spielhalle überfallen. Dort kam es zum Feuergefecht mit der Polizei, in dessen Verlauf er erschossen wurde.«

»Warum hat ihn Kopitzki nicht begleitet? Schließlich waren sie ein eingespieltes Team.«

»Beide sind tot. Wir werden es nie erfahren, sondern können es nur mit unserer eigenen Logik erklären. Ich vermute, Kopitzki hat geglaubt, es wäre einfacher, den Russen die Beute, oder zumindest einen Teil davon, abzujagen. Vielleicht mag bei seiner Überlegung auch mitgespielt haben, dass sie ja gerade deshalb hierhergekommen sind, weil ihnen Raubzüge in Sachsen zu gefährlich erschienen. Der Bursche konnte nicht ahnen, mit welchem Kaliber er sich einließ. Entweder wollte er den Russen das Geld stehlen …« Hundt unterbrach sich, als müsse er nachdenken.

Ob der Hauptkommissar etwas von dem Einbruch bei Feddersen wusste, den der Hotelier herunterspielen wollte?, überlegte Thönnissen.

Nein! Die Denkpause schien anderen Zwecken gedient zu haben. »Ich kann mir nicht vorstellen, dass Kopitzki seinerseits die Russen überfallen hat. Das hätte eine wilde Schießerei bedeutet. Selbst auf Pellworm bleibt so etwas nicht im Verborgenen. Ich bin davon überzeugt, dass er versuchte, die Russen zu erpressen. Doch die ließen sich nicht unter Druck setzen. Mit solch gefährlichen Leuten darf man sich nicht anlegen. Sie haben Kopitzki kaltblütig erschossen. Davon zeugt der Schuss in den Hinterkopf. Das war eine brutale Hinrichtung. Die Russen wollten ein Zeichen setzen.«

»Wem galt die Warnung? Kopitzki war zu dieser Zeit allein auf der Insel, nachdem Vogtländer zuvor geflüchtet war. Vermuten Sie weitere Helfer oder Mittäter?«, fragte Thönnissen lauernd.

»Davon gehe ich nicht aus. Es war schon so, wie ich es Ihnen berichtet habe.«

Berichtet?, dachte Thönnissen. Ihm schien es, als hätte

Hundt eine Theorie ausgebreitet. *Bericht* klang wie nachgewiesen.

»Ich weiß, wovon ich spreche«, schob der Hauptkommissar nach. »Auch wenn Sie das nicht verstehen können. Woher auch? Seien Sie froh, dass Sie als Landpolizist nicht mit solch gefährlichen Verbrechern in Kontakt kommen.«

»Wie wollen Sie Ihre Gedanken dem Staatsanwalt und dem Gericht verkaufen?«

»Verkaufen?«, fragte Hundt aufbrausend. »Jeder erfahrene Kriminologe kann das nachvollziehen. Sicher ist es fraglich, ob wir die Mörder Kopitzkis jemals vor ein deutsches Gericht bringen können. Aber meine Ermittlungsergebnisse werden durch die Sachbeweise untermauert werden. Da ist der Todeszeitpunkt Kopitzkis, dann die verwendete Waffe. Der Schuss in den Hinterkopf. Die Blutspuren im Kofferraum des BMW sind mit Sicherheit Kopitzkis. Es gibt die DNA-Spuren aus dem Fahrzeug, aus den Hotelzimmern, die Spur der Russen während ihrer Flucht … Das sind so viele unwiderlegbare Anhaltspunkte und Beweise.«

Hundt lehnte sich entspannt zurück. »So, Thönnissen, nun können Sie uns einen Schnaps einschenken.«

Aus dem einen wurden viele.

Sieben

Thönnissen hatte seit langem wieder einmal ruhig und erholsam geschlafen. Sie waren nicht nur beim Schnaps geblieben, Hundt hatte sich auch noch am Leeren der fast vollen Bierkiste beteiligt. Was auch immer dem Hauptkommissar vorzuwerfen war – Alkohol verschmähte er nicht. Es hatte nicht lange gedauert, bis sich die Wirkung einstellte. Immerhin war es nicht wieder zum Exzess gekommen. Thönnissen war es nur recht.

Nahezu vergnügt besorgte er Brötchen und bereitete das Frühstück zu. Hundt blieb schweigsam während der Mahlzeit. Er sagte auch nichts, als Thönnissen ihn zur Fähre fuhr. Es gab keinen Händedruck, nicht einmal ein »Dankeschön«. Schließlich hatte sich der Inselpolizist nicht nur als unfreiwilliger Gastgeber erwiesen, sondern den Hauptkommissar auch aus einer karrierezerstörenden Situation befreit. Nicht einmal mit den Schäden am Auto wurde er belastet.

Ich bin ein Elefant, dachte Thönnissen grimmig, als er Hundt hinterhersah, der ohne sich umzublicken über die Rampe auf die Fähre marschierte und durch ein Schott ins Innere verschwand. Ein Elefant vergisst nie etwas.

Vom Tiefwasseranleger fuhr Thönnissen direkt zu Feddersen. Der Hotelier stand am Eingang und sprach mit einem älteren Paar. Thönnissen wartete, bis sich die Gäste mit Handschlag verabschiedet hatten.

»Bis nächstes Jahr«, rief ihnen Feddersen hinterher. »Kommen Sie gut nach Hause und bleiben Sie gesund.«

»Sonst geht dir ein Geschäft verloren«, lästerte Thönnissen, der zum Hotelier getreten war.

»Du als permanenter Empfänger von Staatsknete solltest dich bei solchen Äußerungen zurückhalten. Ohne die Steuern, die ich reichlich zahle, könnte man dich nicht alimentieren. Dann müsstest auch du arbeiten. So wie andere Menschen.«

»Erstens bin ich rund um die Uhr im Dienst und sorge für deine Sicherheit und die deiner Gäste. Und zweitens würdest du nicht die Hälfte deines Einkommens an der Steuer vorbei schmuggeln, müsste der geplagte Polizeibeamte auf Pellworm nicht mit dem Fahrrad zum Einsatz strampeln, sondern könnte wieder einen Streifenwagen benutzen, weil das Land dafür Geld hätte.«

»Bei deinem ruhigen Job … Dir bekommt es gut, dass du auf diese Weise in Bewegung bleibst.«

»Ich bin genug unterwegs, zum Beispiel hinter den Leuten her, die bei dir eingestiegen sind.«

»Bei mir?«, fragte Feddersen erstaunt.

»Genau. Du hast zwar gesagt, ich soll den Fall nicht weiterverfolgen, aber es hat mir keine Ruhe gelassen.«

Der Hotelier knetete nervös die Hände. »Da war nichts. Ich habe inzwischen herausgefunden, dass das Fenster durch ein Missgeschick eingeschlagen wurde.«

»Mich würden Details interessieren.«

»Ein Kind.« Feddersens Gesicht erhellte sich. »Richtig.« Der Hotelier stellte sich beim Lügen ungeschickt an.

»Hast du den Namen und die Anschrift der Haftpflichtversicherung?«

Feddersen winkte ab. »Es war das Kind eines Gasts. Da muss man großzügig sein.«

»Merkwürdig.« Thönnissen spitzte die Lippen. »Ich habe

schon ewig keine Familien mit Kindern unter deinen Gästen gesehen.«

»Die sind morgens früh zum Strand. Man sieht sie kaum.«

»Obwohl sie ständig unterwegs sind, finden sie Zeit und Gelegenheit, nachts deine Scheiben einzuwerfen?«

»Betriebsrisiko«, versuchte Feddersen es abzutun, ohne dabei zu bemerken, dass Kinder nachts selten Scheiben einwarfen.

»Und der Diebstahl aus deinem Schreibtisch?«

»Ach, das war ein Irrtum. Meine Frau hat etwas gesucht.«

»Ist sie fündig geworden?«

Feddersen nickte. »Ja. Alles in Ordnung«.

»Dann bin ich beruhigt. Ich dachte schon, ich müsste um unserer Freundschaft willen gegenüber Liesschen Zurückhaltung üben.« Thönnissen ließ es beiläufig klingen.

Feddersen legte den Arm um die Schulter des Inselpolizisten. Dann zeigte er auf den blauen Himmel, an dem weiße Schäfchenwolken langsam Richtung Festland zogen.

»Es ist doch traumhaft schön bei uns auf Pellworm. Warum sollen wir uns mit Dingen belasten, die es anzusprechen nicht wert sind? Lappalien. Ich finde, der Mord und der Bankraub haben genug Unruhe gestiftet. Die Täter sind gefasst.«

»Leider nicht. Sie sind nach Russland geflüchtet, und Hundt hat sie noch nicht verhaften können.«

»Eine erkannte Gefahr ist eine gebannte Gefahr«, philosophierte Feddersen. »Komm, ich gebe einen aus.«

»Wessels' schwarzgebrannten Kartoffelschnaps?«

»Kannst du auch haben, obwohl mein Vorrat langsam zur Neige geht. Ich habe neulich Inventur gemacht. Es sind nur noch knapp sechzig Flaschen auf Lager.«

»Das bedeutet, du kannst nur noch fünf Dutzend Mal Russen betrunken machen und sie bestechen.«

»Ja.« Die Antwort kam spontan. Plötzlich stutzte Feddersen. »Wieso bestechen? Weshalb sollte ich sie bestechen?«

»Oder war das andersherum?«, fragte Thönnissen.

»Los jetzt«, erwiderte der Hotelier entschieden. »Wir kippen uns einen hinter die Binde. Auf unsere schöne, ruhige und friedliche Insel. Und auf unsere Freundschaft.«

»Auf unsere Freundschaft«, erwiderte Thönnissen.

Epilog

Hundt war weg. Er hatte mir, Polizeiobermeister Frerk Thönnissen, aufregende Tage beschert. Sein Aufenthalt in meinem Haus war nicht nur eine Zumutung, es war eine Herausforderung gewesen. Das lag nicht nur an der arroganten Art seines Auftretens, die mir widerstrebte. Der Hauptkommissar war mir menschlich nicht nähergekommen, sondern erzeugte bei mir mit seinen ständigen Drohungen wegen eines dummen Fehlers in meinen ersten Dienstjahren gewaltig Stress. Es war entwürdigend, wie er mich behandelte, für einen unfähigen Polizisten hielt, mir unterstellte, ich würde nicht nur ständig Fehler begehen, sondern sogar die Ermittlungsarbeiten boykottieren.

Nun hatte das Ganze ein glückliches Ende gefunden. In einem schwierigen Umfeld hatte Hundt im Alleingang den Überfall auf die Sparkasse und den Mord an Kopitzki aufgeklärt, ohne die Hilfe einer ganzen Mordkommission in Anspruch zu nehmen. Alleingang? Ja! Ich war ihm – nach seiner Aussage – keine Hilfe, eher ein Hemmnis, gewesen.

Der Hauptkommissar fuhr zurück aufs Festland und konnte sich in Husum rühmen, einen weiteren spektakulären Fall auf seinem Erfolgskonto verbuchen zu können. Er hatte sein Happy End, auch wenn es schwerfallen würde, die Russen vor ein deutsches Gericht zu stellen. Aber die noch ausstehenden forensischen Beweise würden Hundt Recht geben.

Dabei gab es einige kritische Momente, die mir bewusst werden ließen, dass ich im Unterschied zu Hundt Amateur war, eben nur ein kleiner unbedeutender Landpolizist.

Fast!

Es war schwierig, an jede Kleinigkeit zu denken. Wenn man unter Druck steht, übersieht man die eine oder andere. Und die kann zum Verhängnis werden.

Doch der Reihe nach, auch wenn meine Sicht der Dinge ein wenig von der offiziellen Version abweicht.

Natürlich wissen Sie, dass nicht die Russen, sondern Kopitzki und Vogtländer die Sparkasse überfallen haben. Jost Hansen hat ihnen dabei in seiner Dummheit geholfen. Hansen war einfältig, vielleicht ein wenig geltungssüchtig, aber kein Verbrecher. Es war nicht schwer, die Wahrheit aus ihm herauszubekommen. Aber Sie waren ja dabei.

Darf ich als Polizist Schicksal spielen und Hansen vor den rechtlichen Folgen seines Handels bewahren? Wenn Sie Pellworm und den hier ständig blasenden Wind kennen, wissen Sie, dass es eine viel größere Strafe bedeutet, künftig alle Wege zu Fuß oder mit dem Fahrrad erledigen zu müssen. Autofahren traut er sich in den nächsten Jahren nicht mehr. Trotzdem habe ich noch eine Rechnung mit ihm offen. Er hatte mich belogen, als er mir die Geschichte mit dem Motorrad aufgetischt hat. Nein! Hansen war doch tiefer in den Fall verwickelt. Mir hatte er erzählt, Kopitzki und seinem Kumpanen den Tipp mit Ipsens Motorrad und dessen Standort in der unverschlossenen Garage gegeben zu haben. Woher wusste er, dass sich Ipsens Bruder Jesper das Krad ausgeliehen hatte, denn bei ihm wurde es von den Bankräubern entwendet? Hansen musste es beobachtet haben. In diesem Punkt hatte er mich hereingelegt.

Ich war erschrocken, als wir auf Ipsens Grundstück waren, nachdem das Motorrad dort wieder aufgetaucht war, und Hundt mir Strafvereitelung im Amt vorwarf. Konnte er etwas wissen? Ich hatte Hansen beauftragt, das Motorrad wieder in Ipsens Schuppen zu stellen. »Wenn du dich dabei erwischen lässt, bricht alles zusammen. Dann bist du dran«, hatte ich dem Mann gedroht. Er hatte sich Mühe gegeben. Schließlich ging es um seinen Kopf. »Hast du das Motorrad angefasst?«

»Nein!« Hansen war entsetzt zurückgewichen.

»Gut. Dann putze es. Gründlich. So, dass nirgendwo Fingerabdrücke oder andere Spuren zurückbleiben.« Das hatte er getan. Ich hoffte, dass die Kriminaltechnik in Kiel bei der Untersuchung des Motorrades keine verwertbaren Erkenntnisse mehr würde gewinnen können.

Haben Sie sich eigentlich gewundert, weshalb ich oft müde war und gähnen musste? Es lag nicht an Hundts lautem Schnarchen, dass ich keinen Schlaf fand. Zum Glück hat der Hauptkommissar einen tiefen Schlaf. Daran war sicher nicht nur unser gesundes Seeklima oder der Alkohol, dem er gerne zusprach, schuld. Bestimmt haben auch die Schlaftabletten dazu beigetragen, die ich ihm untergemischt habe. Tja. Und ich hätte genauso tief und fest schlafen können, auch ohne pharmazeutische Unterstützung. Während Hundt selig in Morpheus' Armen lag, war ich auf der Insel unterwegs.

Irgendwo musste das Motorrad geblieben sein. Und meine Mitbewohner kenne ich. Neunundneunzig Prozent von ihnen kamen als Mittäter nicht in Frage. Bei dem kleinen Rest habe ich nachts herumgeschnüffelt und bin sehr schnell in Hansens Schuppen fündig geworden. Es war also kein Zufall, dass ausgerechnet Hansen den toten Kopitzki gefunden hatte.

Natürlich war es ermüdend, Hundts ständige Verdächtigungen anhören zu müssen. Viele Insulaner sind schrullig. Gewiss. Aber Tore Ipsens Version, dass er das Geld für den neuen Lkw unterm Kopfkissen angespart hatte, klang glaubwürdig. Und der Streit zwischen seinem Bruder und Gastwirt Schnack, ob man wirklich über den Einbau neuer Fenster gesprochen hatte, sollen die Kontrahenten untereinander ausfechten. Ich war mir sicher, dass Schnack über Schwarzgeld verfügte, das aus steuerfrei erzielten Umsätzen stammte. Es waren nicht nur Zimmer, die er »unter der Hand« vermietete, sondern auch unversteuerte Umsätze aus der Gastronomie. Sicher gehörten dazu auch Reserven, die Schnack mit Wessels' Schwarzgebrannten angelegt hatte. Im Nachhinein staunte ich immer wieder, welchen Wirtschaftsfaktor Wessels mit seinem Alkohol für Pellworm dargestellt haben musste.

Aber hatte der Hauptkommissar nicht recht, wenn er mich als einfältig abstempelte? Ich habe Fehler begangen.

Als ich Hundt die Nachricht vom Leichenfund in meinem Haus durch die Badezimmertür überbrachte, hatte ich ergänzt, dass der Tote erschossen worden sei. Das hatte mir Jost Hansen am Telefon nicht gesagt. Zum Glück ist es Hundt entgangen, sonst hätte der Hauptkommissar unangenehme Fragen stellen können, auf die ich keine Antwort hatte.

Ich habe einen zweiten Fehler begangen, als ich Hundt über den Zuckerwürfel auf die Spur zu Gastwirt Schnack brachte. Zu gern hätte ich dem Hauptkommissar bewiesen, dass ich durchaus in der Lage war, logisch zu denken und Schlussfolgerungen zu ziehen. Natürlich sind wir dadurch auf Kopitzki gestoßen. Sicher hätte Hundt diese Spur auch allein entdeckt. Als wir das Zimmer des Ermordeten durchsuchten, habe ich mich bewusst ungeschickt angestellt und versucht, möglichst viel anzufassen, damit meine Fingerabdrücke häufig auftraten, falls Hundt auf die Idee gekommen wäre, die Spurensicherung zu bestellen. Wie hätte ich meine Abdrücke sonst erklären sollen? Zum Glück fiel er auf den alten Trick herein, schalt mich einen tumben Polizisten, der aus Ungeschicklichkeit Spuren vernichtete. Natürlich hatte ich vor Hundt die Idee, dass die Unbekannten, die bei Schnack Quartier bezogen hatten, am Überfall auf die Sparkasse beteiligt sein könnten. Deshalb bin ich in das Zimmer eingedrungen und habe es durchsucht. Kopitzki war zwar gewalttätig, aber keine große Leuchte. Ich habe lachen müssen, als ich die Beute unter seiner Matratze fand. Es war wie in einer Kriminalkomödie. Weshalb ich mir sicher war, dass Kopitzki einer der Täter war? Er hatte sich nicht einmal der Mühe unterzogen, die Banderole mit dem Aufdruck »Uthlande-Sparkasse« zu entfernen. Zu gern hätte ich von Kopitzki gewusst, woher er die Sicherheit nahm und glaubte, man würde nicht auf ihn kommen. Die Polizei wird oft unterschätzt. Dabei sind es stets die ersten Maßnahmen, Leute mit einer einschlägigen Vergangenheit zu durchleuchten. Und Kopitzki lag wie ein offenes Buch vor mir.

Hätte ich die Beute, die ich Kopitzki abgenommen hatte, der Sparkasse zurückgeben sollen? Warum? Bahnsen und Lene Kriechbaum hatten auch die Gelegenheit genutzt und zugegriffen. Nach meinen Berechnungen haben sie zusammen neuntausend Euro für sich beiseitegeschafft. Ganz schön dreist. Natürlich kann ich sie dafür nicht belangen. Ich hätte dann manch anderes erklären müssen. Der kleine Geldsegen sei ihnen gegönnt. Es war aber unklug von Lene, gleich am nächsten Tag aufs Festland zu fahren und sich neu einzukleiden. Obwohl … Ich muss gestehen, dass Lene das Geld geschmackvoll angelegt hat. Zum Glück hat es niemand bemerkt. Schade für Lene, dass sie auch im neuen Dress eine unauffällige Figur geblieben ist. Melf Bahnsen wäre fast aufgeflogen, als seine Frau das Geld bei ihm entdeckte. Er hatte es der resoluten Wanda nicht erklären können. Die Wahrheit durfte er nicht preisgeben. So geriet er in Erklärungsnot. Wanda hatte Bahnsen irgendwann aus dem Osten mitgebracht. Sie war keine kühle Einheimische, sondern mit einem heißen Temperament gesegnet. Mich hat es nicht überrascht, dass sie für ihr Auskunftsbegehren bei ihrem Ehemann handfest nachgeholfen hatte. Bahnsen wurde für seine Untreue gegenüber der Sparkasse dadurch bestraft, dass er zum Gespött der Insulaner wurde. Welcher Ehemann lässt sich schon von seiner Frau verprügeln?

Es war nicht meine Absicht gewesen, Hundt an jenem Abend im Hotel Alkohol einzuflößen. Ich hatte mich über ihn geärgert. Aber das war ein Dauerzustand. Er hatte mich wie einen dummen Jungen behandelt und zu den Russen an den Tisch geschickt, damit ich sie aushorchen sollte. Warum tat er es nicht selbst? Er war der Kriminalbeamte, nicht ich. Mein Zorn wuchs noch mehr, als ich zu unserem Tisch zurückkehrte und sah, wie er sich betrank. Und mir hatte er zuvor ein harmloses Bier zum Feierabend verboten, weil ich noch fahren müsste.

Pellworm ist weitläufig, und mein Haus liegt ein wenig abseits. Taxen gibt es nicht. Soll man deshalb auf jede Lebensfreude verzichten? Ich konnte nicht nur zu Hause Alkohol trinken. Wenn ich unterwegs war, musste ich irgendwie nach Hause kommen. Ich trank nie so viel, dass ich die Kontrolle verlor. Zugegeben. Die zulässige Grenze hielt ich nicht immer ein. Aber es war risikolos. Ich konnte mir sicher sein, dass mich keine Polizeistreife anhielt und kontrollierte.

Außerdem hielt mir Hundt ständig die Dienstverfehlung aus den Anfängen meiner Polizeitätigkeit vor. Deshalb sorgte ich dafür, dass Feddersen ihm zusätzlich Alkohol eintrichterte, indem er Hundt etwas ins Bier schüttete. Da ich den Hotelier animiert hatte, den illegalen Schwarzgebrannten zu verwenden, konnte ich mir sicher sein, dass Feddersen über mein Vorhaben schwieg. So hatte ich beide in der Hand.

Als ich zur Toilette ging, legte ich mein Schlüsselbund für Feddersen sichtbar auf den Tisch. Der Hotelier bekam nicht mit, dass ich es nach der Rückkehr wieder einsteckte und ihn fragte, ob er es gesehen habe. Damit war klar, dass nur Hundt es sich hatte aneignen können.

Der Hauptkommissar war so betrunken, dass er von all dem nichts mitbekam. Auf dem Parkplatz lehnte ich ihn gegen einen Zaun, zog mein Handy hervor und rief die Dienststelle in Husum an, um der Nachtbereitschaft ein paar harmlose Fragen zu stellen. Während des Telefonats setzte ich mich in den Golf, rief laut ins Telefon: »Nein! Tun Sie's nicht. So dürfen Sie nicht fahren!«, fuhr rückwärts und steuerte die Tür von Feddersens neuem Geländewagen an. Danach musste es schnell gehen. Ich steckte das Handy ein, setzte Hundt auf den Fahrersitz, und als Feddersen und die ersten Gäste, vom Knall angelockt, vor der Tür erschienen, sahen sie Hundt, der sich am Lenkrad abstützte und fassungslos die Leute anstarrte.

Konnte ich einen besseren Zeugen als den Husumer Polizisten haben, der das Geschehen hautnah miterlebt hatte?

Endlich hatte ich auch etwas gegen Hundt in der Hand. Wir waren quitt. Und hätte er mir mit dienstlichen Maßnahmen gedroht, hätten wir uns beide auf dem Sozialamt wiedergefunden. Er hätte seine »Trunkenheitsfahrt« auch nicht unbeschadet überstanden. Natürlich war Feddersen aufgebracht und hatte angekündigt, die Staatsanwaltschaft einzuschalten. Aber dann wäre er auch aufgeflogen. Ich besaß nicht nur den schwarzgebrannten Schnaps als Druckmittel gegen ihn, er hatte auch seine Fürsorgepflicht als Wirt verletzt, indem er billigend in Kauf nahm, dass ein Gast sich über Gebühr betrank. Außerdem hätte ich ihm eine Mitschuld unterstellt, indem ich behauptete, Feddersen würde gesehen haben, wie Hundt sich mein Bund mit den Fahrzeugschlüsseln aneignete.

Natürlich war ich enttäuscht, als ich Hundt mitteilte, dass für den Schaden an meinem Golf ein anderer aufkommen würde, nachdem mir die Blonde mit dem Porsche Cayenne hineingefahren war. Er wäre davon freigestellt. Der Hauptkommissar hatte nur eindringlich nachgefragt, welches krumme Ding ich gedreht hätte. Bedankt hat er sich nie.

Der Bankraub war damit aufgeklärt. Ich muss gestehen, Hundts Theorie nicht verstanden zu haben. Natürlich sind Kopitzki und Vogtländer mit dem Motorrad geflüchtet. Aber warum sollte ich dem Hauptkommissar widersprechen? Seine Theorie mit dem BMW als Fluchtfahrzeug der Russen klang *so* überzeugend.

Ich habe überlegt, warum Heinrich Vogtländer direkt nach dem Überfall auf die Sparkasse geflüchtet war. Gab es Streit mit Kopitzki um die Verteilung der Beute? Dabei hatte Vogtländer seinen Komplizen erschossen und war in Panik geflüchtet, ohne das Geld mitzunehmen. Das würde auch erklären, weshalb er am nächsten Tag den gewagten Überfall auf die Spielhalle in Sachsen verübte. Er war mittellos.

Obwohl ich, wie Hundt nie versäumte zu erwähnen, nur ein durchschnittlicher Landpolizist bin, war es mir relativ schnell klar, dass hinter dem Bankraub nur Kopitzki und Vogtländer stecken konnten. Aber was war mit den Russen? Die hatten sich auch verdächtig gezeigt. Die Urlauber, die zu uns kommen, sind ruhige und ehrenwerte Menschen, nicht schrill, nicht laut, eben das, was man bürgerlich nennt. Davon profitieren alle. Dieses Klientel ist eine Zierde für Pellworm. Die Russen passten nicht dazu. Dieser Widerspruch interessierte mich.

In Feddersens Hotel kann ich mich frei bewegen. Man kennt mich und begegnet mir nicht mit Argwohn. Mit Boy Feddersen verbindet mich seit Kindheitstagen eine lange Freundschaft. Und wenn jemand zusätzlich in Polizeiuniform auftaucht, ist er über jeden Zweifel erhaben.

Mir war aufgefallen, dass Feddersen sich stets persönlich

um die russischen Gäste bemüht hatte, es fast so wirkte, als würde er sie abschirmen. Es gefiel ihm auch nicht, als ich an jenem Abend versuchte, mit den Russen ins Gespräch zu kommen.

Ich bin in einem günstigen Moment in Feddersens Büro geschlichen und habe mich dort ein wenig umgesehen. Tatsächlich war ich fündig geworden. Boy hatte es in einer seiner Schreibtischschubladen versteckt. Direkt daneben lag ein Briefumschlag mit zwanzigtausend Euro in bar. Wieder tauchte diese magische Zahl auf. Zwanzigtausend.

Nein! Ich hatte meinen Freund Feddersen nie im Verdacht, am Überfall auf die Sparkasse beteiligt gewesen zu sein, obwohl er für jede Art illegalen Geldverdienens gut ist. Vorsichtshalber hatte ich das Geld eingesteckt. Ich wollte Feddersen nicht bestehlen, aber die Herkunft des großen Betrages interessierte mich schon. Wenn er ihn vermissen würde, so dachte ich, würde sich Feddersen mir anvertrauen. Dann hätte ich Gewissheit. Aber einen kleinen Verdacht hatte ich doch. Es musste mit den Russen zusammenhängen. Feddersen dienerte jedem seiner Gäste beruflich hinterher, aber in diesem Fall schleimte er besonders. Ich habe mir nicht vorstellen können, dass die Männer das Terrain für einen kapitalkräftigen russischen Reiseanbieter erkunden wollten. Und für einen einfachen Bankraub mit verhältnismäßig geringer Beute waren sie zu smart. Das Thema hatte ich abgehakt. Es mussten andere krumme Geschäfte dahinterstecken.

Ich schlich in die von den Russen angemieteten Zimmer und durchsuchte sie. Es erstaunte mich, dass harmlose Touristen mit einer solchen Infrastruktur ausgestattet waren. Mehrere Notebooks, zwei Drucker, Kameras und ein ganzes Arsenal hochwertiger Objektive. Alles vom Feinsten. Dazu schleppten die beiden mehrere prall gefüllte Aktenordner mit sich herum.

Leider fand meine Neugierde bei den kyrillischen Schriftzeichen ein Ende. Alles passte zu ihrem großspurigen Auftreten. Die Russen waren Geschäftsleute.

Aber was führte sie nach Pellworm? Welches Interesse hatten sie an unserer Insel? Ich musste nicht lange überlegen und fand die Bestätigung für meinen Verdacht in Form einer Karte Pellworms, auf der bestimmte Stellen markiert waren.

Neben der Schönheit der Landschaft und unserem überwältigenden touristischen Angebot gab es nur eines, mit dem wir wuchern können: Windenergie. Wer den Zuschlag zum Aufstellen einer Windanlage bekommt, verfügte über eine Lizenz zum Gelddrucken. Natürlich! Boy Feddersen war nicht nur Hotelier, sondern auch Bürgermeister. Die Russen erhofften, über Feddersen und seine Verbindungen Zugang zu diesem lukrativen Markt zu gewinnen. Irgendwann waren ihre Ölreserven verbraucht. Oder die Technologie war so weit vorangeschritten, dass man von den alternativen Energien leben konnte. Sie wollten rechtzeitig dabei sein.

Sie hatten Feddersen bestochen. Mit zwanzigtausend Euro. Mit dem Handgeld sollte er dafür sorgen, dass der russischen Energiemafia die Rechte am Errichten von Windenergieanlagen zugesprochen wurden. Da war es verständlich, dass Feddersen den schmerzhaften Verlust des Geldes für sich behielt und eine panische Angst davor hatte, dass seine schwatzhafte Frau etwas davon erfuhr. Ich war mir sicher, dass mein Freund mir später irgendwann diese Dummheit gestehen würde. Dann könnte ich ihm erklären, dass mit Sicherheit die Russen hinter dem Gelddiebstahl stecken würden. Sie hatten, so würde ich ihm suggerieren, sich das Geld wiedergeholt. Und mir war es gleich, ob ich mit deutschen oder »russischen« Euros die Reise nach Tuvalu bezahlen würde.

Ich musste die Russen loswerden. Möglichst schnell und

unauffällig. So lauerte ich ihnen auf und erklärte, dass ich hinter ihr Geheimnis gekommen sei.

»Das wird in Deutschland hart bestraft und verbaut Ihnen jede Chance auf künftige Aktivitäten in der Bundesrepublik«, hatte ich gedroht.

Der Größere mit den Deutschkenntnissen hatte mich erstaunt angesehen.

»Woher wissen Sie das? Hat uns jemand verraten? Der Hotelier?«

»In Deutschland gibt es zahlreiche ehrliche Bürger«, erklärte ich ihnen. »Sie halten sich an Recht und Gesetz.« Dann versicherte ich ihnen, dass Boy Feddersen nicht die Quelle des Verrats sei. »Ein anderer hat sie beobachtet. Genaugenommen zwei, als die auf ihren Streifzügen mit dem Motorrad über die Insel kreuzten.«

»Sie wissen alles?«, fragte der Russe.

Ich nickte.

»Was kostet das?«, war seine nächste Frage. Er bot mir Geld an. Das war zu viel. Ich bin unbestechlich. Ein deutscher Polizist tut so etwas nicht. Außerdem hatte ich die Reisekosten schon zusammen.

»Machen Sie, dass Sie so schnell wie möglich die Insel verlassen«, empfahl ich den beiden. »Räumen Sie Ihre Sachen zusammen, bezahlen Sie Ihre Rechnung und verlassen Sie unauffällig die Insel.« Ich schlug ihnen vor, den BMW an der Hooger Fähre zu parken. Dorthin hatte ich Hansen bestellt, der die beiden Männer bis in die Nähe der Werkstatt fuhr, wo sie die Autoschlüssel abgaben und die erfundene Geschichte mit dem stotternden Motor vortrugen.

Warum ich mir das ausdachte? Es sollte Hundt verwirren. Meine Absicht war erfolgreich. Mir fiel dabei die Geschichte von der Banane ein. Bei der Erschaffung der Welt bog Gott sie ein wenig, sah auf die krumme Banane und sagte lachend: »Das wird die Deppen eine Weile beschäftigen.«

Leider ist nicht alles so verlaufen, wie ich es mir vorgestellt hatte. Hundt hatte recht. Die Russen waren nicht nur Geschäftsleute, sondern eiskalte Profis. Das habe ich erkannt, als ich in der Nacht um Schnacks Anwesen schlich und über den toten Kopitzki stolperte. Er lag unweit des Hauses. Neben ihm lag eine Makarow. Vogtländer hatte ihn durch einen Schuss in den Hinterkopf ermordet.

Woher ich das weiß? Schnack hat mir unter Tränen gestanden, dass ihm auch eine Makarow entwendet worden war. Natürlich war er illegal in den Besitz der Waffe gelangt. Vogtländer hatte sich dem Gastwirt gegenüber als Gleichgesinnter ausgegeben und mit Schnack gefachsimpelt, bis der einfältige Waffennarr voller Stolz die illegale Sammlung gezeigt hatte. So wusste Vogtländer von den Pistolen und hat sich die Tatwaffe beschafft. Hätte ich das nicht verschwiegen, würde Schnack heute noch in Untersuchungshaft sitzen, weil Hundt versuchen würde, ihm die Taten anzuheften.

Als ich mich über Kopitzkis Leiche beugte, tauchten die beiden Russen auf. Sie zeigten sich zunächst erschrocken, als sie mich mit dem Toten entdeckten.

»Das ist der Mann, der Sie verraten hat«, behauptete ich kühn.

Die Russen haben sich angesehen. Ihren Gesichtern konnte ich entnehmen, dass sie mich für den Täter hielten.

»*Приятел*«, wiederholte der Kleinere immer wieder und klopfte mir unentwegt auf die Schulter.

Ich überzeugte die beiden davon, dass wir Kopitzki fortschaffen mussten. Wir luden den Toten in den Kofferraum des BMW, und ich dirigierte die Russen zu der Stelle am Tüterland. Dort fand Hansen die Leiche.

Den Russen verständlich zu machen, dass sie den BMW schnell abstoßen mussten, bedurfte keiner großen Überzeugungsarbeit. Ich wusste also, dass Kopitzki durch einen Schuss in den Hinterkopf ermordet worden war. Tja, fast hätte ich mich verraten.

Wie gut, dass Hundt es versäumt hatte, die Zimmer der Russen nach deren Abreise zu blockieren und von der Spurensicherung untersuchen zu lassen. Sonst hätten sie meine Abdrücke oder DNA gefunden, die ich trotz aller Vorsicht bei meinem nächtlichen Besuch dort hinterlassen haben könnte. Jetzt konnte ich mich darauf berufen, dass ich nach Hundts Versäumnis eine Schnelldurchsuchung vorgenommen hatte. Manchmal muss einem das Glück hold sein.

Sie fragen, wo die Gerechtigkeit geblieben ist? Der wurde Genüge getan.

Die Bankräuber – sie konnten nicht mehr zur Rechenschaft gezogen werden.

Der Mord an Kopitzki – der Täter wurde einer höheren Distanz übergeben. Er hat sich selbst seinen irdischen Richtern entzogen.

Die Russen – deren Geschäft ist geplatzt. In Deutschland betrügt und besticht man nicht. Das sollte ihnen eine heilsame Lehre sein.

Feddersen hatte keinen Schaden erlitten. Und die zwanzigtausend Euro … Eigentlich gehörten sie ihm nicht. Zugegeben: Melf Bahnsen und Lene Kriechbaum haben mich ein wenig enttäuscht. Ich hätte beiden nicht zugetraut, dass sie die Gunst der Stunde nutzen und bei ihrem Dienstherrn in die Kasse greifen.

Hundt war zufrieden aufs Festland zurückgekehrt. Wenn ich es mir recht überlege … So dumm war der alte Hundt nicht. Seine Kombinationsgabe war nicht übel, auch wenn er nicht die ganze Wahrheit aufgedeckt hat. Der Hauptkommissar war nicht blöde, aber ein wenig fehlte es ihm doch an Genialität.

Ein kleines Quäntchen …

Ich werde jetzt meine Koffer packen und mich morgen auf die Reise zur Rückseite der Welt begeben, zu »Elizabeth der Großen«. So schön Pellworm auch ist, mein Paradies liegt mitten in der unendlichen Weite des Pazifiks.

Tuvalu – ich komme.

Leseprobe aus:

Hanne Nehlsen

Tod im Watt

Ein Nordsee-Krimi

Broschur
283 Seiten
ISBN 978-37466-2922-3

Eins

Die Herbststürme setzen in diesem Jahr früh ein, dachte Frerk Thönnissen, während er den Mann beobachtete, der sich auf dem Deich seinem Haus näherte. Wilken Nissen schob ein altes Fahrrad und hatte sich tief über den Lenker gebeugt, um dem Wind, der an seiner Kleidung zerrte, wenig Widerstand entgegenzusetzen. In der freien Hand hielt er einen länglichen Gegenstand. Die tief liegenden Wolken jagten von der See her über die Insel. Obwohl es erst früher Nachmittag war, hatte das Grau des Himmels das Tageslicht so weit gedämpft, dass hinter den Fenstern der niedrigen Häuser Licht brannte. Der Regen trommelte gegen die Scheiben, der Sturm heulte in den Dachüberständen und verfing sich in den Ziegeln. Die kahlen Zweige der Kopfweiden peitschten im Wind, erbarmungslos riss er die letzten Blätter von den Büschen.

Thönnissen stand am Fenster seines Hauses, das unmittelbar am Deich lag, und sah durch die Butzenscheiben nach draußen. Jetzt hatte ihn auch Nissen bemerkt. Der Mann in der dunkelgrünen Öljacke hob die Hand mit dem Gegenstand und winkte heftig, unterbrach seine Aktion aber sehr schnell, als ihm die nächste Böe das Zweirad fortzureißen drohte.

Nissen wohnte zwei Häuser weiter, was in der dünn besiedelten Region allerdings etwa zweihundert Meter Abstand bedeutete. Er war knapp über sechzig und hatte früher seinen Lebensunterhalt wie viele Männer auf der Insel beim Küstenschutz verdient. Nebenher betrieb er eine kleine Landwirtschaft, hatte ein paar Schafe, eine Handvoll Rinder und Hühner zum Eigenbedarf.

Nissen verließ die Deichkrone über die schmale Rampe, die zu Thönnissens Haus führte.

Der atmete tief durch, hakte mit dem Daumen in den Hosenbund und zog die Hose hoch. Dann durchquerte er das behaglich eingerichtete Wohnzimmer, ging durch die geflieste Diele und öffnete die niedrige Tür auf der dem Wetter abgewandten Rückseite des Hauses. Obwohl der Sturm hier nicht so heftig tobte wie im Westen, wehte der kalte Wind herein, und Thönnissen fröstelte.

Nissen erschien an der Hausecke, lehnte sein Fahrrad gegen die Wand und trat ohne Zögern ins Haus. Dem Mann troff die Nässe aus allen Poren. Dann drehte er sich um und sah Thönnissen ins Gesicht. Die grauen Augen im wettergegerbten Gesicht waren zu einem schmalen Spalt geworden.

»Ich hab' Wessels gefunden«, sagte er atemlos.

Thönnissen sah ihn verständnislos an. »Na, und?«

Nissen schüttelte heftig den Kopf. Dabei sprenkelten kleine Wassertropfen aus seiner Wollmütze. »Der ist tot, verstehst du? Tot.«

»Was sagst du?«, fragte Thönnissen erstaunt.

Nissen fuhr sich mit der gestreckten rechten Hand über die Kehle. »Begreifst du das nicht? Der ist hin.« Die beiden Männer schenkten der Wasserlache keine Beachtung, die sich um Nissen gebildet hatte.

»Nee!«

»Doch, Mensch. Damit hat er sich erschossen. Glaube ich jedenfalls«, schob er etwas leiser hinterher. Er streckte Thönnissen ein verdrecktes Gewehr hin. »Nimm mal«, forderte Nissen, »damit ich mich ausziehen kann.«

Thönnissen ergriff die Waffe und schnupperte daran. »Riecht, als wäre daraus geschossen worden.«

»Was meinst du denn?«, empörte sich Nissen. »Glaubst du, irgendwer bringt Wessels um? Warum sollte einer den alten Spinner ermorden. Und das hier, auf unserer Insel? Auf Pellworm?«

Er hatte seine Öljacke ausgezogen und wollte die Waffe wieder zurückhaben, doch Thönnissen entzog sie ihm.

»Die behalte ich!« Er lehnte sie gegen die Wand und sah seinen Besucher an. »Komm erst mal rein. Willste einen Schnaps?«

»Ja, den kann ich jetzt brauchen.« Nissen hatte sich jetzt seiner gesamten Kleidung entledigt und sie achtlos auf die Fliesen der Diele geworfen. Auf Strumpfsocken folgte er in die Wohnstube, die Thönnissen auch als Büro diente. Der holte zwei Gläser aus einem Schrank, eine angebrochene Flasche mit Rum und füllte ein. Nissen hob sein Glas. »Auf den alten Wessels. Prost.«

Sie tranken. Thönnissen füllte nach, und erst als sie auch das zweite Glas geleert hatten, fragte er: »Wo hast du ihn gefunden?«

»Im Westen. Am Parlament. Hinten, hinterm Knick. Zwischen meiner und Feddersens' Wiese. Da lag er im kleinen Sielzug. Ich hab' ihn vom Deich aus gesehen. Bin sofort runter und dachte, dem ist schlecht. Hab' zuerst versucht, ihn aus dem Dreck zu ziehen. Erst da hab' ich kapiert, dass er tot war. Hat sich mit seiner Flinte erschossen.«

»Bist du dir sicher, dass er tot ist?«

Nissen zeigte Empörung. »Hör mal. Ich hab' genug Schafe und Hühner in meinem Leben geschlachtet, dass ich weiß, wann jemand tot ist.« Dabei drehte er die geballten Fäuste gegeneinander, als würde er einem Hahn den Garaus machen.

Thönnissen strich sich mit der Hand über die Mundwinkel. »Ich glaube, Wilken, das ist ein schlechtes Beispiel.«

»Kann sein. Aber der ist bestimmt alle. Und? Was machen wir jetzt? Schließlich bist du die Polizei«, erinnerte Nissen daran, dass Frerk Thönnissen den Polizeiposten auf der Insel bekleidete.

»Wir informieren den Doktor«, entschied der Polizist. »Dann zeigst du mir die Stelle.«

»Was soll ich bei diesem Wetter da draußen?«, protestierte Nissen.

»Du bist ein wichtiger Zeuge.«

»Schön. Wenn du willst. Aber vorher schenkst du noch einen ein.« Nissen drehte sein leeres Glas in der Hand.

Seufzend öffnete Thönnissen die Flasche und befüllte die beiden Gläser erneut. Nachdem auch diese geleert waren, griff er zum Telefon und wählte die Nummer des Arztes. Es dauerte ewig, bis sich eine verschlafen klingende Frauenstimme meldete.

»Ja. Hallo?«

»Moin, Annemieke. Hier ist Thönnissen. Ist Fiete da?«

Die Frau des Arztes gähnte herzhaft am anderen Ende der Leitung. »Der schläft. Was ist denn los?«

»Dann weck ihn. Es ist ein Notfall.«

Sie schien mit einem Schlag munter geworden zu sein. »Ehrlich? Friedrich hat doch erst morgen wieder Sprechstunde.«

»Manchmal warten die Patienten eben nicht. Sag ihm, es wäre wichtig. Es handelt sich um einen Toten.«

Die Neugierde war bei der Arztfrau geweckt. »Wer ist gestorben?«

»Wessels.«

»Mein Gott. Den habe ich doch heute Vormittag noch gesehen. Da war er noch ganz munter.« Sie zögerte einen Moment. »Wenn er schon tot ist, dann eilt das doch nicht.«

Thönnissen räusperte sich. »Annemieke, ich spreche jetzt offiziell als Polizeibeamter. Du weckst jetzt umgehend Fiete. Der soll sofort zum Sielzug am Deich hinauskommen. Am Knick zwischen den Wiesen von Feddersen und Nissen. Ist das klar?«

Einen Moment war es still in der Leitung, bis sich die Arztfrau mit leiser Stimme vernehmen ließ: »Fiete geht es im Moment nicht so gut.«

Thönnissen konnte sich gut vorstellen, was sie damit meinte. Wahrscheinlich lag der Doktor in seiner Kammer und schlief seinen Rausch aus. Jeder auf der Insel wusste um das Alkoholproblem des Arztes. Aber sie waren auf ihn angewiesen. Trotz intensiver Bemühungen hatte sich bis heute kein anderer Mediziner gefunden, der die Praxis auf dem Eiland übernehmen wollte. Und wenn Dr. Johannsen nüchtern war, konnte er dank seiner langjährigen Erfahrung die meisten gesundheitlichen Alltagsprobleme der Inselbewohner lindern. Für ernsthafte Erkrankungen suchte man ohnehin einen Spezialisten auf dem Festland auf.

Thönnissen hörte, wie die Arztfrau leise zu weinen begann. »Er kann wirklich nicht. Mein Gott«, jammerte sie.

»Annemieke, koch einen starken Kaffee und flöß Fiete das Zeug ein. Wir bringen Wessels zu euch in die Praxis«, fasste der Polizist einen Entschluss und legte auf, ohne die Antwort abzuwarten.

»Wie willst du Wessels zum Doktor bringen?«, wollte Nissen wissen und zeigte nach draußen, wo der Sturm unvermindert tobte. »Wir können ihn doch nicht bis hierher schleifen. Und die Deichkrone ist so aufgeweicht, da kommst du mit keinem Wagen durch.«

»Aber mit einem Trecker.«

Thönnissen griff erneut zum Telefon. Als sich jemand am anderen Ende meldete, sagte er: »Hallo, Kathrin. Ist Boy da?« Thönnissen lauschte in den Hörer, um anschließend zu erwidern: »Das interessiert mich nicht, ob der gerade im Getränkelager Flaschen zählt. Hol ihn an den Apparat. Das ist dringend. Und wichtig!« Er sah Nissen an und verdrehte kunstvoll die Augen, während er wartete.

»Moin, hier ist Thönnissen«, fuhr er fort, als sich der Gesprächspartner meldete. »Wir brauchen deine Hilfe. Wessels ist tot. Nissen hat ihn vorhin gefunden. Wir müssen ihn zum Doktor bringen. Das geht nur mit einem Trecker.«

»Du spinnst doch«, entgegnete Boy Feddersen, der neben seiner Landwirtschaft ein Hotel auf der Insel betrieb und zudem Bürgermeister der Gemeinde war, nachdem sein Vorgänger in den Landtag gewählt worden war.

»Ganz und gar nicht. Du holst deinen Trecker. Mit dem können wir auf dem aufgeweichten Weg fahren. Außerdem hast du doch diesen hölzernen Kasten, den du auf die Kupplung montieren kannst. Ich meine das Ding, mit dem du deine Milchkannen von der Weide transportierst.«

Feddersen stöhnte auf. »Mensch, hast du mal aus dem Fenster geguckt?«

»Glaubst du, Wessels hat auf dieses Wetter gewartet, um zu sterben?«

»Wie ist er denn umgekommen?«, wich der Hotelbesitzer aus.

»Erschossen.«

»Er sich selbst?«

»Das steht noch nicht fest. Aber wer sollte es sonst gewesen sein? Wer hätte einen Grund, den alten Wessels umzubringen?«, erwiderte Thönnissen. »Nun quatsch nicht so viel dumm Tüch.

Damit kriegen wir Wessels auch nicht aus dem Dreck gezogen.«

»Gut«, seufzte Feddersen. »Ich bin in einer Viertelstunde bei dir.«

Es dauerte etwa zwanzig Minuten, bis der Hotelbesitzer mit seinem Trecker auf dem Deich hinter Thönnissens Haus hielt. Der Polizist und Wilken Nissen gingen zu ihm hinauf und kletterten auf das Gefährt. Der Sturm blies immer noch heftig und zerrte an der Wetterkleidung der Männer. Der Regen peitschte fast waagerecht und durchdrang das Ölzeug. Thönnissen hatte seine Uniform angelegt und hielt krampfhaft seine Dienstmütze fest. Wortlos legte Feddersen den Gang ein und fuhr auf der Deichkrone entlang. Von hier oben sah man die Brecher, die mit Urgewalt gegen die Tetrapoden klatschten, die als Wellenbrecher vor dem Deich gestapelt waren. Die Gischt spritzte hoch, und das salzige Wasser wurde durch den Wind bis zum Deich hochgeweht und setzte sich im Gesicht und auf den Lippen ab. Die See schien zu kochen und war eine einzige brodelnde Masse.

Schon von der Deichkrone aus sah man das Bündel, das an der Böschung des Grabens lag. Wessels trug die dunkelgrüne Jacke, die jeder Einheimische auf der Insel kannte. Jetzt hatte sie sich mit dem schmutzig grauen Brackwasser des Sielzugs vollgesogen. Die drei Männer stiegen vom Trecker und stapften schweigend die Böschung hinab.